Inken Witt

WARTEN. LEBEN. STERBEN

Inken Witt

WARTEN LEBEN STERBEN

Kriminalroman

PIPER

Mehr über unsere Autorinnen, Autoren und Bücher:
www.piper.de

Wenn Ihnen dieser Kriminalroman gefallen hat, schreiben Sie uns unter Nennung des Titels »Warten. Leben. Sterben« an *empfehlungen@piper.de,* und wir empfehlen Ihnen gerne vergleichbare Bücher.

Unser Versprechen für mehr Nachhaltigkeit
Klimaneutrales Produkt
FSC®-zertifiziertes Papier
Hergestellt in Europa

FSC
www.fsc.org
MIX
Papier aus verantwortungsvollen Quellen
FSC® C083411

ISBN 978-3-492-06361-6

Redaktion: Martina Schwarz
Satz: psb, Berlin
Gesetzt aus der Sabon
Druck und Bindung: CPI Books GmbH, Leck
Printed in the EU

Für Jaron

TEIL 1

»You are not lost.
You are here.«

EINS

Wenn ich heute an diesen Morgen zurückdenke, dann erscheinen mir meine Erinnerungen wie Schnappschüsse – kurze Momentaufnahmen, ohne jede Verbindung zu Gedanken und Gefühlen. Manche davon spielen sich vor meinem inneren Auge immer und immer wieder ab, wie in Zeitlupe. Ich erinnere mich an den Schimmelfleck in der Dusche. Ich sehe den Wasserkocher vor mir und weiß, dass er gerappelt hat, weil ich den Deckel nicht richtig geschlossen hatte, aber in meinem Kopf gibt es dazu keine Tonspur. Ich weiß, dass ich meine Lieblingsjeans und den grauen Kaschmirpullover angezogen habe, den mit den Löchern an den Ellbogen, weil ich wusste, dass ich keine KlIententermine haben würde. Und ich sehe noch genau vor mir, wie die ersten Sonnenstrahlen durch das Fenster in mein Zimmer fielen, wie dreckig die Scheiben waren und wie sich die Schatten der nackten Platane auf dem Dielenboden abzeichneten.

Und dann schaltete ich mein Handy ein und sah, dass Katharina Schneider um 2:41 Uhr das erste und um 3:17 Uhr das zweite Mal angerufen, aber keine Nachricht hinterlassen hatte.

Ich rief zurück, ohne nachzudenken. Beim zweiten Klingeln hob sie ab.

Ich erkannte ihre Stimme kaum. Sie klang spröde und heiser.

»Wie konnte ich mich so täuschen?«, fragte sie und: »Wieso? Ich verstehe nicht, wieso er das braucht ...«

Ich bat sie um mehr Informationen, und auch meine eigene Stimme kam mir merkwürdig vor – atemlos und ohne Substanz.

»Können Sie herkommen? Ich bin zu Hause.«

Ich versprach, mich direkt auf den Weg zu machen, aber sie hatte schon aufgelegt.

Ich weiß noch, dass mich der Geruch von Old Spice Aftershave, staubigen Polstern und Motoröl in Eugens Taxi so nervte, dass ich das Fenster runterkurbelte und den Kopf in den Fahrtwind streckte. Kurz vor der U-Bahn-Haltestelle Schillingstraße war die Karl-Marx-Allee dicht. Ich sprang aus dem Wagen.

Ich zwang mich, nicht zu rennen und stattdessen darüber nachzudenken, wie ich am besten vorgehen sollte. Erst Erklärung, dann Entschuldigung, dann das Angebot, zu helfen? Oder erst Hilfsangebot, dann Erklärung, dann Entschuldigung? Bestand überhaupt die Hoffnung, dass sie meine Hilfe annehmen würde?

Ich weiß nicht mehr, wann ich die Blaulichter bemerkt habe. Die Karl-Marx-Allee führt von der Otto-Braun-Straße einen Kilometer lang schnurgeradeaus bis zum Strausberger Platz – ich hätte sie schon von Weitem sehen müssen. Ambulanz, Notarzt, mehrere Streifenwagen.

Es hatte sich eine Menschenmenge gebildet. Polizisten stellten einen weißen Sichtschutz auf. Die Morgensonne strahlte ihn so an, dass man dahinter die Silhouette eines Notarztes erkennen konnte, der eine Herzmassage durchführte. Seine Bewegungen waren präzise und rhythmisch … und vergebens.

Von dort, wo ich stand, konnte ich eine leblose Hand erkennen.

Ich weiß noch, wie ich sie einmal gehalten habe und dass ich sie gerne fester gedrückt hätte, aber sie hatte zerbrechlich gewirkt, und die teuren Ehe- und Verlobungsringe hatten unbequem ausgesehen.

ZWEI

Mein Name ist Isadora Winter. Ich bin fünfunddreißig Jahre alt, habe einen fünfzehnjährigen Sohn und arbeite seit sieben Jahren als Privatdetektivin in Berlin.

Mein Büro liegt in einer ruhigen Seitenstraße in Wilmersdorf. Es hat drei Räume. Völlig übertrieben für einen Ein-Frau-Betrieb. Aber ich will es so. Den hinteren, größten Raum werde ich eines Tages als Atelier nutzen. Der mittlere ist mein eigentliches Büro, und davor liegt das Wartezimmer.

Ein paar Stunden pro Woche kommt meine Mitbewohnerin Tina und spielt meine Assistentin. Sie ist (meist arbeitslose) Schauspielerin aus Leidenschaft und bringt immer neue Nuancen oder Hintergrundgeschichten in diese Rolle ein. Sie sitzt dann an dem winzigen Rezeptionstresen und beobachtet die Menschen, die darauf warten, auf ihre Fragen Antworten zu bekommen, die sie in den meisten Fällen gar nicht hören wollen. Jede ihrer Vermutungen oder »Analysen«, wie sie sie nennt, schickt sie mir per Handy. Emoji-Kurzgeschichten, die sich erstaunlich oft als zutreffend erweisen.

Tatsächlich kommen die Menschen eigentlich nur aus zwei Gründen zu mir: Geld oder Liebe. Meist vermischen sich die beiden früher oder später. Auch wenn das viele meiner Klienten empört verneinen würden.

Ich bin wirklich gut in meinem Job, denn ich kann warten. Und mein Job besteht nun mal zu achtzig Prozent aus Warten, zu fünfzehn Prozent aus Bürokram, zu vier Prozent daraus,

Menschen dabei zu beobachten, wie sie sich selbst und andere belügen, und zu einem Prozent daraus, meinen Klienten viel Geld dafür abzunehmen, dass ihnen das Herz gebrochen wird.

»Alles nimmt ein gutes Ende für den, der warten kann«, zitiert Eugen immer dann Leo Tolstoi, wenn ich mal wieder zu spät zu einem unserer Treffen in das Stehcafé in Alt-Tegel komme, in dem wir uns vor vierzehn Jahren kennengelernt haben. Da war er schon fast siebzig. Er ist eigentlich Doktor der Physik, kam 1993 aus Russland nach Deutschland und hat sich hier mit einer Akribie, die mich immer wieder beeindruckt, sofort darangemacht, Berlin zu erforschen. Er hat mich damals als Taxifahreranfängerin unter seine Fittiche genommen. Ich weiß keinen Besseren. Nicht nur, weil er alle Straßen, alle Schleichwege und alle Sonderziele kennt, sondern weil er Menschen liebt. Er lässt sich voll und ganz auf sie ein. Ich verstehe immer noch nicht, wieso.

Ich selbst halte lieber Abstand. Und warte. Bis sich die Puzzleteile zusammenfügen. Bis sich die Menschen unbeobachtet fühlen. Bis sie aufgeben. Bis sie sich so sehr in die Lügen, aus denen sie sich ihr Leben zusammengesetzt haben, verstricken, dass sie nicht mehr weglaufen können.

Auf diese Weise vermeide ich es, zu einer Variablen in den manchmal komplizierten, manchmal erschütternd einfachen Gleichungen zu werden, die sich mir überall offenbaren. Eugen hält diese Vorstellung für Quatsch und versucht mir immer mal wieder zu erklären, dass Beobachtung die Wirklichkeit beeinflusst. Manchmal frage ich mich, ob das auch für die Beobachterin gilt. Ich frage aber nie laut.

Ich erinnere mich noch genau an den Tag, an dem ich Katharina das erste Mal begegnet bin, und ich weiß nicht, ob ich mir je verzeihen kann, dass ich nicht vorbereitet war auf das, was kommen sollte. Ich hatte an diesem Tag vier Stunden lang die Angestellte einer Klientin observiert, um herauszufinden, ob sie wirklich krank war. Wir waren kreuz und quer durch Charlottenburg gelaufen, ohne Pause. Es hatte geschneit. Alle Geräusche waren gedämpft, und strahlendes Weiß ersetzte das übliche Grau und Anthrazit. Ich weiß noch, wie schön ich Berlin an diesem Tag fand. Der Schnee machte es so viel einfacher, die Formen der Stadt zu erkennen. Beschaffenheit und Farben der Oberflächen lenkten nicht mehr von ihnen ab, und ich hatte leicht die Flächen und ihre Beziehungen zueinander erkennen können.

Ich habe eine Vorliebe für Abstraktes, dafür, Klarheit zu suchen, wo andere in den Details versinken. Deshalb ist Marmor auch mein Lieblingsmaterial. Er ist hart und abweisend, unbestechlich, aber auch zerbrechlich und durchscheinend, mit ganz eigenem Charakter. Man braucht sehr viel Geduld, um ihn zu erkennen, und es erfordert Behutsamkeit, ihn zu bearbeiten, wenn einem das eigene Werk nicht unter den Händen zerspringen soll. Ich bin studierte Bildhauerin, und eines Tages werde ich vielleicht ausstellen, was ich an Klarheit gewonnen habe. Deshalb ja auch das Atelier. Im Moment ist es leer. Bis auf ein paar alte Aktenordner, eine ziemlich runtergekommene Schlafcouch und ein Rennrad, das ich nie benutze.

Ich war der Frau damals durch den Schnee gefolgt. Sie schien ihn nicht zu bemerken. Ihr Mantel hatte eine Kapuze, aber die hatte sie nicht aufgesetzt, und der Knoten ihres Schals hatte sich schon in der ersten Stunde unserer Tour gelöst. Sie hatte ihn nicht erneuert. Irgendwann war sie in den Luisenfriedhof I eingebogen. Sie war die Erste, die den weißen Fußweg betreten hatte. Sie war bis zu einem Familiengrab gegangen, das erst kürzlich erweitert worden war, für einen Mann – laut Akte nicht ihren. Einen »liebevollen Sohn, Ehemann und Vater«, der zwei Wochen zuvor im Alter von neunundfünfzig Jahren gestorben war. Sie hatte sich mehrfach umgesehen und mich dabei natürlich zwei Reihen hinter sich bemerkt.

Ich werde nicht oft bemerkt, doch auch wenn es passiert, ergibt sich daraus selten ein Problem. Sebastian sagt, das liege an meinem vertrauenswürdigen Aussehen. Ich finde das eine seltsame Aussage für einen Kriminalkommissar, aber er hat natürlich recht. Nichts an mir ist auffällig: ich bin mittelgroß, schlank, habe mittellange mittelbraune Haare und grüne Augen. Tina behauptet, aus mir könnte man was machen. Manchmal platziert sie Modezeitschriften in der Küche oder im Wohnzimmer, sodass ich darüber stolpern muss, oder sie leitet mir YouTube-Clips weiter mit Schmink- oder Haarstyling-Tipps, die ich nie öffne. Tatsache ist, dass ich so viel aus mir heraussehe, dass ich keine Zeit und kein Interesse am Mich-an- oder In-mich-Hineinsehen habe. Vielleicht wird sich das irgendwann ändern.

Auch in diesem Fall hat mich die Frau nicht weiter beachtet. Ich war offensichtlich nicht, wen sie erwartet oder gefürchtet hatte. Ihre Augen waren gerötet, ob durch die Kälte oder etwas anderes, konnte ich in dem Moment nicht sagen. Ich war sicher, dass mein Auftrag damit erledigt sein würde. Meine Klientin war Besitzerin einer kleinen Boutique und hatte nur diese eine Angestellte. Das Verhältnis zu ihr hatte sich in den vergangenen Monaten schlagartig verändert. Die Angestellte hatte sich plötzlich distanziert und abweisend verhalten, ihre Pausen überzogen und an Freitagen oder Montagen häufig gefehlt. Außerdem sei sie ständig mit ihrem Smartphone beschäftigt gewesen. Dann habe sie sich krankgemeldet und sei wochenlang nicht erreichbar gewesen. Meine Klientin hatte bereits angekündigt, nicht noch mehr Geld in eine Beziehung investieren zu wollen, die offensichtlich zerrüttet war. Ich vermutete, dass sie zu einem Anwalt gehen und sich beraten lassen würde, wie sie den Arbeitsvertrag am besten auflösen konnte.

Ich hatte gerade beschlossen, den Namen auf dem Grab nicht in meinen Bericht aufzunehmen, als die Frau eine einzelne weiße Chrysantheme aus ihrer Tasche holte und auf den Grabstein legte – ein Detail, das Tina sehr interessiert und aus dem sie innerhalb kürzester Zeit ein Melodram gesponnen hätte. Manchmal tat sie so etwas mit Unterstützung von Karl, meinem Sohn, der schon als kleiner Junge einen Riesenspaß daran gehabt hatte, ihre Herzschmerzgeschichten mit Rittern, Räubern oder Außerirdischen zu kapern.

Ich war der Frau noch bis nach Hause gefolgt und hatte dann überlegt, Feierabend zu machen, als ich eine SMS von Sebastian bekam. Sie enthielt einen Link, den ich nicht öffnete, und die Frage, ob er vorbeikommen könne. Wir treffen uns immer im Büro, im Hinterzimmer – das ist für uns beide am praktischsten.

Ich habe oft darüber nachgedacht, was passiert wäre, wenn ich ihm abgesagt hätte und an diesem Abend nicht im Büro gewesen wäre. Wäre Katharina ein zweites Mal vorbeigekommen? Oder hätte sie sich einen anderen Privatdetektiv gesucht? Was hätte er herausgefunden? Wie hätte er gehandelt?

Ich weiß noch, wie kalt mir war, als ich die Bürotür aufschloss. Und dass es staubig roch. Ich stellte den Wasserkocher und die Heizung an. Ich öffnete den Laptop und begann, meinen Bericht zu schreiben. Ich war dankbar für die Ablenkung, als ich eine WhatsApp von Tina erhielt. Ein Foto von einer Tafel, offenbar aus einem Geschäft oder Café, auf der in einer albern hübschen Handschrift stand: »You are not lost. You are here.« Es ist Tinas größter Spaß, mir solche Fundstücke zu schicken, ob Aufkleber, Plakate, Karten oder Postings. Sie ist sicher, dass sie sie nicht zufällig findet und sie einen tieferen Sinn haben. Mich amüsieren sie meist, dieses Mal aber war ich genervt. Wo war denn bitte »here«? Ich hätte fast ihre zweite Nachricht übersehen, in der sie geschrieben hatte: »Wow! Ich glaub, Karl ist verknallt!« Gefolgt von etlichen Smileys mit Herzchenaugen.

Ich schaltete mein Handy aus und öffnete das Fenster. Ich stand mit meiner Teetasse in der Hand da und sah den Schneeflocken zu, als es an der Tür klingelte. Ich gab mir keine Mühe, ein Lächeln aufzusetzen, als ich öffnete. Das ist einer der Vorteile von Sebastian: Ich muss ihm nichts vormachen. Ihm nicht gefallen.

Aber da stand nicht Sebastian.

DREI

Ich mochte sie sofort. Es kam mir vor, als kannten wir uns schon ewig. Als seien wir uns ähnlich, aber sie war schön. Ich meine klassisch schön. Sie war größer als ich und feingliedrig, mit hohen Wangenknochen, einer geraden, eleganten Nase und hübsch geschwungenen Lippen. Und sie strahlte, als sei das Leben selbst schön. Als wisse sie etwas darüber, was andere nicht wussten. Sie schien vollkommen sicher darin zu sein, wer sie war und was sie wollte. Und dass sie es haben konnte und verdiente.

»Entschuldigen Sie. Ich habe keinen Termin. Aber ich kann nicht warten. Konnte ich noch nie.« Ihre Stimme war warm und tiefer, als ich erwartet hätte. Sie klang klar und – ich weiß, es hört sich albern an – mutig. Katharina Schneider wirkte, als sei sie es gewohnt, dass Menschen akzeptierten, was sie sagte oder wollte. Nachdem sie sich gesetzt und einen Kaffee entgegengenommen hatte, saßen wir uns eine Weile schweigend gegenüber.

Ich finde die Fragen »Was führt Sie zu mir?« oder »Wie kann ich Ihnen helfen?« überflüssig und einschränkend. Die Klienten suchen dann nach Antworten, wo sie doch erzählen sollen. Ich gebe ihnen eine Viertelstunde, bis ich das erste Mal nachhake. Ich höre nur zu. Ich schreibe nichts auf, ich nicke nicht aufmunternd, ich helfe nicht weiter. Denn alles, was in dieser Zeit gesagt und getan oder auch nicht gesagt und getan wird, gehört für mich zum Fall. Wie der rohe Marmorblock, in dem schon alles steckt, was einmal klar werden und zum Vorschein kommen wird. Alles ist da, ob der Klient oder ich es in dem Augenblick schon erkennen oder nicht. Es überrascht mich immer wieder, wie wenig den Menschen bewusst ist, wie viel sie sagen, wenn man sie lässt. Eugen nennt das: »ausrollen lassen«. Er sagt, wenn eine Taxifahrt fünfzehn Minuten oder länger dauert und die Menschen es wollen, »rollt jeder aus«, zumindest solange man ihnen mit echter Offenheit begegnet. Wieso Eugen das macht, verstehe ich nicht, aber in meinem Beruf ist diese Methode sehr effektiv. Statt die Klienten mit Fragen in ihrem Kopf hin- und herzujagen, höre und sehe ich zu, wohin sie kullern.

Die meisten Frauen fangen an zu reden, noch bevor sie sich gesetzt haben. Sie entschuldigen sich und erklären, rechtfertigen und entschuldigen sich wieder. Einige weinen erst mal und entschuldigen sich, fangen dann an zu erklären und zu rechtfertigen und weinen dann weiter. Sie trösten sich damit, dass ich sicher schon alles gesehen habe und dass auch andere Frauen betrogen und belogen werden. Sie suchen nach Bestätigung von mir, und fast immer interpretieren sie mein regungsloses Gesicht als Zustimmung. Wenn es um Geld geht, sind Frauen meist lebhafter und lauter, als wenn es um Liebe geht. Ich schätze, Existenzangst und Wut erscheinen ihnen erst einmal wuchtiger als Selbstzweifel und Schmerz.

Männer glauben, es mache die bevorstehende Eröffnung weniger schmerzhaft, wenn sie mit mir flirten. Oder sie tun völlig unbeeindruckt. Dann betonen sie, dass sie nur einen Abschluss suchen, weil sie ja eh schon längst durch sind oder nie wirklich ernsthaft interessiert waren. Wenn es um Geld geht, sind sie eher ruhiger. Solange nicht doch Liebe im Spiel ist – gerne die der Eltern. Männer sitzen manchmal bis zu einer Minute, bevor sie anfangen. Dieses Anlaufnehmen ist immer wieder faszinierend. Man kann von außen sehen, wie viel im Inneren gegeneinander kämpft.

In sieben Jahren sind nur zwei Klienten wieder gegangen, ohne ihre Geschichte fertig zu erzählen: Ein Mann um die vierzig, dessen Termin seine Sekretärin vereinbart hatte. Er hat sich gesetzt, über drei Minuten mit zusammengepressten Lippen auf seine Schuhe gestarrt und ist dann ohne ein Wort verschwunden. Ich habe einmal gelesen, dass einem das eigene Schweigen siebenmal länger vorkommt als dem Zuhörer. Am nächsten Tag hat seine Sekretärin angerufen und mich um Rechnungsstellung gebeten. Die zweite Person war eine Frau, die wegen eines Erbschaftsstreits gekommen war und nach einer Viertelstunde aufstand und ging, weil ich ihrer verhassten Schwester ähnlich sah.

Katharina Schneider saß einige Minuten da und trank schweigend ihren Kaffee. Ich mochte ihr Schweigen. »Ich bin keine Romantikerin«, waren schließlich ihre ersten Worte. Sie grinste dabei. Ich weiß noch, wie sehr dieses schiefe, selbstironische Grinsen mich gefreut und gleichzeitig überrascht hat. Es schien nicht so recht zu ihrem fast vornehmen Auftreten zu passen. »Ich bin Projektmanagerin. Ich bin auf der Suche nach Struktur und Zusammenhängen, und ich habe realistische Zielvorstellungen. Ich weiß, dass Beziehungen Arbeit bedeuten und Kompromisse und dass sie sich verändern. Aber mit Martin ist das anders. Ich war vierzehn Jahre mit meinem ersten Mann verheiratet, als ich Martin kennenlernte. Das war vor fünf Jahren. Er hat mich interviewt, und ich habe die ganze Zeit gedacht: ›Wo warst du denn so lange?‹« Sie grinste wieder. »Kitschig, ich weiß.«

Sie schloss kurz die Augen und schüttelte den Kopf. Als sie sie wieder öffnete, sah sie mich direkt an. Herausfordernd vielleicht, oder trotzig.

»Ziemlich kitschig«, stimmte ich grinsend zu.

Das war der Moment, an dem ich hätte aussteigen müssen. Ich hatte mein Schweigen, mein Beobachten, gebrochen. Ich war plötzlich zu einer Variablen in einer Gleichung geworden, die ich nicht verstand. Das Schlimmste ist, ich hab's gemerkt: Ich wollte den Auftrag!

Ich verbringe einen Großteil meiner Zeit damit, untreuen Lebens- oder Geschäftspartnern nachzuspüren, lügenden Familienangehörigen oder langjährigen, scheinbaren Freunden. Am Ende muss ich meinen Klienten eine Wahrheit präsentieren, von der sie zu Beginn überzeugt sind, dass sie sie kennen möchten, die zu akzeptieren sie dann aber in den seltensten Fällen bereit sind. Ich erlebe meine Auftraggeber in ihren verletzlichsten Momenten, werde Zeuge ihres Schmerzes und ihrer Kränkung – in gewissem Sinne bin ich sogar der Grund dafür –, und damit habe ich kein Problem. Das gehört nun mal zu meinem Job, dafür werde ich bezahlt. Doch aus irgendeinem Grund war das bei Katharina Schneider anders. Ich wollte, dass sie die eine Ausnahme war. Die eine Klientin, zu der ich eine Meinung hatte. Der ich helfen konnte. Der ich wiederbegegnen konnte, ohne dass sie sich beschämt abwandte, weil ich sie an ihre Schwäche oder ihren Schmerz erinnerte. Vielleicht lag das an dem Mut und der Entschlossenheit, die sie ausstrahlte, vielleicht an der Unverstelltheit und Präsenz, mit der sie mir gegenübersaß und dank derer ich mich ihr so nahe fühlte. Ich weiß es nicht. Ich weiß nur, dass ich in diesem Moment nicht schweigen konnte. Dass ich ihr Grinsen einfach erwidern musste.

»Martin hat mich nach dem Interview auf einen Kaffee eingeladen. Daraus wurden ein Abendessen und dann ein ganzes Wochenende. Am nächsten Tag habe ich mich von meinem ersten Mann getrennt.«

Ich hätte sie gerne gefragt, woher sie die Klarheit genommen hat, so eine Entscheidung zu treffen. Wieso hatte sie nicht gewartet? Doch ich schwieg, und sie sprach weiter. Sie lächelte dabei.

»Ich wusste gleich, dass er ›der Richtige‹ ist. Es macht Spaß, ihn zu lieben. Nichts fällt mir leichter. Mein erster Mann hat mich gefragt, was mir gefehlt hat. Ich hätte ihm wirklich gerne eine Antwort gegeben. Ich hatte das Gefühl, ihm eine zu schulden, aber es gibt keine. Ich brauchte nichts und niemanden. Doch ich wollte Martin.«

Ihre Stimme bröckelte an dieser Stelle. Sie wollte ihn immer noch. Ich fragte mich, wie es fünf Jahre später mit dem Brauchen aussah …

Sie beschrieb, wie einfach mit Martin alles gewesen war, wie viel sich von allein ergeben und richtig angefühlt hatte. Wie sehr sie dieses Gefühl genossen hatte. Sie erzählte, dass auch andere Bereiche ihres Lebens davon profitiert hatten. Ihre Karriere habe einen deutlichen Sprung gemacht, alles sei ihr leichtgefallen, selbst die Scheidung von Richard, einem Bundestagsabgeordneten – allerdings habe der sich auch gerade im Wahlkampf befunden und unbedingt einen souveränen Eindruck machen wollen. Auch Martins Karriere hatte sich positiv entwickelt, wenn auch nicht ganz so rasant wie ihre eigene. Er schrieb mittlerweile große Reportagen zu Wirtschaftsthemen.

Ich beobachtete sie über den Rand meiner Teetasse hinweg und fragte mich, wie sie wohl aussah, wenn sie weinte. Wenn ihre Wimperntusche verlaufen und die perfekt geschnittenen Haare zerzaust waren. Ich war sicher, ich würde es erfahren. Und dann habe ich mich gefragt, wann ich das letzte Mal geweint hatte. Aber es ist mir nicht eingefallen.

Katharina Schneider machte eine Pause und erklärte dann mit ruhiger Stimme: »Unser Sex ist fantastisch. Immer noch.« Die Bemerkung überraschte mich – obwohl sie das sonst nie tut. Früher oder später kommen die Klienten, die wegen Beziehungsangelegenheiten da sind, immer auf das Thema. Aber sie tun es meist in einem schamvollen oder rechtfertigenden Ton, manchmal auch angriffslustig. Katharina erwähnte es, als sei es lediglich ein Faktor, den sie der Vollständigkeit halber nicht auslassen konnte. Ich war so in meine Gedanken dazu versunken, dass ich fast ihre erste und einzige Frage verpasst hätte: »Ich habe gelesen, dass Männer, die eine Affäre haben, sich entweder entziehen oder plötzlich anderen Sex als bisher wollen. Das ist bei uns nicht so. Ist das ein gutes Zeichen?«

Ich goss ihr schweigend einen weiteren Kaffee ein und begann, statt zu antworten, meine Standardfragen zu stellen – viel zu früh!

Zehn Minuten später hatte ich alle persönlichen Details, einschließlich Fotos von Martin Kaufmann (46), Adressen der gemeinsamen Wohnung, von Arbeitsplatz, Fitnessstudio, Lieblingsrestaurants und engen Freunden. Katharina war einverstanden mit meinem Kostenvoranschlag, und wir vereinbarten eine Observationszeit von zwei Wochen mit einem Zwischenbericht.

Erst danach erklärte sie, dass sie gekommen sei, weil sich das Verhalten ihres Mannes in den letzten Wochen verändert habe. Er sei abwesend, gereizt, weiche ihren Blicken und Fragen aus und erkläre alles mit der intensiven Arbeit an seiner bisher größten Reportage. Seit ein paar Tagen nehme er sein Handy mit ins Bad.

Zum Abschied reichte sie mir die Hand. Ich hätte sie gerne fester gedrückt, aber sie wirkte zerbrechlich, und die teuren Ehe- und Verlobungsringe sahen unbequem aus. Im Hausflur drehte sie sich noch einmal zu mir um und sagte: »Ich brauche Klarheit.« Ich nickte nur.

Ein paar Minuten später klopfte Sebastian. An den Sex kann ich mich nicht erinnern.

VIER

Es war ein natürlicher Schritt von der Taxifahrerin zur Privatdetektivin. Eines Nachts vor sieben Jahren sprang an einer roten Ampel eine junge Frau in meinen Wagen. Sie flehte mich an, einem anderen Taxi zu folgen, das weiter vorne in der Schlange stand. Was ich getan habe. Sie bot mir viel Geld, um ihrem Verlobten, der in diesem Wagen saß, auf der Spur zu bleiben und gegebenenfalls per Handyfoto zu dokumentieren, mit wem er sich traf. Das war der erste in einer sehr langen Reihe von Seitensprüngen, den ich bezeugt habe.

Daran musste ich denken und an Katharina Schneiders Entscheidung, sich trotzdem auf die große Liebe einzulassen, als ich auf dem Weg nach Hause war. Ich habe natürlich Klienten, die nicht an die »große Liebe« glauben, die sie gar nicht wollen. Welche, die mehrere haben, auch gleichzeitig, oder von sich sagen, dass sie noch nie geliebt haben oder nie geliebt wurden – und doch kommen sie alle zu mir aus Angst, verraten worden zu sein. Ich fahre meist mit der U-Bahn. Ich nehme die U7 Richtung Rudow bis Südstern und laufe dann noch ein paar Minuten bis in den Graefekiez. Normalerweise habe ich keine Schwierigkeiten, in dieser Zeit meinen Arbeitstag gedanklich abzuhaken. An jenem Abend aber war ich gereizt und nervös. Ich dachte erst, das liege an Sebastian.

Ich hatte ihm dabei zugesehen, wie er sich angezogen hatte. Ein schöner Anblick. Sebastian war Kampfschwimmer gewesen, nachdem er ein Psychologiestudium abgebrochen und bevor er sich für den Polizeidienst entschieden hatte. Er schwimmt immer noch mehrmals in der Woche. Als er jung war, wäre er mir vermutlich zu hübsch gewesen – aber seiner Frau scheint er gefallen zu haben. Die beiden sind seit siebzehn Jahren zusammen. Drei Kinder, von denen ich die Namen, aber keine Gesichter kenne. Er hat nie angeboten, Fotos zu zeigen, und ich hätte sie nicht sehen wollen. So sind »wir« nicht. Es gibt nicht einmal ein »wir«. Zumindest nicht außerhalb meines Hinterzimmers.

Jedenfalls hatte er gerade nach seinem T-Shirt geangelt und dabei ganz beiläufig gefragt: »Wie findest du das Hotel?«

Ich hatte keine Ahnung gehabt, wovon er sprach.

»Ich hab dir vorhin den Link geschickt.« Er hatte sich konzentriert die Schuhe gebunden.

Wir reden nicht viel, und wenn, dann über einen seiner Fälle, in dem ich Nachforschungen anstelle, die er nicht genehmigt bekommt. Ich habe kein Problem damit, für ihn zu arbeiten. Er bezahlt meinen Standardsatz, und wie er später erklärt, an die Informationen gekommen zu sein, frage ich nicht. Und er fragt auch nicht. Er weiß, wie geduldig und sorgfältig ich bin und dass ich mich an Regel Nummer 1 halte. Immer. »Nicht einmischen! Niemals!« Immer. Niemals.

Ich hatte mir also die Website eines »idyllischen Familienhotels« an der Ostsee angesehen. Ich weiß nicht, was mich mehr gestört hat, die furchtbar kitschigen Fotos oder die Tatsache, dass Sebastian mich dabei beobachtete.

»Reetdach? Honeymoon-Suite? Ernsthaft?«

Ich hatte seinen Gesichtsausdruck nicht deuten können, aber mir war ein längeres Gespräch zu dem Thema erspart geblieben, als sein Handywecker geklingelt hatte. Er hatte losgemusst, um seinen ältesten Sohn vom Handballtraining abzuholen.

Als ich endlich zu Hause ankam, hoffte ich, dass Tina ein Date hatte und Karl noch bei einem seiner Kumpels war – doch sobald ich die Wohnungstür aufschloss, hörte ich die beiden herumalbern. Ich schlich in mein Zimmer und legte mich fünf Minuten aufs Bett. Ich versuchte, mich an die Meditationsanleitungen zu erinnern, die Tina mir immer wieder schickt, aber mein Kopf wollte nicht langsamer werden. Also gab ich auf und ging in die Küche, wo Tina gerade mit Karl um dessen Handy rangelte.

»Du hast tausend Fotos von ihr, gib's doch zu!«, meinte sie lachend.

»Lass mich in Ruhe!«

Karl hielt sein Smartphone umklammert und blickte mich flehend an. Einen Moment lang sah er wieder aus wie der bezaubernde kleine Junge, der jede Nacht mit einem Teddybären und seiner Bettdecke im Arm zu mir gekommen war, damit ich besser schlafen konnte. Das war in seiner Helden- und Ritterphase gewesen. Die war schon lange vorbei.

»Tina, hör doch auf!« Ich glaube, meine Stimme klang schärfer als beabsichtigt.

»Spaßbremse! Auf welcher Seite stehst du eigentlich? Du willst doch auch wissen, in wen Karl verknallt ist!«

»Mama, du bist die Allerallerbeste!« Karl grinste erleichtert.

»Schleimer!«, seufzte Tina theatralisch.

Als sein Handy klingelte und der Name »Ava« auf dem Display erschien, hastete Karl aus dem Raum. Ich fühlte mich müde und … alt.

Tina drehte sich wieder mir zu und verkündete beleidigt: »Ich sag dir nicht, wer die Kleine ist, wenn ich es rausgekriegt habe. Und das werde ich!«

Das würde sie wirklich. Tina ist unfassbar gut im Online-Stalking.

»Das hältst du doch gar nicht aus«, meinte ich lachend.

»Ha, von wegen!«, erwiderte sie empört.

Während sie sich Wein eingoss und kalorienreduzierte Tiefkühlpizza in den Ofen schob, versuchte ich, meinen nächsten

Arbeitstag zu organisieren. Ich hatte zwei Klientengespräche am Vormittag und einen Gerichtstermin gegen Mittag. Ich sollte in einem Kündigungsverfahren als Zeugin aussagen – Routine. Das ließ mir nur den frühen Morgen und den Abend, um Martin Kaufmann zu beobachten. Was mich nervte. Ich wollte nicht, dass Katharina Schneider auf ihre Klarheit warten musste.

Ich sah den Plan für die kommenden Tage durch und bat dann Tina in meinem allerfreundlichsten Tonfall, den Terminkalender für den Rest der Woche freizuräumen. Um sie zu besänftigen, verriet ich ihr Avas Namen und fühlte mich im selben Moment schuldig.

Am nächsten Morgen wachte ich auf, bevor mein Wecker ging. Das Display zeigte 5:55 Uhr. Ich duschte kurz und befüllte meine Thermoskanne mit Kaffee. Karl tappte gerade aus seinem Zimmer, als ich die Wohnung verlassen wollte. Verstrubbelte hellbraune Haare, halb geschlossene blaue Augen mit sehr langen Wimpern und ein Grübchen in der linken Wange. Er sah aus wie sein Vater. Aber den Gedanken schob ich schnell zur Seite. Ich winkte ihm zu und deutete einen Kuss an, den er mit einer Mischung aus Augenrollen und Grinsen kommentierte. Dann hastete ich los.

Um 6:45 Uhr verließ Martin Kaufmann seine Wohnung am Strausberger Platz, um ins Fitnessstudio zu gehen – angeblich.

FÜNF

Er wählte ein Laufband am Fenster. Ich saß an der Bushaltestelle gegenüber dem schicken Fitnessstudio und tippte meine Beobachtungen in mein Handy.

Die meisten Leute denken, Privatdetektive sitzen die ganze Zeit in Autos und haben Ferngläser und Richtmikrofone dabei. Davon abgesehen, dass die durch Eindringen in die Privatsphäre erlangten Informationen in den meisten Fällen vor Gericht nicht zulässig sind und man sich unter Umständen strafbar macht, wenn man sie beschafft – wie wahrscheinlich ist es, in einer Stadt wie Berlin einen passenden Parkplatz zu finden? Bushaltestellen sind ein Glückstreffer, vor allem wenn sie, wie in diesem Fall, von mehreren Linien angefahren werden. Niemand wundert sich, wenn man sitzen bleibt, und niemand ist lange genug da, um zu merken, dass man gar nicht vorhat, aufzustehen.

Martin Kaufmann war groß, schlank, mit leicht hochgezogenen Schultern und zurückweichendem Haaransatz. Er trug eine schwarz gerahmte Brille und weiße In-Ear-Kopfhörer. Er war perfekt ausgeleuchtet, wie in einem Schaufenster, und ich fragte mich, ob ihm das klar war, ob er es so wollte. Sein Laufstil war angestrengt und unrund. Seiner Gesichtsfarbe nach zu urteilen, übernahm er sich. Nach etwas über einer halben Stunde verließ er das Laufband. Anschließend wuchtete er – für mich schwerer zu erkennen – im hinteren Teil des Studios ein paar Minuten lang Gewichte, auch das mit eckigen und unausgewogenen

Bewegungen. Als ihn ein Trainer ansprach, winkte er ab und verließ den Raum.

Vierzehn Minuten später trat er, in einen dicken schwarzen Wollmantel, Schal und Mütze gehüllt, auf die Straße und ging in Richtung U-Bahn-Station Weberwiese. Ich folgte ihm auf dem gegenüberliegenden Bürgersteig auf gleicher Höhe, ließ mich dann etwas zurückfallen und wechselte auf seine Seite. Er schaute sich einmal um und schien etwas in sein Handy zu sprechen. Ob er telefonierte oder ein Memo diktierte, konnte ich nicht hören.

Auf der Zwischenebene der Station wendete ich meinen Daunenparka von der dunkelblauen auf die tarngrüne Seite und zog meine Mütze aus.

In der Bahn stand ich direkt hinter Kaufmann, der einen Eckplatz ergattert hatte, und konnte ihm sogar über die Schulter gucken, während er in sein Smartphone vertieft war. Konzentriert scrollte er sich durch sein E-Mail-Postfach. Da ich den Inhalt der Nachrichten ohnehin nicht lesen konnte, ohne von ihm bemerkt zu werden, sah ich ihn mir aus der Nähe an. Ich kann mich genau daran erinnern, wie unangenehm mir das war. Die zusteigenden Fahrgäste drängten, und ich hatte Mühe, zu verhindern, dass wir uns berührten. Er roch nach Bergamotte und Zeder und ein kleines bisschen nach Zigaretten. Ich konnte ihn im Profil und sein Spiegelbild in der gegenüberliegenden Fensterscheibe sehen. Er hatte eine scharf geschnittene, gerade Nase, ein kantiges Kinn, das im Begriff war, seine Definition zu verlieren, und einen breiten Mund mit im Moment schmal aufeinandergepressten Lippen. Er sah müder und älter aus als auf den Fotos, die ich von ihm hatte. Seine Gesichtshaut war leicht gebräunt, für seine sechsundvierzig Jahre hatte er schon erstaunlich viele Falten, vor allem um die Augen. Ich weiß noch, dass ich einen Augenblick lang für Katharina Schneider hoffte, dass es Lachfalten waren, und mich dann wieder auf meine

Beobachtung konzentrierte. Als die Bahn langsamer wurde, steckte er sein Handy ein. Seine Hände waren ungewöhnlich schön. Kräftig, aber mit langen, eleganten Fingern und gepflegten Nägeln. Das Auffälligste an ihnen war jedoch sein breiter und glänzender Ehering. Ich folgte Kaufmann, bis er das Redaktionsgebäude des Wochenmagazins betrat, bei dem er fest angestellt war. Dann rief ich Eugen an, um mich von ihm in seinem Mercedes 240 D Baujahr 1974 ins Büro fahren zu lassen.

Noch bevor ich auf dem Beifahrersitz Platz genommen und die Tür zugezogen hatte, fragte er mich, was los sei. Dabei lächelte er mich so an, dass seine goldenen Zähne blitzten. »Ärger mit dem Kommissar, moya malen'kaya?« Er reichte mir eine Tüte mit Croissants. Das machen wir immer so. Ich bringe den Kaffee, schwarz, kein Zucker, und er die Croissants. Dann fragt er mich, ob ich reden will. Ich sage meistens Nein, er schmunzelt und sagt mir auf den Kopf zu, was gerade in meinem Leben vor sich geht. Ich zucke dann meist mit den Schultern, lache ein ertapptes Lachen oder schüttele empört den Kopf. Eugen beginnt daraufhin, von der vergangenen Nachtschicht zu berichten, oder er spricht über Nadja, seine Frau. Sie ist vor fast zwanzig Jahren gestorben, aber wenn er von ihr erzählt, klingt es, als sei sie immer noch Teil seines Lebens. Wahrscheinlich ist sie das.

Während Eugen seelenruhig durch den morgendlichen Berufsverkehr steuerte, sah er mich immer wieder von der Seite an und verkündete schließlich kopfschüttelnd: »Er ist nicht gut für dich, der Kommissar. Und für sich ist er auch nicht gut. Du kannst viel mehr haben, wenn du dich traust!«

Ich musste an Katharina Schneider denken, die sich getraut hatte und jetzt sich selbst und ihrer großen Liebe nicht mehr trauen konnte. Gab es ein Zurück aus dem Misstrauen, das sie zu mir geführt hatte? Selbst wenn sich herausstellen sollte, dass Martin Kaufmann sie nicht hinterging – hatte nicht sie ihn hintergangen und verraten, indem sie mein Büro betreten hatte?

»Wie geht es Karl?«, fragte Eugen, als ihm klar wurde, dass ich nicht antworten würde, aber an den wollte und konnte ich auch nicht denken. Wenn er wirklich verknallt war, würde zwangsläufig der erste Liebeskummer folgen. Ich verdiene meinen Lebensunterhalt damit, mir und meinen Klienten jeden Tag aufs Neue zu beweisen, dass es das »glücklich bis ans Ende ihrer Tage« nicht gibt. Ich hätte mir etwas vorgemacht, wäre ich davon ausgegangen, dass mein Sohn da eine Ausnahme bildete. Die Frage war nur: Würde er Ava das Herz brechen oder sie ihm? Würden sie sich in zwanzig Jahren noch aneinander erinnern?

Den Rest der Fahrt saßen wir schweigend nebeneinander. Es wurde langsam hell. Der Schnee war fast überall geschmolzen. Die Stadt war wieder anthrazit, kalt und dreckig. Zum Abschied nahm Eugen meine Hand und zitierte Seneca: »Nicht weil es schwer ist, wagen wir es nicht, sondern weil wir es nicht wagen, ist es schwer.« Ich konnte ihm nur verzeihen, weil seine alte Stimme so heiser knarzte und seine »Rs« rollten und er dazu sein goldenes Lächeln lächelte.

Im Büro wartete Tina auf mich. Sie hatte Ava im Internet gefunden und kannte jetzt Alter, Größe, Augen- und Haarfarbe, Lieblingsbands und Hobbys. Informationen, die ich nicht haben wollte.

»Echt jetzt? Du bist kein bisschen neugierig?«, fragte sie beleidigt.

»Kein bisschen.« Wenn man glauben will, was man sagt, ist es dann eine Lüge?

»Karl hat es richtig erwischt!«

»Hast du die Termine verschoben, wie wir es besprochen hatten?«, versuchte ich, das Thema zu wechseln.

»Kein Wunder, dass Karl lieber mit mir redet als mit dir!« Sie war offenbar eingeschnappt und hackte deshalb demonstrativ laut auf ihre Tastatur ein.

Ich weiß nicht, woher meine Wut so plötzlich kam und so heftig. Ich werde eigentlich nie derart wütend, dass man es mir ansehen kann, aber wenn nicht im selben Moment ein Klient hereingekommen wäre, hätte ich ... Ich weiß ehrlich gesagt nicht, was ich getan hätte.

Tina sah mir kopfschüttelnd nach, als ich mit dem älteren Herrn, der mich engagieren wollte, um einen alten Brieffreund wiederzufinden, in mein Büro ging und die Tür zu laut hinter uns schloss.

Der Rest des Tages verlief ruhig. Nachdem sich der Brieffreund, noch während der Klient in meinem Büro saß, bei Facebook auffinden ließ, stellte ich den Kontakt her und verabschiedete einen glücklichen Mann. Das verbesserte meine Laune, und auch Tina hatte sich inzwischen wieder eingekriegt. Den zweiten Klienten lehnte ich ab, weil er falsche Vorstellungen davon hatte, was Privatdetektive leisten können und tun dürfen. Wir haben keine besonderen Befugnisse, dürfen genauso wenig wie jeder andere gegen Persönlichkeitsrechte verstoßen, und wir tragen auch keine Schusswaffen. Sebastian findet allerdings, dass wir gegenüber der Polizei dadurch im Vorteil sind, dass wir oft schon dann eingeschaltet werden, wenn sich eine Krise anbahnt.

Nach meinem Gerichtstermin traf ich mich mit Karl in einem Café in der Nähe seiner Schule, bevor er sich zum Fußballtraining und ich mich zu meiner zweiten Beschattung von Martin Kaufmann aufmachte. Wir wollten beide nicht reden. Er vermutlich nicht, weil er, was auch immer in ihm vorging, beschützen wollte, und ich nicht, weil ich nicht wollte, dass sich etwas änderte. Ich wollte, dass unsere Beziehung so blieb, wie sie war. Und doch habe ich etwas verändert, als ich ihn zum

Abschied länger als sonst umarmte und ihm einen Kuss auf die Wange gab, was er so richtig bescheuert fand.

Während ich in einem Hauseingang vor dem eiskalten Wind geschützt darauf wartete, dass Kaufmann die Redaktion verließ, erhielt ich eine SMS von Katharina Schneider. Martin hatte ihr geschrieben, dass er am Abend ein Geschäftsessen mit seinem Ressortleiter habe. Kurz darauf verließ er das Gebäude allein. Ich folgte ihm mit U-Bahn und Bus bis in die Bleibtreustraße in Charlottenburg. Er wirkte noch angespannter als am Morgen. Vor einem Vier-Sterne-Superior-Hotel zündete er sich eine Zigarette an und warf sie nach einigen hastigen Zügen in den Rinnstein. Dann straffte er seine Schultern und betrat das Foyer.

Ich überquerte die Straße und ging ihm nach.

Er saß im Eingangsbereich in einem Sessel und beobachtete die Tür. Er hatte mich also gesehen, beachtete mich aber nicht weiter. Ich ging, ohne zu zögern, an ihm vorbei ins angeschlossene Restaurant und setzte mich dort an die kleine Bar. Ich bestellte ein Glas Wein und gab vor, mit meinem Telefon beschäftigt zu sein. Kaufmann sah ungeduldig auf die Uhr, als eine junge hübsche Brünette das Foyer betrat und auf ihn zukam. Sie war mit einem Taxi vorgefahren. Ich notierte mir das Kennzeichen und machte dann ein Foto von den beiden, indem ich so tat, als machte ich ein Selfie. Ich hasse das. Aber es funktioniert immer. Kaufmann und die junge Frau, die eine kleine Reisetasche bei sich hatte, begrüßten sich etwas unbeholfen, aber auf eine verschwörerische Art vertraut. Als sein Handy klingelte und er sich nervös entschuldigte, ging sie vor, um sich an der Rezeption einen Schlüssel geben zu lassen. Sie signalisierte ihm die Zimmernummer – 201 – und verschwand im Aufzug.

Und dann ging alles ganz schnell. Kaufmann beendete das Gespräch mit einem Kuss. Ich war sicher, dass Katharina Schneider am Apparat gewesen war. Ohne nachzudenken, legte ich einen Zehneuroschein auf die Bar und war in fünf Schritten bei ihm, als er eben in den Lift steigen wollte. Zum allerersten Mal in meiner Zeit als Privatdetektivin verstieß ich gegen Regel Nummer 1! Ich hielt ihn am Ärmel zurück. »Tun Sie das nicht!«

SECHS

Er sah so ertappt aus, dass es schon fast lustig war. Ich dachte, er fällt gleich in Ohnmacht. Genau wie bei seiner Frau hat auch seine Stimme mich überrascht. Selbst wenn sie in diesem Augenblick gepresst und vor Schreck kratzig klang, ahnte man, dass sie warm und voller Volumen sein konnte. »Wer sind Sie?«, war seine erste Frage. Also tat er erst gar nicht so, als gäbe es nichts, was er nicht tun sollte. Ich erinnere mich daran, wie ruhig ich war. Wie sicher, dass ich dieses eine Mal die Chance hatte, etwas zu retten, statt nur den Schaden aufzunehmen.

»Ich bin eine … Bekannte von Katharina.« Es fühlte sich plötzlich richtig an, sie beim Vornamen zu nennen. Katharina.

Bevor ich weitersprechen konnte, passierte etwas, womit ich nicht gerechnet hatte und das ich auch erst jetzt, da alles zu spät ist, verstehe. Während er gerade noch schuldbewusst und ängstlich gewirkt hatte, wurde er mit einem Schlag geradezu panisch. Er musste sich mit einer Hand an der Wand abstützen und öffnete den Mund, als wolle er etwas sagen, schloss ihn dann aber wieder.

Ich gab ihm keine Zeit, sich zu sammeln. »Ist die junge Frau in Zimmer 201 wirklich Ihre Ehe wert?«

Er stammelte etwas, das ich nicht richtig verstand, das aber erbärmlich nach »Es ist nicht das, wonach es aussieht« klang.

Ich ignorierte ihn und sagte leise: »Ich gebe Ihnen eine Chance!«

In diesem Moment veränderte sich etwas in ihm. Panik, Angst, Nervosität und Anspannung hatte ich bereits an ihm kennengelernt. Nun war da plötzlich etwas anderes. Ich glaubte, es sei Hoffnung. Und vielleicht war es das auch. Ich werde es nie erfahren. Jedenfalls sah Martin Kaufmann plötzlich ganz und gar anders aus, und ich ahnte, was Katharina an ihm fand. Er sah lebendig aus. Hatte er bisher defensiv und gehetzt gewirkt, kam nun etwas Aktives, Kraftvolles zum Vorschein. Er richtete sich zu seiner vollen Größe auf und fragte: »Was wollen Sie?«

Eine gute Frage, die ich mir seither bestimmt hundertmal gestellt habe. Ich wollte, dass Katharina weiter strahlte. Ich wollte einmal in meinem Leben bezeugen, dass es die richtige Entscheidung sein konnte, einem anderen Menschen zu vertrauen. Dass Menschen sich einfach wollen konnten und nicht brauchen mussten. Ich wollte, dass Katharina sich zu Recht getraut hatte und dass für sie alles wieder einfach sein konnte. Ich wollte für mich selbst wissen, dass es so etwas gab.

Aber das sagte ich nicht. Ich sagte überhaupt nichts. Kaufmann wurde daraufhin wieder wacklig. »Wollen Sie Geld? Ich gebe Ihnen, was Sie wollen. Nur sagen Sie Katharina nichts, bitte!«

Etwas in der Art und Weise, wie er ihren Namen aussprach, hat mich damals überzeugt. Ich war plötzlich sicher, dass er Katharina liebte und dass, was auch immer ihn dazu gebracht hatte, sich hier mit der jungen Frau zu treffen, nicht stark genug war, um daran etwas zu ändern. Ich ließ ihn warten, gerade so lange, wie ich es selbst aushielt. Ich frage mich manchmal, wie lange das war. Vermutlich keine dreißig Sekunden.

Schließlich sagte ich, so ruhig ich konnte: »Ich will, dass Sie Ihre Frau nicht betrügen, und ich will nicht bereuen, dass ich Ihnen diese eine Chance gegeben habe.«

Er griff nach meiner Hand. Bei der Berührung zuckte ich zusammen. Seine Hände waren eiskalt. Er sah mir in die Augen und schwor, sich an meine Forderungen zu halten. Ich glaubte ihm.

Es sind etwas über sieben Kilometer von der Bleibtreustraße bis zu mir nach Hause. Ich ging zu Fuß. Es hatte wieder angefangen zu schneien. Im Licht der Straßenlaternen hatte der Schnee aber die falsche Farbe. Was bei Tag rein und klar erschienen war, war nun undefiniert und erschwerte das Laufen. Ich hatte meine Kopfhörer aufgesetzt und hörte Musik, hatte also noch nicht einmal etwas von der Stille, die starker Schneefall in einer Stadt verursacht. Was der Zufallsmodus mir an Musikvorschlägen machte, war deprimierend. Ich versuchte zu verstehen, was um alles in der Welt in der Hotellobby passiert war. Ich fragte mich, ob Kaufmann Katharina schon betrogen oder ob ich gerade das erste Treffen verhindert hatte und ob es einen Unterschied machte. Ich fragte mich, was ich in meinen Bericht schreiben sollte.

Ich werde sehr oft von Frauen gefragt, ob ich die Untreue ihrer Männer beweisen kann, und falls sich keine Fakten finden lassen, ob ich die Treue nicht vielleicht auf die Probe stellen könne. Ich kenne eine Kollegin, die so etwas macht. Sie ist gut im Geschäft. Sie findet, sie spart viel Zeit, die sie sonst mit Beobachten und Warten beschäftigt wäre. Für mich kam das nie infrage.

Meine Eltern waren siebenundzwanzig Jahre lang verheiratet gewesen, als meine Mutter vor zehn Jahren starb. Drei Jahre später war auch mein Vater tot. Ich habe sie nie vermisst. Ich kannte sie kaum. Sie waren so sehr damit beschäftigt gewesen, sich zu hassen und doch nicht loszulassen, dass sie auch mich kaum kannten. Ich habe nicht verstanden, wieso sie an etwas festgehalten haben, das so offensichtlich schmerzhaft, ungesund und ungewollt war. Wofür? Was haben sie dafür bekommen? Und was wären sie zu geben bereit gewesen, wenn sie sich geliebt hätten? War da jemals Liebe gewesen, war es deren Verlust oder Sterben, das sie sich gegenseitig täglich schweigend zum Vorwurf machten? Nach außen hin immer perfekt, haben sie sich nur mit viel Rauchen und Trinken ertragen.

Meine Mutter hat darauf bestanden, mich Isadora zu nennen. Nach Isadora Duncan. Mein Vater fand den Namen immer furchtbar. Meine Mutter behauptete, sie habe an die emanzipierte, eigenwillige und kämpferische Frau, die den Bühnentanz revolutionierte, erinnern wollen. Ich habe aber immer vermutet, es ging ihr eher um die etlichen Affären, für die Isadora Duncan bekannt gewesen war. Meine Mutter fand es nicht makaber, mich nach einer dreifachen Mutter zu benennen, die alle ihre Kinder verloren hat und mit fünfzig von einem Schal, der sich in den Felgen eines Sportwagens verfing, erdrosselt wurde. Ich schon.

Ich habe nur einen Sohn vorzuweisen, den ich wie meinen Augapfel gehütet habe, solange er es mir gestattet hat.

Ich erinnere mich daran, wie Katharina auf meine Frage reagierte, ob sie Kinder habe: mit Schmerz. Ich habe nicht lockergelassen, denn Lebensumstände und Familienkonstellationen sind wichtig für die Ermittlungen. Sie hat schließlich verneint, aber ich hatte dabei den Eindruck, als sei diese Antwort zu einfach.

Zu Hause angekommen, hatte ich die Wohnung quasi für mich. Karl hatte sich in sein Zimmer verkrümelt und schien zu telefonieren, jedenfalls hörte ich leises Gemurmel und verbat mir, darüber nachzudenken, was er so lange mit Ava zu besprechen hatte. Tina hatte mir einen Zettel auf den Küchentisch gelegt. Darauf stand, dass sie ein Date hatte und wir uns vermutlich erst am kommenden Tag im Büro wiedersehen würden. Ich blieb in der Küche, denn mein Zimmer war zu kalt. Ich nahm mir ein Glas Wein und versuchte, mir eine Geschichte für Katharina auszudenken. Vergeblich.

SIEBEN

Am nächsten Morgen wachte ich auf, weil Tina sich neben mich auf mein Bett warf.

»Ich bin verliebt!«, flötete sie.

»Du bist betrunken.«

»Das auch.«

Ich wusste, was folgen würde: Wochen, in denen sie singend und tanzend durch die Gegend flatterte – gerne auch im Büro, wo meine Klienten wenig Verständnis für aus dem Stand vorgetragene Liebessonette haben – oder in denen sie heulend und Eis essend in der Wohnung rumhing und Karl anflehte, niemals so ein Arsch zu werden wie … wie der Mann des Monats eben gerade hieß. Tina und ich wohnen zusammen, seit sie nach Berlin gekommen ist und ich schwanger von zu Hause ausgezogen bin. Ihre ersten paar Herzensbrüche, die er bewusst mitbekommen hat, haben Karl sehr beeindruckt. Er hat ihr dann immer seine liebsten Playmobilfiguren oder Siku-Autos geliehen und angeboten, dem gemeinen Mann mal so richtig die Meinung zu sagen.

Während Tina in verstörendem Detailreichtum von Tobias' Vorzügen als Liebhaber schwärmte, versuchte ich, das Gefühl von Schwere und Sinnlosigkeit wegzuatmen, das mich manchmal morgens anspringt, als habe es im Dunklen darauf gelauert, dass ich die Augen öffne. Weil ich warten kann, bin ich auch darin gut. Ich kann darauf warten, dass sich die Enge im Brustkorb löst, mit jedem Atemzug ein bisschen mehr. Darauf, dass es draußen heller wird, mit jedem Ticken des Weckers ein bisschen mehr. Und darauf, dass irgendetwas passiert, das genug Schwung hat, meine rotierenden Gedanken aus den viel zu engen Kurven meines Hirns zu tragen.

Eugen zitiert oft Luc de Clapiers: »Geduld ist die Kunst zu hoffen.« Und fügt dann manchmal leiser hinzu: »... und wer hoffen kann, kann heilen.« Ich glaube, der zweite Teil stammt von Nadja. Nicht, dass er ihr genützt hätte.

Ich ließ Tina einfach reden und ging in die Küche. Karl saß über sein Handy gebeugt da und schlürfte Kakao. Das Wissen, dass dieser ein Überbleibsel einer Zeit war, die unwiederbringlich vorbeirauschte, traf mich heftiger als sonst. Ich machte mir einen Kaffee und setzte mich meinem Sohn gegenüber. Er blickte nur ganz kurz auf, schien mich aber nicht wirklich zu sehen.

»Tina hat's wieder erwischt!«, begann ich schließlich. In den vergangenen Jahren hatte es uns oft viel Spaß gemacht und zusammengeschweißt, Tinas verrücktes Liebesleben zu kommentieren und gemeinsam darüber zu lachen. Nicht so an diesem Morgen.

»Vielleicht klappt's ja diesmal«, murmelte er und stand auf, um seinen Becher in die Spülmaschine zu stellen. Er war schon fast durch die Tür, als ich hastig anbot: »Wir können jederzeit reden ... über alles.« Er nickte nur abwesend und ging ohne ein weiteres Wort.

Fünfundvierzig Minuten später wartete ich im Schatten eines Hauseingangs vor Katharinas und Martins Loft. Es war klirrend kalt. Es versprach ein sonniger Tag zu werden. Über Lichtenberg färbte sich der Himmel rosa und lila und ein kleines bisschen orange, was mir zu bunt und kitschig erschien. Zwei Teenie-Mädchen blieben stehen, um vor diesem Hintergrund Selfies zu machen. Sie verstellten mir die Sicht, sodass ich es fast verpasst hätte, als Katharina und Martin gemeinsam auf die Straße traten.

Ich erinnere mich daran, dass es mir unangenehm war, sie zu beobachten. Als stünde ich viel zu nahe, obwohl die ganze Karl-Marx-Allee zwischen uns lag. Sie lachten und küssten sich zum Abschied, bevor sie sich trennten. Sie wirkten lebendig und leuchtend, obwohl sie dunkel gekleidet waren. Beide zusammen erschienen mir ganz anders, leichter, als ich sie einzeln erlebt hatte. Jeder Zweifel, den ich an meinem Handeln vom Vorabend gehabt hatte, verschwand. Und so auch die Schwere, das Gefühl von Sinnlosigkeit und die Abscheu vor dem rosa gefärbten Morgenhimmel.

Wie am Vortag folgte ich Martin Kaufmann. Doch bevor ich losging, sah ich noch aus dem Augenwinkel, dass Katharina sich suchend umschaute. Ich bin mir nicht sicher, ob sie mich bemerkt hat.

Die Fahrt zum Alex war ereignislos. Ich hielt einen halben Waggon und eine unnötige Brille Abstand zwischen Kaufmann und mir. Nachdem er in seinem Redaktionsgebäude verschwunden war, rief ich Eugen an.

In der Stülerstraße, zwischen Nordischen Botschaften und Tiergarten, parkten wir eine Weile. Bei Croissants und Kaffee berichtete ich ihm von Katharina und allem, was geschehen war. Ich glaube, er war genauso überrascht wie ich, als ich einfach so anfing zu reden. Ich hatte den Bericht noch in der Nacht fertig geschrieben. Er enthielt nur die morgendlichen Beobachtungen und die Behauptung, dass ich die für den Abend anberaumte Observierung aus persönlichen Gründen hatte abbrechen müssen. Eugen sah mich nachdenklich an und schwieg. Lange. Schließlich schüttelte er lächelnd den Kopf und sagte: »Du kannst dich nicht halb einmischen. Ganz oder gar nicht. Und für gar nicht ist es zu spät.«

Manchmal wünschte ich mir, Eugen nicht kennengelernt zu haben. Mein Leben wäre viel einfacher, wenn er mich nicht immer ansehen würde, als gäbe es große Geheimnisse in mir zu ergründen. Als sei, was auch immer ich tue oder denke, wichtig und bemerkenswert. Ich nickte, und wir fuhren weiter.

Im Büro angekommen, hörte ich als Erstes meine Mailbox ab. Ich hatte zwei Nachrichten: Tina entschuldigte sich dafür, dass sie sich ausschlafen müsse, später mit Tobias verabredet sei und deshalb leider nicht zur Arbeit kommen könne. Was mich beruhigte. Und Sebastian, der ein Treffen um die Mittagszeit vorschlug. Ich war einverstanden.

Ich war damit beschäftigt, einen überfälligen Bericht zu schreiben, als Katharina klingelte. Wieder entschuldigte sie sich dafür, dass sie ohne Termin vorbeikam, und wieder fiel mir ihr Strahlen auf. Wir setzten uns. Sie lehnte den angebotenen Kaffee ab und sah zu Boden.

»Es war ein Fehler, Sie zu engagieren.« Ihre Stimme klang leise und gepresst.

Ich zuckte ertappt zusammen, aber sie sah nicht auf.

»Ich hatte mich so in die Idee verrannt, dass Martin mich betrügt, dass ich nicht mehr klar denken konnte. Ich habe damit gerechnet, dass jeden Moment mein Leben auseinanderbricht. Ich habe richtig darauf gewartet! Irgendjemand hat mal zu mir gesagt: Warten ist etwas festhalten, was vielleicht einmal sein wird. Aber es gab gar kein Essen, sein Kollege ist krank geworden. Und dann haben wir geredet. Über uns und was wir wollen ... und er war wieder ganz Martin ... vielleicht sogar noch mehr.« Sie begann zu lächeln.

Ich unterbrach sie – etwas, das ich sonst niemals tue, nicht in meinem Privatleben und ganz sicher nicht bei meiner Arbeit: »Ich freue mich für Sie! Meine Ermittlungen haben nichts ergeben. Ich wünsche Ihnen beiden alles Gute.«

Ich konnte nicht sitzen bleiben. Eine Mischung aus schlechtem Gewissen wegen dieser Lüge und der Erleichterung darüber, dass sie anscheinend funktionierte, machte mich so unruhig, dass ich aufstand und die Tür zum Wartezimmer öffnete. Katharina sah irritiert auf. Es musste ihr vorgekommen sein, als wollte ich sie rausschmeißen.

In Wirklichkeit machte mich der Gedanke, Katharina nicht mehr wiederzusehen, traurig. Ich hatte immer noch dieses sonderbare Gefühl von Vertrautheit, auch wenn jetzt ein Geheimnis zwischen uns stand.

Sie betrachtete mich eine Weile, als suche sie etwas. »Ich mag Sie«, erklärte sie schließlich.

Ich kriege heute noch Gänsehaut, wenn ich daran denke. Nicht nur, weil es mir mit ihr genauso ging, sondern vor allem, weil sie es sagte. Sagen konnte, einfach so.

»Ich würde Sie gerne noch einmal beauftragen. Ich bin auf der Suche nach jemandem. Aber das hat Zeit.«

»Gerne«, antwortete ich hastig, wusste aber, dass sie mir meine Lüge ansah. Und obwohl sie doch enttäuscht oder verletzt oder wütend darüber gewesen sein muss, nahm sie ihre Worte nicht zurück, bevor sie nickte und ging.

Ich blieb lange in der Tür zwischen meinem Büro und dem Wartezimmer stehen, atmete und wartete. Darauf, dass sie zurückkam? Auf meinen nächsten Klienten, zu dem ich wieder den richtigen Abstand finden würde? Darauf, dass sich die Welt wieder anfühlte, als würde ich sie verstehen?

Der Vormittag verging quälend langsam mit Bürokram, Vor- und Abschlussgesprächen. Kurz bevor Sebastian klingelte, machte ich die Rechnung für Katharina Schneider fertig, steckte sie in einen Umschlag und klebte ihn zu. Dieses Mal schafften wir es nicht bis ins Hinterzimmer. Sebastian war überrascht, aber absolut nicht abgeneigt, als ich schon im Wartezimmer begann, ihn und mich auszuziehen.

ACHT

Wenn ich Sex mit Sebastian habe, ist alles andere egal. Oder besser: verschwunden. Es gibt nur noch meinen Körper und seinen und das, was sie miteinander tun können. Nichts, was ich in dieser Zeit nicht sehen, riechen, schmecken, hören oder fühlen kann, spielt irgendeine Rolle. Es gibt nichts Wichtigeres, Echteres. Bis es vorbei ist. Dann ziehen wir uns wieder an und sind, obwohl wir uns seit fast zwei Jahren manchmal mehrmals in der Woche treffen, befangen.

Karl und ich haben einmal im Aquarium einen Einsiedlerkrebs dabei beobachtet, wie er umgezogen ist. Dieser Moment, nachdem sein schutzloser Körper das alte Schneckenhaus verlassen und bevor er sich in das neue Zuhause gerettet hat – vielleicht sind Sebastian und ich auch ein bisschen so.

Dieses Mal war ich vor ihm wieder angezogen. Ich suchte auf dem Fußboden die Unterlagen und Stifte zusammen, die wir achtlos von meinem Schreibtisch gefegt hatten. Unter anderem die Rechnung für Katharina. Ich richtete mich auf und stieß beinahe mit Sebastian zusammen, der unbemerkt näher gekommen war und jetzt direkt hinter mir stand.

»Das war eine tolle Mittagspause«, sagte er grinsend und küsste meinen Nacken.

»Ja, war ganz nett.« Ich fühlte mich plötzlich zwischen Sebastians massigem Körper und dem Schreibtisch gefangen.

»Nett?«, fragte er gespielt empört und begann, meine Jeans wieder aufzuknöpfen.

»Ich hab noch echt viel zu tun. Sorry«, erklärte ich knapp. Er war nicht eingeschnappt oder irritiert. So sind wir nicht.

»Schade. Hast du über das Wochenende nachgedacht? Ich muss dem Hotel Bescheid sagen.«

»Bin noch gar nicht dazu gekommen, die Termine zu checken. Ich melde mich.«

Diesmal klingelte mein Handy und vereinfachte den Abschied.

Es war Karl, der fragte, ob er länger wegbleiben dürfe als sonst, denn er wolle ins Kino und der Film habe Überlänge. Ich war überrascht, wie schwer es mir fiel, zuzustimmen. Ich habe immer Angst um ihn. Ich habe mich daran gewöhnt. Ich atme und warte, bis er wieder heil und gesund in meiner Nähe ist. Aber dieses Mal war da die Ahnung, dass er nicht mehr so dicht an mich herankommen würde wie bisher, wenn er zurückkehrte.

Ich erledigte unkonzentriert den Rest der Buchhaltung und verließ dann am späten Nachmittag das Büro. Es war immer noch sehr kalt, der am Vortag fast weggeschmolzene Schnee war gefroren. Der Rollsplitt knirschte unter meinen Schuhsohlen, und schon nach ein paar Minuten spürte ich meine Nasenspitze und meine Wangen nicht mehr. Ich wollte nicht nach Hause. Ich versuchte, meine Gedanken zu sortieren. Als das nicht klappte, versuchte ich, ihnen zu erlauben, sich selbst eine Ordnung zu schaffen. Ich konzentrierte mich nur auf meine Füße, die einen Schritt nach dem anderen machten.

Das mit der Ordnung wurde nichts, also winkte ich auf der Fasanenstraße ein Taxi heran und ließ mich, ohne meine spontane Planänderung infrage zu stellen, zum Alex fahren.

In Berlin gibt es über achttausend Taxis, und ich kenne noch viele Fahrer aus der Zeit, als ich selbst gefahren bin. Ich weiß, wie man sich als Fahrgast benehmen muss, um seine Ruhe zu haben, selbst wenn der Fahrer Redebedarf hat. Und davon gibt es einige, die Gegenstücke zu Eugen quasi. Doch der junge Mann, der mich erst freundlich begrüßte und dann ohne Punkt und Komma redete, war bestimmt einmalig. Wenn er mir im Rückspiegel einen Blick zuwarf, schaute er durch mich hindurch, während er mir ungefragt seine Weltsicht darlegte, die eine kapitalistische Verschwörung, die Allmacht internationaler Großkonzerne, den Zusammenbruch des globalen Bankenwesens und die Unabwendbarkeit eines Bürgerkriegs beinhaltete und mit dem – sicher gut gemeinten – Rat endete, mich mit Trockenobst und Konserven einzudecken und mir einen Trinkwasserfilter zuzulegen. Ich war froh, der unheilvollen Atmosphäre und dem strengen Körpergeruch zu entkommen, als ich nach unendlich langen siebenundzwanzig Minuten den Wagen verlassen konnte.

Ich bezog schräg gegenüber dem Redaktionsgebäude, in dem Martin Kaufmann arbeitete, Stellung, und erst da wurde mir klar, was ich hier tat und was mich an diesen Ort geführt hatte: die Erkenntnis, dass ich bei Katharina Schneiders Fall alles falsch gemacht hatte und es nicht dabei belassen konnte. Ich hatte Katharina vor der Wahrheit schützen wollen und ihr mit meiner Einmischung doch jede Chance genommen, sich selbst zu schützen. Ich hatte ihr die Freiheit genommen, sich für oder gegen Martin und ein gemeinsames Leben zu entscheiden. Schlimmer noch, ich hatte ihre innere Peilung durcheinandergebracht, auf die sie sich bisher offenbar immer hatte verlassen können. Ob sie es schon wusste oder nicht, nichts war mehr »einfach« zwischen ihr und ihrem Ehemann. Und egal, wie sehr ich es bereuen würde – und das würde ich –, ich war nicht mehr herauszukürzen aus dieser Gleichung. Ich hatte mich in diese Gleichung hineingezwungen, weil ich in Katharina etwas gesehen hatte, was ich selbst wollte. Und dadurch in einem einzigen Augenblick in einer Hotellobby alles verraten hatte, was ich in sieben Jahren in meinem Beruf gelernt hatte.

Ich beobachtete den Eingang und fragte mich, was ich mit dieser Einsicht tun sollte. Ich wollte handeln, nicht fühlen. Als Kaufmann schließlich alleine das Gebäude verließ, war ich keinen Schritt weiter. Also folgte ich ihm bis in ein Café in der Nähe. Es hatte große Fensterfronten, man konnte jeden Platz von außen einsehen. Ich war froh, dass ich mich nicht unter Leute begeben musste. Ich ging auf der gegenüberliegenden Straßenseite auf und ab und gab vor, zu telefonieren. In Gedanken spielte ich ein Gespräch mit Katharina durch, in dem ich ihr alles gestand und sie um Verzeihung bat, die sie mir natürlich verwehrte. Nach ein paar Minuten, in denen Kaufmann angespannt in seinen Kaffee gestarrt hatte, trat die hübsche Brünette zu ihm an den Tisch und setzte sich nach einer knappen Begrüßung. Sie musste durch einen Seiteneingang gekommen sein, denn ich hatte sie nicht bemerkt. Kaufmann vermied Körperkontakt und war auch sonst distanziert. Die Frau wirkte gefasst, allerdings konnte ich sie nur von der Seite sehen. Sie stellte eine Geschenktüte auf den Tisch, erhob sich und verabschiedete sich wieder mit einem knappen Nicken.

Gab sie ihm ein Geschenk zurück, das er ihr gemacht hatte? Dann war die Beziehung weiter, als ich befürchtet hatte. Oder hatte er sogar schon persönliche Gegenstände bei ihr deponiert gehabt? Aber wieso dann das Treffen im Hotel?

Kaufmann rang offensichtlich um Fassung, straffte sich dann und verließ das Café. Er stieg in die U-Bahn und fuhr zum Strausberger Platz. Als er die Haustür aufschloss, drehte ich ab und machte mich auf den Weg nach Hause.

Nach drei Gläsern Wein schlief ich ein und wurde nicht einmal wach, als Karl zurückkam. Ich vermute, er kam zur verabredeten Zeit, wie er es bis dahin immer gemacht hatte.

Und so habe ich auch erst am nächsten Morgen gesehen, dass sich mein Leben für immer verändert hatte.

TEIL 2

»Alles wird sich ergeben und fügen
zur Verwirklichung deiner Träume.«

Azmuto

EINS

Das erste Mal habe ich an meinem achtzehnten Geburtstag Champagner getrunken. Es gab schon vorher Gelegenheiten dazu, aber keine davon war mir »angemessen« erschienen. Erst war ich enttäuscht, weil ich keinen großen Unterschied zu Sekt ausmachen konnte. Beim zweiten Schluck kam es mir dann aber doch so vor, als seien die Bläschen feiner und der Geschmack runder, aber vor allem die Farbe hatte es mir angetan. Das eleganteste transparente Rotgold – schön, geheimnisvoll und für jeden erkennbar kostbar. Ich weiß noch, wie sehr ich damals hoffte, mich selbst auch irgendwann »angemessen« zu fühlen.

»Schön« hat irgendwann seine Bedeutung, seinen Reiz verloren, »geheimnisvoll« auch. Ich kenne mich aus mit Geheimnissen, und niemand hält die Eigenschaften geheim, die er an sich selbst mag. Aber »kostbar« hatte ich geschafft … fast. Zumindest so kostbar wie jeder andere Mensch auch.

Ich musste an Champagner denken. Vielleicht war es das Sonnenlicht, das durch den Sichtschutz der Sanitäter fiel, vielleicht die wertvollen Ringe an Katharinas Hand, oder es war das Kribbeln in meinen Fingerspitzen und die schwindelige Leichtigkeit im Kopf. Ich erinnere mich daran, dass das Gefühl von »kostbar sein« wegschwebte wie ein Luftballon. Er platzte nicht, wurde nicht weggerissen, sondern glitt ganz sanft davon.

Katharina lag hinter der champagnerfarbenen Wand. Der Notarzt stellte seine Herzmassage ein. Sebastian stieg nur ein paar Meter von mir entfernt aus seinem Dienstwagen und verschwand hinter dem Sichtschutz. Meine Knie gaben nach. Ich ließ mich auf die Bordsteinkante sinken.

Ein Streifenbeamter kam auf mich und die anderen Passanten zu. Passanten, Schaulustige, Gaffer … Wo war der Unterschied? Wozu zählte zum Beispiel die ältere Dame mit der Französischen Bulldogge, die ihre Tränen mit einem Stofftaschentuch abtupfte – wer benutzt heute noch Stofftaschentücher? Wozu zählten die Schulkinder, jünger als Karl, die sich, blass und aufgekratzt, schubsten und durchgeschüttelt Witze erzählten? Und der Fahrradkurier, der genervt mit einem der Polizisten verhandelte, weil er durch die Absperrung wollte? Die Frau, die neben ihrem rosafarbenen Kia stand und Fotos machte?

Der Polizist ging von einem zum anderen und fragte, ob wir irgendetwas in Zusammenhang mit dem »Vorfall« zu Protokoll zu geben hätten. Ansonsten sollten wir weitergehen. »Es gibt hier nichts mehr zu sehen!« Er klang gelangweilt, als er über uns hinwegguckte.

Ich versuchte aufzustehen, aber meine Beine reagierten nicht. Also blieb ich sitzen. Ich hätte sowieso nicht gewusst, wo ich hätte hingehen sollen. Ich hatte einen Termin. Ich sollte Katharina treffen. Ich hatte es versprochen.

Hinter dem Sichtschutz gab es Bewegung. Eine Frau von der Spurensicherung begann, Fotos zu machen. Der Notarzt und die Sanitäter zogen sich zurück. Eine von ihnen – eine blasse Frau Mitte zwanzig – steckte sich noch im Gehen eine Zigarette an. Ihr Kollege tippte auf seinem Smartphone herum, der Arzt besprach sich mit einem der Polizisten. Hinter mir spürte ich mehr und mehr Menschen, die in ihrem Alltag aufgehalten wurden. Für die meisten war es wahrscheinlich ein ganz normaler Wochentag. Und bis auf die Verspätung, die sich aus diesem »Vorfall« ergab, würde er das auch bleiben.

Ich versuchte, nicht daran zu denken, wie Katharina ausgesehen hatte, als ich sie das erste Mal getroffen hatte. So schön, geheimnisvoll und kostbar. Jetzt lag sie mit zerschmetterten Knochen in ihrem Blut, und nichts von Bedeutung war mehr übrig.

Ich weiß nicht mehr, wieso ich mich umdrehte, vielleicht war es eine Bewegung oder eine Silhouette. Für einen Moment glaubte ich, Charles zu erkennen, wie er gerade in der Menschenmenge verschwand. Karls Vater. Seit wir uns vor sechzehn Jahren begegnet waren, hatte ich oft geglaubt, ihn irgendwo zu sehen. In der U-Bahn, in einem Schatten, in einem Lachen. So wütend ich deshalb auch auf mich war, so hatte ich doch immer, wenn etwas Besonderes passierte – egal, ob besonders schön oder besonders schmerzhaft –, den Impuls, mich nach ihm umzuschauen.

Als Eugen mich fand, fuhr gerade ein schwarzer Transporter vor. Ich hatte mich eben gefragt, was mit dem Blut auf dem Bürgersteig passieren würde. Ob es dafür ein Bindemittel gab, wie für Ölspuren, ob die Straßenreinigung zuständig war oder ob es einfach bleiben würde bis zum nächsten Regen.

Er setzte sich neben mich. Seine Knie knackten, er roch nach Old Spice und Kaffee. Das alles war so vertraut und fühlte sich an diesem Tag trotzdem fremd an. Eugen nahm behutsam meine Hände.

»Du erfrierst hier, moya malen'kaya. Komm.«

Aber wir blieben doch sitzen und warteten, bis zwei Männer Katharina auf eine Bahre wuchteten. Sie gaben sich nicht die Mühe, so zu tun, als ob sie etwas anderes als Fleisch und Knochen in einem Plastiksack sei. Ich erbrach mich in den Rinnstein. Eugens Hand zwischen meinen Schulterblättern war leicht, ich glaubte, ihre Wärme durch meinen Anorak zu spüren. Ich schüttelte sie ab und stand auf.

So konnte ich sehen, wie Martin Kaufmann von zwei Rettungssanitätern auf einer Fahrtrage aus dem Gebäude geschoben wurde.

ZWEI

Die Türen des Rettungswagens wurden zugeknallt. Einen Moment später setzte er sich in Bewegung. Kein Blaulicht, keine Sirene – wie das Auto, das Katharina abtransportiert hatte, hatte auch dieses es nicht eilig.

Kaufmann hatte immer wieder versucht, von der Trage zu steigen, aber er war festgeschnallt gewesen. Seine Bemühungen hatten kraftlos und unkoordiniert gewirkt, sein Ehering in der Morgensonne gefunkelt. Die Trage, auf der er gesessen hatte, war baugleich mit der Bahre von Katharina gewesen, daran kann ich mich erinnern. Vielleicht waren sie am selben Tag in derselben Fabrik hergestellt worden. Nur irgendein beliebiger Klick in irgendeinem Vertriebssystem hatte entschieden, welche von ihnen jetzt Katharina und welche Martin irgendwohin brachte. Eine Sekunde. Ein Wort. Der Unterschied war Leben oder Tod.

»Komm, der Wagen steht um die Ecke.« Eugen hakte mich unter und begann, mich mit sich zu ziehen. Doch ich sah noch, wie Sebastian aus dem Haus kam. Zwei Kollegen – wie er in Zivil – an seiner Seite. Er wirkte konzentriert und kontrolliert. Er ist ein guter Polizist. Das habe ich in den zwei Jahren, die wir uns kennen, herausgefunden. Er ist Kriminalhauptkommissar im Dezernat LKA 11 – Dezernat für Tötungsdelikte, Entführungen, erpresserischen Menschenraub und ärztliche Kunstfehler mit Todesfolge. Er ist sorgfältig, entschlossen und ehrgeizig. Sehr ehrgeizig.

Er hat mich nicht gesehen, und ich habe ihm nicht gezeigt, dass ich da war. Denn dann hätte ich ihm noch viel mehr erzählen müssen.

Das Taxi war in der Weydemeyerstraße geparkt. Eugen hatte die Standheizung angelassen, als hätte er gewusst, dass ich mit ihm zurückkommen würde, denn er selbst mag es lieber kühl. Er trägt im Winter dicke Wollpullover mit komplizierten Mustern unter seinem Tweedjackett, dazu Stiefeletten aus Robbenfell. Die Pullover hat Nadja gestrickt, vor allem in ihren letzten Jahren, als sie schon zu schwach war, um rauszugehen. Manche haben deutlich sichtbare Fehler, weil sie zwischendrin eingeschlafen ist, zittrig oder unkonzentriert war. Eugen sagt immer, dass ihm die am liebsten sind, denn jede Masche, die sie noch geschafft hat, hat er sie länger bei sich gehabt. Nur einmal hat er zugegeben, dass er damals nachts manchmal mit Schuldgefühlen aufgewacht ist, weil er sie nicht hat gehen lassen. Sie ist bei ihm geblieben. Masche für Masche, Pullover für Pullover, durch endlose Runden Chemotherapie und Bestrahlungen, gehalten von der Erleichterung nach den Morphiumspritzen und seinem Flehen. Er sagt, als sie nicht mehr konnte, hat er sie gehasst für den Schmerz, den sie zurückgelassen hat. Aber er hat sich mit Nadja versöhnt. Mittlerweile lacht er manchmal und murmelt etwas auf Russisch, was er mir nicht übersetzen will, und ich bin sicher, dass er dann mit ihr spricht. Manchmal glaube ich, sie antwortet.

Ich merkte, wie durchgefroren ich war, aber die stickige Hitze im Wagen war mir zu viel. Ich kurbelte das Fenster herunter und bat ihn, mich ins Büro zu fahren. Eugen beobachtete mich eine ganze Weile, bevor er den Motor anließ und sich in den zähen Berufsverkehr einfädelte. »Nur, wenn du etwas isst.« Er drückte mir die Tüte mit den Croissants in die Hand, und ich wusste, er meinte es ernst.

Mein Handy vibrierte in meiner Jackentasche. Als ich es

herausnahm, zeigte es sieben verpasste Anrufe an. Sechs von Tina und einen von Sebastian. Tina fragte zunehmend genervt, wo ich denn sei. Ich hatte zwei Termine verpasst, die Klienten waren ziemlich sauer. Sollten sie doch. Sebastian sagte unser »Lunchdate« ab. »Ein Fall.« Die Art und Weise, wie er »Fall« sagte, machte mich wütend.

Ich hatte Sebastian vor zwei Jahren bei einem Gerichtstermin kennengelernt. Ich hatte als Zeugin der Nebenklage in einem Fall von Tötung auf Verlangen ausgesagt. Der angeklagte Sohn war freigesprochen worden, und meine Klientin, seine Schwester, hatte sich sehr aufgeregt. Vor dem Gerichtsgebäude hatten sie und ihr Mann mir vorgeworfen, die Beweise nicht richtig präsentiert, sie damit um eine beträchtliche Summe Geld und den Angeklagten um seine verdiente Strafe gebracht zu haben. Wir hatten im eiskalten Nieselregen gestanden, aber ich hatte meinen Anorak, eine Kapuze und Handschuhe gehabt, während das Paar im feinen Anzug beziehungsweise Kostüm und in dünnen Schuhen sichtbar gezittert hatte. Ich kann gut darauf warten, dass etwas kommt, aber genauso gut, dass etwas geht. Ich schalte dann in einen anderen Modus. Ich trete einen Extraschritt weit zurück, beobachte mich dabei, wie ich zuhöre und vielleicht sogar hin und wieder nicke. Die Zeit bleibt erst stehen, macht irgendwann einen Sprung, und dann ist die Situation vorbei ... oder der Schmerz.

Die beiden hatten gezetert und angekündigt, meine Rechnung zu kürzen, als Sebastian in mein Sichtfeld getreten war. »Entschuldigung?«

Ich hatte ihn bereits auf dem Flur vor dem Gerichtssaal bemerkt und im Treppenhaus am Vortag, als er mit seiner Frau telefoniert hatte. Irgendwas mit den Kindern.

Ich war erst genervt gewesen, aber dann hatte er verschwörerisch mit den Augen gerollt, und die Augen hatten mir gefallen. Sie sind braun. Hellbraun. Bernsteinfarben.

Ohne dass ich die Bewegung an sich hätte wahrnehmen können, hatte er sich zwischen das aufgebrachte Paar und mich geschoben und behauptet, dass ich meine Zeugenaussage noch unterschreiben und ihm deshalb ins Gebäude folgen müsste. Meine Klientin hatte mir »Wir sprechen uns noch!« hinterhergerufen, was wir aber nie getan haben. Sie überwies tatsächlich zwanzig Prozent weniger, als meine Rechnung ausgewiesen hatte, und ich beließ es dabei.

Sebastian hatte mich zu einem Kaffee eingeladen. Wir hatten über die Arbeit gesprochen. Dann hatte er angeboten, mich ins Büro zu fahren. Am nächsten Tag waren wir zusammen mittagessen gegangen und hatten das erste Mal Sex gehabt. Der hatte mir auch gefallen. Sebastian weiß, was er will und was er tut. Ich auch. Zumindest wenn es um Sex geht.

Als Eugen mich endlich im Büro absetzte, war ich auf eine keifende Tina gefasst. Aber als ich die Tür öffnete und sie mich ansah, fragte sie nur, was los sei. Ich antwortete nicht, ignorierte die Klientin, die im Wartezimmer saß, und ging mir erst mal die Zähne putzen und die Hände waschen, dann das Gesicht, Zähne, Hände und dann noch mal die Hände.

Als ich das Besprechungszimmer betrat, hatte Tina Tee gekocht.

»Ich höre.« Sie setzte sich auf den Klientensessel. Ich wusste, sie würde nicht gehen. Und sie wusste, ich würde nichts sagen. Nicht: »Katharina Schneider ist tot.«

DREI

Tina feilte sich die Nägel. Das Geräusch machte mich wahnsinnig. Es zwang mich ins Jetzt, in mein Büro zurück. Als es an der Tür klingelte und sie aufstand, atmete ich auf.

Ich versuchte zu entscheiden, was ich als Nächstes tun wollte, musste … aber das Einzige, was mir einfiel, war, Katharinas Rechnung aus dem Postausgang zu nehmen und in kleine Schnipsel zu zerreißen.

»Isa, hier sind zwei Herren von der Polizei.« Tinas Stimme war gespielt neutral, aber sie beobachtete mich genau.

Ein kleiner, grauhaariger Mann mit Vollbart kam herein, gefolgt von Sebastian.

»Frau Winter?«, fragte der erste und reichte mir die Hand. Ich bestätigte.

»Guten Tag, Isadora.« Sebastian streckte mir seine Hand hin, und ich nahm sie. Es fühlte sich falsch an. An seinen Mitarbeiter gerichtet, bemerkte er vollkommen ruhig: »Herr Möller, bitte vermerken Sie in Ihrem Bericht, dass die Befragte, Frau Isadora Winter, und ich persönlich bekannt sind.«

Falls er sich wunderte, ließ Herr Möller sich nichts davon anmerken. Tina schon. Sie machte ein Gesicht, das eine dazugehörige Comicsprechblase mit aufleuchtender Glühbirne verdient hätte. Ich prustete laut los. Wirklich laut.

Tina wusste, dass ich »eine Sache am Laufen« hatte – wie sie es nennt. In ihrer Welt gibt es »Liebe« und »Sachen«. Sie hat sich vor Jahren geschworen, sich nicht mehr mit »Sachen« aufzuhalten. Und versucht nun, aus allem eine große Liebe zu machen. Sie wusste, dass wir uns hier im Büro trafen und dass »er« Polizist war. Jetzt hatte sie einen Namen und ein Gesicht. Jetzt ließ sie sich nicht mehr aufhalten. Sie nickte mir anerkennend zu und schloss die Tür hinter sich. Wenn schon eine »Sache«, dann eine, die aussah wie Sebastian.

Wir setzten uns. Ich hinter meinen Schreibtisch, auf dem Sebastian und ich keine vierundzwanzig Stunden zuvor ... meine Gedanken versuchten, sich auf alles zu stürzen, was nichts mit der Blutlache am Strausberger Platz zu tun hatte. Sebastian konzentrierte sich auf seine Hände. Die haben mir nie gefallen. Sie sind kräftig, mit breiten Nägeln, die immer kurz und gerade geschnitten sind. Nichts an ihnen scheint geeignet zum Tasten und Fühlen – sie sind gemacht, um zuzupacken. Sein Mitarbeiter setzte eine Lesebrille auf, zog Notizblock und Stift aus seiner Jacke.

»Frau Winter, kennen Sie eine Frau Katharina Schneider?«

»Ja.«

»In welchem Zusammenhang?«

»Sie ist meine Klientin.«

Ist, nicht war. Es war ausgesprochen, bevor ich darüber nachdenken konnte. Und es war wahr. Auch wenn sie den Auftrag beendet hatte und ich wusste, dass sie tot war. Ich spürte, dass das für mich nichts ändern würde. Ist. Drei Buchstaben hin oder her. Drei Buchstaben, die so entscheidend werden würden. Mit ihnen war klar, dass ich Sebastian belügen würde. Ihm verschweigen, dass ich am Strausberger Platz gewesen war. Ihm nicht sagen, dass ich Kaufmann angesprochen hatte. Nicht gestehen, dass ich ...

»Wozu hat Frau Schneider Sie beauftragt?«

»Ich sollte ihren Mann observieren.«

»Wieso?«

»Um auszuschließen, dass er sie betrügt.«

»Interessante Wortwahl. Kann man das?« Möller machte sich Notizen. Ich konnte sehen, dass seine Handschrift klein und quadratisch war. Er war schnell.

»Nein. Und wenn, dann auch nur für die Zeit, in der der Betreffende beobachtet wird.«

»Anders herum ist es also besser?«

»Nicht für die Beteiligten.«

Sebastian und ich vermieden Blickkontakt. Ich kann nicht sagen, ob Möller das aufgefallen ist. Er wirkte wie jemand, der häufig übersehen und unterschätzt wird. Eine gute Position.

»Und? Konnten Sie ›ausschließen‹, dass Herr Kaufmann seine Frau hintergeht?«

»Frau Schneider hat es sich anders überlegt. Sie hat gestern Mittag den Auftrag zurückgezogen.«

»Und Sie hatten noch nicht angefangen zu ermitteln?« Möller sah mich über den Rand seiner Brille hinweg an.

»Doch.«

»Und?«

»Das steht alles in meinem Bericht.«

»Hm ...« Möller ließ den Bleistift sinken und sah mich direkt an. Dann blickte er zu Sebastian. Offenbar war es an der Zeit, dass der Chef übernahm.

»Frau Schneider ist tot.« Sebastian musterte mich. Da war neben Konzentration auch Besorgnis. Das machte mich wütend.

Ich nickte.

»Du bist nicht überrascht?« Überraschung.

Noch eine Chance.

»Wärst du sonst hier?«

Stille. Ich schaltete meinen Computer an und druckte den Bericht aus. Nichts zu berichten.

»Sie sind sehr gefasst.« Möller klang nicht misstrauisch, sondern erstaunt.

»Ich kannte Frau Schneider kaum, hab sie nur zweimal kurz getroffen.«

Die Wörter »kaum«, »nur« und »kurz« wären mir an seiner Stelle aufgefallen. Einschränkungen sind immer interessant, und drei in einem Satz ... Ich glaube heute, ich hätte meine Geschichte auch da noch korrigieren können. Habe ich aber nicht.

»Sie hat dich heute Nacht zweimal angerufen.«

»Ich habe geschlafen.«

»Heute Morgen habt ihr aber gesprochen.«

»Ja.«

»Worüber?«

»Sie hat gesagt: ›Wie konnte ich mich so täuschen?‹ und ›Ich verstehe nicht, wieso er das braucht ...‹«

»Hm ...« Möller kritzelte konzentriert auf seinem Block herum.

»Wer ist ›er‹? Und worin hat sie sich getäuscht?«

»Das hat sie nicht gesagt.«

»Hast du eine Vermutung?«, fragte Sebastian.

»Ich versuche, Vermutungen zu vermeiden. Sie sind gefährlich.«

Sebastian hatte wieder so einen geteilten Gesichtsausdruck. Ungeduld, aber auch Anerkennung.

»War das alles?«

»Nein.«

Stille.

»Sie hat mich gebeten, sie zu treffen.«

»Und eine Viertelstunde später war sie tot.« Sebastian nahm den Bericht vom Schreibtisch und überflog ihn konzentriert. »Vielen Dank, Isadora. Bitte halte dich für weitere Fragen bereit. Du warst womöglich die Letzte, mit der Frau Schneider gesprochen hat.«

Möller sah überrascht von seinen Notizen auf. Er hatte wohl noch nicht oft erlebt, dass sein Chef einen Fehler machte.

Fehler verursachen Fehler. Also fragte ich: »Die Letzte? Was ist mit Kaufmann?«

Ich bekam keine Antwort.

VIER

Ich musste Tina nicht rufen. Sobald Sebastian und Möller gegangen waren, saß sie mir gegenüber, Block und Stift in der Hand.

»Okay. Erstens: Sebastian Maurer ist heiß.«

Wieder musste ich lachen. Es klang schrill und fühlte sich fremd an, war mir aber lieber als die Enge in der Brust, die ich bisher gespürt hatte und der ich nicht traute. Im Zentrum dieser Enge war irgendetwas ... Da war mir jede Ablenkung recht. »Wie du meinst.«

Tina verdrehte die Augen, ließ sich aber nicht vom Kurs abbringen. »Ist er. Aber er ist gar nicht dein Typ.«

»War das zweitens?«

»Nein, zweitens ist er verheiratet und hat drei Kinder.«

Ich war sprachlos.

»Polizeisportverein. Er hält den Vereinsrekord über vierhundert Meter Freistil. Ausdauer hat er also ... Seine Tochter sollte ihren Instagram-Account privat halten und weniger von ihrem Vater schwärmen.«

Ich glaube, Tina ist so gut in Internetrecherche, weil sie Menschen liebt. Wie Eugen, nur in anstrengend. Sie folgt ihnen in jede Verästelung, jedes Detail ihrer Leben. Und nicht nur theoretisch, für sie ist das Wort »Mitgefühl« erfunden worden, inklusive »Mitleid«. Manchmal unterstelle ich ihr, dass sie es liebt, mit anderen zu leiden.

»Kannst du dich etwas beeilen, ich hab zu tun!«

»Was? Ich habe alle Termine abgesagt.«

Natürlich hatte sie das.

Wir besprachen den Ablauf der nächsten Tage, an denen ich alle abgesagten Termine nachholen sollte – das konnte ich mir im Moment nicht vorstellen, wusste aber, dass ich es tun würde, und zwar noch besser und sorgfältiger als sonst.

Tina stand auf. An der Tür drehte sie sich noch einmal um. »Mach nicht zu lange. Karl kocht. Er will üben.«

Ich versuchte zu lächeln.

Ich erledigte alle Berichte, Rechnungen und Spesenaufstellungen, die ich fand. Dann saugte ich das Hinterzimmer und war drauf und dran, die Couch rauszuschmeißen, als es klingelte.

Sebastian.

Der Sex war merkwürdig. Erst unbeholfen und vorsichtig, fast zart. Es gab einen Moment, in dem ich aufhören wollte, aber dann veränderte sich die Atmosphäre schlagartig, und Sebastian wurde kalt. Das war gut.

Danach zog er sich nicht an. Er blieb auf dem zerschlissenen Sofa liegen, und als ich aufstehen wollte, hielt er mich fest.

»Du hast gelogen.«

Ich antwortete nicht, wand mich aus seiner Umarmung und begann, mich anzuziehen.

»Du mochtest sie, oder?« Seine Stimme war zurückhaltender als sonst.

»Ich fand sie sympathisch. Zum Mögen sind wir nicht mehr gekommen.«

Es ging ihn nichts an, wen ich mochte.

»Hm, sie mochte dich. Sonst hätte sie dich nicht angerufen, oder?«

»Ist das ein Verhör?«

So hatte er mich noch nie angesehen. Als wolle er in mich hineinblicken. Ich drehte mich weg.

»Was, glaubst du, ist passiert?«

»Soll ich jetzt deine Arbeit machen? Das kannst du dir gar nicht leisten.« Ich versuchte, mich in ein aufgesetztes, künstlich klingendes Lachen zu flüchten.

Ich hatte keine Ahnung, was passiert war. Ich konnte nichts sehen außer Umrissen im Morgenlicht, Katharinas schiefem Grinsen, der hübschen Brünetten und Kaufmanns Händen. Ich hatte es noch nicht weit genug weg geschafft. Noch nicht warten können, bis die Teile an ihren Platz gefallen waren und ich nur noch begreifen musste.

Aber würde ich das überhaupt? War ich durch mein Eingreifen nicht ein Teil der Geschichte, des Puzzles geworden? Vielleicht ein unbedeutender am Rand, vielleicht der entscheidende, ohne den das Bild keinen Sinn ergab. Hatte ich durch die Rolle, die ich in diesem Drama gespielt hatte, womöglich die Handlung erst in Gang gesetzt und alles zum Einsturz gebracht? Wie sollte ich von dieser Position aus den nötigen Abstand zurückgewinnen, um alles überblicken zu können? Und wozu?

»Was hältst du von Kaufmann?« Sebastian ließ nicht locker.

»Keine Ahnung.«

»Nicht dein Typ?«

Ich fuhr herum. »Was soll das denn jetzt?«

Er stand auf und zog seine Boxershorts an. »Sie vielleicht?«

Ich konnte seinen Blick nicht deuten. War er herausfordernd? Trotzig?

»Es ist besser, wenn du jetzt gehst.«

Eine eisige Pause entstand. Ich hätte selbst gehen können, tat es aber nicht. Ich blieb in der Tür zu meinem Büro stehen und wusste nicht, was ich machen sollte. Was ich wollte. Also zog ich ihn zurück aufs Sofa und dachte erst wieder nach, als eine halbe Stunde später die Tür hinter ihm ins Schloss fiel.

Sebastian hatte mir noch verraten, dass Kaufmann mit einer akuten Belastungsreaktion ins Krankenhaus eingeliefert und stationär aufgenommen worden war. In welchem Krankenhaus und ob er schon vernommen worden war, habe ich nicht gefragt. Das würde ich schon herausbekommen.

Sebastians Tonfall war abschätzig gewesen, als halte er Kaufmann für einen Feigling. Vermutungen sind gefährlich.

FÜNF

Ich kam erst nach Hause, als Tina und Karl schon schliefen. Tina hatte mir einen Zettel auf den Küchentisch gelegt: »Reste sind im Kühlschrank. Hast was verpasst.« Darunter stand in Karls kaum leserlicher Krakelschrift: »Aber wirklich!« Daneben hatte er einen Smiley mit rausgestreckter Zunge gemalt. So überschwänglich hatte ich ihn nicht erwartet. Karl ist Linkshänder, wie ich. Manchmal denke ich, das ist das Einzige, was er von mir hat.

Ich beneidete die beiden. Sie kümmerten sich nicht um gebrochene Versprechen, verlorene Liebe und zerplatzte Träume. Sie sahen nach vorne in eine Zukunft, die erstrebenswert und glaubwürdig schien.

Ich konnte nicht schlafen und telefonierte stattdessen die Krankenhäuser ab. Es ist merkwürdig, wie verdreht die Vorstellungen meiner Klienten sind. Auf der einen Seite gehen sie ganz selbstverständlich davon aus, dass ich Menschen verhören, in Wohnungen einbrechen und Computer hacken kann. Doch dass sich mit strategischen Auslassungen und ein bisschen Geduld datengeschützte Informationen aus einer freundlichen Nachtschwester herauskitzeln lassen, halten sie für völlig ausgeschlossen. War aber ganz einfach: Ich kannte Kaufmanns Geburtsdatum und wusste, was passiert war. Dann musste ich nur schweigen und zweimal hörbar schlucken, und schon erfuhr ich, dass er ruhiggestellt war, zur Beobachtung mindestens über Nacht bleiben würde und dass er noch nicht mit der

Polizei gesprochen hatte. Sie hielt mich offenbar für eine enge Verwandte, und ich beließ es natürlich dabei. Ich bekam auch noch heraus, dass ein Mann da gewesen sei und ihm einige Sachen vorbeigebracht habe. Ich angelte blind nach Namen, aber sie konnte sich nicht erinnern, dass er sich vorgestellt hatte. Lediglich, dass er sehr elegant gekleidet gewesen sei. Ich bedankte mich, legte auf und ging ins Bad. Ich versuchte, mir einzureden, dass es okay war, die Gutmütigkeit der netten Frau auszunutzen. Schließlich ging es um die Wahrheit.

Ich weiß immer noch nicht, wie es möglich war, dass Katharinas Tod für mich bis dahin aus allen Zusammenhängen herausgelöst war, und das, obwohl ich Kaufmann gesehen und mit Sebastian und Herrn Möller gesprochen hatte. Das Bild ihrer Hand, die hinter dem Sichtschutz hervorragte, und ihre Stimme am Telefon hatten jeden Gedanken überlagert. Hatten sich vorgedrängt, sobald sich die Fragen nach dem Was, Wie, Warum und Wer anschlichen.

Mein Nacken und Rücken waren so verspannt, dass ich kaum atmen konnte. Ich ging unter die Dusche und blieb dort, bis ich aufschreckte, weil ich im Stehen eingenickt war. Es war 3:17 Uhr. Ich schleppte mich ins Bett.

Ein paar Stunden später wachte ich auf, und für einen Augenblick war alles wie immer. Die rissigen Stuckmuster an der Zimmerdecke, die tapsenden Schritte von Karl im Flur, das Surren des Milchaufschäumers, mit dem Tina sich jeden Morgen eine fluffige Hafermilchschaumwolke bastelte, der Geruch von Kaffee, der unter der Tür durchzog, und die Sonnenstrahlen, die sich einen Weg zwischen den sorglos zugezogenen Vorhängen hindurch bahnten. Alles war an seinem Platz, und ich war, wo ich mich auskannte. Ich hatte alles im Griff.

Es war ausgerechnet ein Lachen, das mich aus meiner Blase riss. Karls Lachen. Es klang groß und stark und vollkommen neu. Als wäre ein großes Gewicht auf meine Brust gekracht und als würde ich gleichzeitig ins Bodenlose stürzen, kam die Erinnerung zurück. Ich sprang aus dem Bett.

Von da an versuchte ich, vor der Wahrheit wegzulaufen. Mir einen Vorsprung zu erarbeiten, vor dem, was passiert war und was es mit mir gemacht hatte. Noch wusste ich nicht, was das war, aber ich wusste, dass es wehtun würde, würde es mich einholen.

Bevor ich meine Kreuzberger Altbauküche betrat, versuchte ich, meine Gedanken in eine sinnhafte Reihenfolge zu zwingen. Ich kam mir vor, als trete ich auf eine Theaterbühne.

»Du siehst scheiße aus!« Tina musterte mich mit dieser Mischung aus Spielfreude, Gnadenlosigkeit und Besorgnis, die nur sie hinbekam.

»Sooo schlimm ist es gar nicht …«, meinte Karl grinsend.

Ich wollte etwas sagen, aber welchen Gedanken ich auch begann, er war nicht logisch genug oder lustig oder wichtig. Also sagte ich nichts. Ich nahm mir einen Kaffee und setzte mich an den Tisch Karl gegenüber.

Karl ist schön und bezaubernd und intelligent und gelassen und feinfühlig, und natürlich bin ich vollkommen voreingenommen, aber an diesem Morgen war er auch: erwachsen. Noch nicht ausgewachsen, auch wenn wahrscheinlich nur ein paar Zentimeter dazu fehlen. Er ist jetzt schon 1,85 Meter. Kein Kind mehr. Wenn Jugendliche zu dieser Mischung aus Kind und Erwachsenem werden, passiert das scheinbar über Nacht – etwas verändert sich plötzlich.

»Karl hat ein Date.«

»Mann … Wir gehen essen. In einer Woche.« Karl sah nicht mich an, sondern Tina, und zwar zu gleichen Teilen stolz und genervt.

»›Wir‹!« Tina grinste triumphierend zurück.

»Ich denke, ihr wart schon im Kino?«, drängte ich mich dazwischen.

»Da waren doch noch x andere dabei«, erklärte Tina besserwisserisch.

Karl hatte Ava also um ein Date gebeten. Und das alleine machte ihn stolz. Sie hatte Ja gesagt. Und das alleine machte ihn glücklich. Das alles hatte ich verpasst. Ich war überrascht, wie langsam sich die Beziehung der beiden entwickelte, mit wie kleinen Schritten sie sich vorwärts tasteten. Ich war einfach davon ausgegangen, dass sie diese ersten Stufen längst hinter sich hatten. Tagträumen, Sehnen, Zweifeln, Wagen, Küssen … Es war wirklich kein Wunder, dass Karl lieber mit Tina sprach als mit mir.

Ich nickte und stand auf. Als ich an Karl vorbeiging, konnte ich nicht anders, als seinen Scheitel zu küssen und einen Glückwunsch zu flüstern. Ich bin sicher, er hat es als Anerkennung verstanden, während es als so etwas wie ein Gebet gemeint war.

Bis zu meinem ersten Termin im Büro hatte ich noch eine Stunde. Ich schrieb Eugen eine SMS und bekam augenblicklich die Antwort: »Ich stehe vor der Tür.«

In der Nacht hatte es wieder geschneit. Eugen öffnete mir die Beifahrertür, reichte mir aber nicht wie gewohnt Croissants. Ich hatte, ohne darüber nachzudenken, Kaffee gemacht und mitgebracht. Was gut war. Normal. Eugen startete den Motor und sah mich an. Wir warteten. Aufeinander. Wenn zwei warten, verändert sich nichts. Ich konnte seinen Gesichtsausdruck nicht deuten, und ehrlich gesagt wollte ich das auch gar nicht. Ich hatte Wichtigeres zu tun. Also gab ich nach.

»Fährst du mich zum Strausberger Platz?«

Als wir vor Katharinas Haus ankamen, räumte ein privater Winterdienst mit einer kleinen Kehrmaschine gerade den frischen Schnee. Ein zweiter Mann folgte und verteilte Streusalz und Split. Ich sah Eugen nach, als er problemlos im Berufsverkehr in Richtung Alexanderplatz verschwand. Er hatte angeboten, zu warten, aber ich hatte ihn weggeschickt.

Ich stand auf dem Bürgersteig genau gegenüber dem Eingang. Nichts erinnerte mehr an den Sichtschutz, an den Stau, an gestern. Auf einem Stromkasten leuchtete ein gelb-schwarzes Plakat: »Alles wird sich ergeben und fügen zur Verwirklichung deiner Träume.« Tina wäre begeistert gewesen. Sie hat einige Poster aus dieser Reihe abfotografiert und sogar eins davon vorsichtig abgelöst, als es ganz frisch geklebt war. Es hängt in ihrem Zimmer. Ich hatte mich schon mehrfach gefragt, wer so wütend ist, dass er mitten in der Stadt stehen bleibt, um Plakate zu übermalen oder abzukratzen. An diesem Morgen wusste ich es.

Die Haustür öffnete sich, und die Dame mit der Französischen Bulldogge trat heraus. Ich hastete über die Straße und erreichte sie gerade noch rechtzeitig, bevor die Tür sich hinter ihr schloss. »Vielen Dank!« Ich zwang mich zu einem Lächeln und tat so, als wolle ich an ihr vorbei ins Haus.

Sie lächelte freundlich zurück.

»Zu wem wollen Sie denn so früh?«

Ich habe für den Notfall immer eine ganze Geschichte parat. In diesem Fall war ich eine Kollegin von Katharina, die ihr eine wichtige Akte für ein Meeting vorbeibrachte. Aber wie in den allermeisten Fällen war das gar nicht nötig. Es ist besser, wenn man den Leuten nicht viel erzählt. Sie füllen die Lücken dann mit ihrer eigenen Wahrheit, und so fühlt sich die Geschichte für sie »richtig« an. Außerdem: Je weniger man sagt, umso weniger lügt man. Und je weniger man lügt, desto weniger muss man kontrollieren.

»Katharina Schneider.«

Die alte Frau bekreuzigte sich. Dann nahm sie meine Hand. Darauf war ich nicht vorbereitet gewesen und zuckte zurück.

»O Gott, Kindchen! Katharina hat sich umgebracht. Ist aus dem Fenster gesprungen ...«

Ich war darauf eingestellt, entsetzt zu spielen. Auch da ist es besser, wenig zu zeigen und die Beobachter den Raum mit ihren eigenen Gefühlen füllen zu lassen. Aber ihre Worte trafen mich tatsächlich wie ein Schlag in die Magengrube.

»So eine schöne Frau. Und so freundlich. Ich habe immer gedacht, sie sei glücklich … Aber man kann den Leuten nicht in die Köpfe gucken, nicht wahr? Der arme Martin!«

Ich weiß noch, wie klar mir war, dass ich mich nicht bewegen durfte. Sie würde sonst auf mich aufmerksam werden und aus ihrem Gedankenfluss auftauchen. Also hielt ich die Luft an, während sie schluchzte und ihr Stofftaschentuch aus dem Ärmel zog.

»Er hat sie so geliebt. Was hat sie sich dabei gedacht? Er wird doch seines Lebens nicht mehr froh. Kommt vom Sport und findet seine Frau tot auf dem Bürgersteig …«

Martin Kaufmann hatte ein Alibi? Ich drehte mich um und ging.

»Geht es Ihnen gut, Kindchen?«

Ich antwortete nicht.

SECHS

Katharinas Beerdigung war schon drei Tage später. Sie wurde neben ihren Eltern auf dem Luisenfriedhof I beigesetzt. Die Sonne schien. Es war der kälteste Tag des Winters.

Die letzten Tage hatte ich gearbeitet und noch nie so genau beobachtet, was direkt vor mir lag. Und noch nie hatte ich mich so schwergetan, die Details zusammenkommen zu lassen. Ich hatte mein Gefühl dafür verloren, den richtigen Zeitpunkt zu erkennen und meinem Standpunkt zu vertrauen. In allen bearbeiteten Fällen brauchte ich länger als sonst, meine Berichte waren vager formuliert als üblich.

Seit unserem letzten Treffen hatte ich Sebastian nicht mehr gesehen. Einmal haben wir telefoniert. Es ging dabei um die Vorbereitung für einen Kunstfehlerprozess, zu dem ich inoffiziell einige Wochen zuvor den Background des behandelnden Chirurgen überprüft hatte. Die vermutete Kokainsucht konnte ich nicht bestätigen. Ich nutzte die Gelegenheit, um beiläufig nach Kaufmann zu fragen. Er war aus dem Krankenhaus entlassen und sein Alibi bestätigt worden. Trotzdem war der Fall noch nicht abgeschlossen. Sebastian wollte nicht sagen, wieso. Überhaupt wirkte er angespannter als sonst. Nicht ängstlich oder überfordert. Eher zum Sprung bereit. Unter Spannung steht er immer, ich glaube, deshalb will er Sex mit mir. Weil er dann handeln, seine Kraft irgendwohin kann. Er ist nämlich nicht gut im Warten. Ich bin sicher, dass ihm die Eile, mit der Katharina beerdigt wurde, auch aufgefallen ist, aber falls er den Grund dafür kannte, verschwieg er ihn mir. Ich wusste, er würde einen seiner Leute hinschicken, um sich umzuschauen.

Als der Wecker an diesem Morgen klingelte, lag ich schon seit einer Stunde wach. Ich trage selten Schwarz. Eher Grau. Deshalb lieh ich mir von Tina einen schwarzen Rollkragenpullover und ihren feinen Mantel. Er ist aus den Sechzigern, dezent und elegant, aus Pferdehaar mit einem runden Persianerkragen. An Tina wirkt er lässig und ironisch, an mir sah er aus, als rieche er nach Mottenkugeln – was er auch ein wenig tut. Ich versuchte, ihn mit meiner Persönlichkeit auszufüllen, wie Tina es nennt, aber ich hatte keine Chance. Letztlich trug ich den Pullover und darüber meinen dunkelblauen Daunenparka. Tina bot mir ihre wasserfeste Wimperntusche an, aber ich lehnte ab. Ich hatte nicht vor zu weinen. Ich hatte ihr nicht viel von Katharina erzählt, aber ich bin sicher, dass sie wusste, was geschehen war.

Bevor ich mich auf den Weg machte, versuchte ich, die Isa in mir wiederzufinden, die nur eine Woche zuvor ein ganz normaler Auftrag über genau denselben Eingang auf genau denselben Friedhof geführt hatte. Wo dieser zuvor weiß und still gewesen war, wimmelte es nun von schwarzen, schweren Gestalten.

Ich hasse Beerdigungen. Die Toten interessieren sich nicht dafür, und die Lebenden erlauben sich sowieso nicht, aufrichtig zu sein. Also spielen sie sich stundenlang gegenseitig etwas vor, fordern voneinander, gesehen zu werden, und ringen um die vordersten Plätze auf der Rangliste der am meisten Leidenden. Eugen zitiert manchmal vollkommen aus dem Zusammenhang gerissen Leonard Cohen: »There is a crack in everything, that's how the light gets in«, und sieht mich dann herausfordernd an. Aber ich lasse mich nie ködern. Ich glaube, dass es andersherum ist: Jede Maske hat Risse, und dadurch kommt zum Vorschein, was sich dahinter verbirgt.

Die Aussegnungshalle war voll. Ich stand mit vielen anderen an der hinteren Wand und beobachtete mit dem größtmöglichen Abstand, wie Martin Kaufmann in Begleitung eines alten Paars hereinkam. Martin war eine fast albern gelungene Mischung aus dem Mann, Ende siebzig, der sich auf einen schlichten Gehstock mit silbernem Griff stützte, und der kleinen zarten Frau mit den leuchtend weißen Haaren, die sich bei ihm eingehakt hatte. Ich konnte nicht sagen, ob sie ihn stützte oder er sie. Womöglich beides.

Sie setzten sich in die erste Reihe links, und niemand wagte es, die restlichen Plätze auf der Bank einzunehmen. Die Reihen dahinter waren bis auf den letzten Platz gefüllt. Auf der rechten Seite in der ersten Reihe saßen bereits ein Mann mit schütterem Haar und randloser Brille in einem eleganten Mantel und Schal und eine schlanke blonde Frau mit hochgesteckten Haaren und blinkenden Brillantohrringen. Neben ihr saßen eine junge Frau mit Kopftuch und etwa dreijährige blonde Zwillinge – ein Junge und ein Mädchen. Den Platz ganz innen am Gang nahm ein Mann mit auffällig korrektem Haarschnitt und Knopf im Ohr ein. Auch auf dieser Seite waren alle Plätze ab Reihe zwei besetzt.

Eine konfessionslose Rednerin, Mitte fünfzig, in einem schlichten schwarzen Kostüm, gab sich sichtlich Mühe. Sie sprach über Liebe und Angst, über Wollen und Können. Sie sprach Martin ihr – wie ich glaube – ehrliches Mitgefühl aus, und auch Richard Mahler, Katharinas erstem Mann. Er war der Mann mit dem schütteren Haar vorne rechts. Als sein Name erwähnt wurde, straffte er sich. Die blonde Frau neben ihm hielt sich fast trotzig aufrecht. Den Kindern wurde langweilig. Während die Rede sich Katharinas verstorbenen Eltern zuwandte, schickte Mahler sie in Begleitung des Kindermädchens raus. Die beiden quietschten vor Freude bei der Aussicht, draußen einen Schneemann zu bauen. Der blonden Frau war das alles sichtlich unangenehm. Ich fand's gut.

Die Rednerin tastete sich weiter. Sie sprach etwas zu lange über Katharinas berufliche Erfolge, ihre gemeinnützige Arbeit im Vorstand einer Mutter-Kind-Einrichtung und die Freunde, für die sie immer da gewesen sei. Auf mich hatte sie nicht sehr fürsorglich gewirkt. Ich konnte sie mir nicht mit einer heulenden Freundin auf der Couch vorstellen. Ich musste mich daran erinnern, dass ich sie nicht wirklich gekannt hatte, vielleicht überhaupt nicht...

Die Sprecherin strich nervös ihren braunen Bob glatt. Dann sprach sie es aus, und ein Raunen huschte durch die kalte Kapelle. »Wir werden nie genau wissen, was Katharina dazu gebracht hat, ihrem Leben ein Ende zu setzen. Wir werden mit den Fragen leben müssen und den Gefühlen, die mit ihnen verbunden sind. Was wir aber tun können, ist, uns daran zu erinnern, wie sehr sie uns geliebt hat. So verzweifelt oder erschöpft sie auch immer gewesen sein mag an jenem Morgen, sie wollte sicher nicht, dass wir in Schmerz und Wut verharren.«

Ich hielt die Luft an und wartete, bis der Sauerstoffmangel wichtiger war als alles andere. Ich versuchte, mich auf die Anwesenden zu konzentrieren. Viele teuer frisierte, gut gekleidete Mitteleuropäer zwischen Mitte dreißig und Mitte fünfzig. Ein paar Jugendliche mit ihren Eltern in den vorderen Reihen. Unter Vorbehalt speicherte ich sie als »Verwandtschaft« ab. Ich erkannte einige der Freunde und Kollegen von Kaufmann, von denen Katharina mir Fotos geschickt hatte.

Einen Mann konnte ich nicht zuordnen. Er saß direkt hinter Kaufmann, trug einen schwarzen Wollmantel und einen schwarzen Kaschmirschal mit kaum sichtbaren burgunderroten Karos, war groß, schlank und hatte nicht ganz kurze hellbraune Haare. Sein Gesicht konnte ich nicht sehen.

Aus irgendeinem Grund habe ich vergessen, wie der Sarg aussah. Ich bin sicher, er war elegant und teuer und der Blumenschmuck auch.

Die Rednerin übergab an ein Streichquartett. Leute zückten Taschentücher. Ein grauhaariger Pastor sprach sehr sachlich ein paar Abschiedsworte und versprach allen den Himmel. Ich hatte das Gefühl, dass der Sauerstoff in dem vollgepackten Raum langsam knapp wurde. Alle erhoben sich. Erst traten Kaufmann und seine Eltern, dann Mahler mit Frau Nummer zwei und Bodyguard an den Sarg, legten Blumen nieder oder verbeugten sich und verließen dann die Halle durch den Mittelgang. Ich fädelte mich an der Spitze des Zugs ein, ohne noch einmal nach vorne gegangen zu sein. Ich hatte noch nicht vor, mich zu verabschieden.

Auf dem Vorplatz fanden die Menschen sich in Grüppchen zusammen. Dann ging es ganz schnell. Tatsächlich war die Geschwindigkeit, mit der die beiden Männer aufeinander losgingen, das Schockierendste. Es war, als habe jemand ein Streichholz in ein Pulverfass geworfen. Ein Pulverfass, das schon lange übervoll war. Ich hatte sie genau im Blick, auch wenn ich mindestens zwanzig Meter entfernt unter einem Baum stand. Mahler hatte seinen kleinen Sohn auf dem Arm, seine Frau war mit der Tochter und der Nanny beschäftigt, als Kaufmann mit seinen Eltern an ihm vorbeiging. Ich konnte natürlich nicht hören, was Mahler sagte, aber Kaufmann blieb wie vom Donner gerührt stehen, baute sich vor seinem Vorgänger auf, erwiderte etwas, und Mahler holte aus. Er traf Kaufmann an der Schulter, vermutlich hatte er auf den Kopf gezielt. Kaufmann starrte fassungslos auf den kleinen Jungen auf Mahlers Arm, der entsetzt anfing zu schluchzen. Frau Mahler, die Zweite, riss ihrem Mann den Kleinen aus den Armen und schrie, Mahler nutzte die Gelegenheit, Kaufmann ein zweites Mal zu schlagen, dieses Mal traf er ihn am Kinn. Doch nun schlug Kaufmann zurück, erwischte seinen Kontrahenten im Gesicht und wurde im nächsten Augenblick von dem Personenschützer mit dem Knopf im Ohr weggestoßen. Er ging zu Boden, der Mann mit dem Kaschmirschal zog ihn hoch. Da sah ich ihn das erste Mal von vorne. Mir blieb fast das Herz stehen. Er sah aus wie Charles.

Die schwarz gekleideten Trauernden stoben auseinander und stießen zusammen, schrien auf oder wandten sich entsetzt ab. Aus Kaufmanns Mund tropfte Blut in den matschigen Schnee.

SIEBEN

Noch auf dem verschneiten Friedhofsweg bestellte ich Sebastian für den Nachmittag per SMS in mein Büro.

Ich hatte Kaufmann, seine Eltern und »Charles« beobachtet, bis sie in zwei verschiedene Taxis gestiegen waren. Einmal hatte ich das Gefühl, Kaufmann hätte mich bemerkt, doch selbst wenn: Ich hatte mich ihm als Bekannte von Katharina vorgestellt und damit ein Recht, zu ihrer Beerdigung zu gehen. Ich hatte das Nummernschild des Taxis, in das das alte Paar gestiegen war, fotografiert. Kaufmann und der geheimnisvolle Mann, der auch bei längerer Betrachtung aussah, wie ich mir Karls Vater heute vorstelle, waren in ein zweites geklettert. Ich kannte den Fahrer von früher und fragte ihn später per WhatsApp, wo er hingefahren war. Die Antwort war wenig interessant: Strausberger Platz. Anscheinend hatten die beiden kein Wort miteinander gesprochen, und Kaufmann hatte sehr angespannt, vielleicht sogar ängstlich gewirkt. Nicht überraschend an so einem Tag.

Es gibt mittlerweile sogar Apps, mit denen man den Alterungsprozess simulieren kann, aber die brauche ich nicht. Ich weiß, wie der zwanzigjährige Schotte, dem ich in einem anderen Leben auf einer Hängebrücke in der Nähe von Vancouver begegnet bin, heute aussieht. Ich weiß, dass das nicht logisch ist, aber das ändert nichts an meiner Gewissheit. Der Mann mit dem Kaschmirschal war nicht Charles. Ich hatte die beiden nicht miteinander verwechselt, aber die Ähnlichkeit war so bemerkenswert, dass sie schon beängstigend war. Ich wusste, dass dieser Doppelgänger mich noch teuer zu stehen kommen würde.

Ich fuhr nach Hause, zog mich um – hellgrauer Pullover, graue Jeans – und wartete auf die Antwort von Eugen, der für mich herausbekommen sollte, wohin Kaufmanns Eltern gefahren waren: Stargarder/Ecke Lychener Straße. Ich machte mich auf den Weg dorthin, legte aber einen kurzen Zwischenstopp in einem Trödelladen ein, um für dreiundzwanzig Euro einen Gehstock mit versilbertem Griff zu kaufen. Eine Dreiviertelstunde später saß ich mit einer Tasse Kaffee in einem sehr altmodischen, sehr sauberen Wohnzimmer Martin Kaufmanns Mutter gegenüber. Sein Vater hatte sich hingelegt. (»Das hat ihn alles sehr mitgenommen, wissen Sie?«) Frau Kaufmann hatte sich gerührt für meine Mühe bedankt, aber erklärt, dass das nicht der Stock ihres Mannes sei. Ich musste gar nicht weiter lügen, um zu erklären, wie ich zu ihrer Adresse gekommen war, und wir einigten uns auf die Theorie, dass der Stock ein Überbleibsel einer vorherigen Beerdigung sein musste und deshalb bereits unter der Stuhlreihe gelegen hatte.

Ich nippte an dem Kaffee, aß Kekse und wartete. Die alte Dame wischte immer wieder Krümel, die gar nicht da waren, vom auf Hochglanz polierten Mahagonitisch und kämpfte mit den Tränen. Ich überflog die Titel der Bücher, die staubfrei und ordentlich in dem deckenhohen Regal standen. Philosophie, Politik, Geschichte, Kunst.

»Sind Sie eine Freundin von Martin? Eine Kollegin?«

»Eine … entfernte Bekannte von … Katharina.«

Die alte Dame nickte und rang mit sich. Ich wartete, bis ihre Wut über den Anstand siegte.

»Wie konnte sie nur? Wie soll Martin jetzt weiterleben?«

Stille.

»Leute, die sich umbringen, sind nicht bei Sinnen. Man soll nicht schlecht über die Toten sprechen, aber… Diese Rücksichtslosigkeit! Und nicht nur Martin gegenüber! Denken Sie mal an all die Menschen, die das mitansehen mussten… die Sanitäter und Polizisten… Und wieso? Wissen Sie, wieso sie es getan hat?«

Sie sah mich direkt an. Es gibt eine Art, angesehen zu werden, die man schlicht mit einem bestärkenden Nicken zurückspielen kann. Damit sagt man, dass man da ist, zuhört und zusieht. Dass man anwesend ist. Und es gibt die Art, die deutlich vermittelt, dass es Zeit ist, zu gehen.

»Vielleicht war es ein Unfall? Oder…«

Sie schüttelte enttäuscht den Kopf, wie ein kleines Kind, das nicht zuhören will. Es fehlte nur noch, dass sie sich die Ohren zuhielt.

»Ich wusste, dass sie ihm Unglück bringen würde. Er saß hier…«, sie deutete auf den Stuhl neben sich, »… und hat mir erzählt, dass er sie heiraten wird. Da kannte er sie gerade eine Woche lang. Ein erwachsener Mann! Das ist doch nicht normal.«

Ich nahm einen Schluck Kaffee. Meine Hand zitterte. Das ärgerte mich.

»Sie hat ihren ersten Mann verlassen. Wer macht denn so was? Sie hat mir selbst gesagt, dass er ein guter Ehemann war. Wieso hat sie sich eingebildet, dass sie noch mehr haben kann? Sie hat Martin den Kopf verdreht, und jetzt? Wir haben ihm angeboten, eine Weile bei uns zu wohnen, aber er will nicht. Er sitzt lieber in dieser furchtbar ungemütlichen Wohnung und starrt vor sich hin. Als warte er darauf, dass sie zurückkommt. Wissen Sie was? Eines Tages wird er froh sein, dass er sie los ist, diese Hexe!«

Sie schreckte auf, wie aus einem Traum. Ich wusste, sie

würde nichts mehr sagen, also stellte ich die Tasse ab, bedankte mich und stand auf. An der Wohnungstür hatte sie sich wieder so weit im Griff, dass sie sich tonlos entschuldigte. Ich nahm die Entschuldigung nicht an und ging.

Vor dem Büro wartete Sebastian in seinem schwarzen Seat Leon Kombi. Er telefonierte. Als er mich sah, nickte er und beendete das Gespräch. Wortlos folgte er mir ins Haus. Ich ging direkt ins Hinterzimmer. Es war kalt. Es lohnte sich aber nicht, die Heizung anzustellen.

»Du warst auf der Beerdigung?« Sebastian zog sich nicht aus, sondern lehnte sich in den Türrahmen und beobachtete mich.

Ich antwortete nicht. Das tue ich nie auf Aussagesätze mit angehängten Fragezeichen. Ich stieg aus meinen Stiefeln.

»Hab schon gehört, die Ehemänner sind sich nicht grün. Weißt du, worum es ging?«

Ich schüttelte den Kopf, während ich mir den Pullover über den Kopf zog.

»Die Scheidung war einvernehmlich. Sie hatten sogar den gleichen Anwalt.«

Ich knöpfte meine Jeans auf.

»Wirkte sie auf dich wie eine Frau, die sich umbringt, weil ihr Mann fremdgeht?« Seine Stimme hatte sich bei diesem Satz verändert. Sie hatte ihre Klarheit verloren.

Ich ging die drei Schritte zu ihm. Mir war kalt in meiner Unterwäsche. Ich weiß noch, dass wir uns einen Moment lang in die Augen sahen. Grün in Braun. Grün gegen Braun. Ich fand in seinen niemanden, den ich kannte. Vielleicht wusste ich nicht einmal, wonach ich suchte.

Ich zog ihm seinen Pullover über den Kopf, sank auf die Knie und begann, seinen Reißverschluss zu öffnen. Er hielt mich an den Schultern zurück. Ich glaube, wir hätten hier alles beenden können, und es wäre okay gewesen. Wir hätten uns weiter bei Gericht begegnen und in der Kantine einen Kaffee trinken können. Aber dann holte er einmal tief Luft und ergab sich seufzend.

ACHT

Der Sex war gut. Sehr gut sogar. Er war, als kämpften wir miteinander, und wurde dann zu einem wilden Wettrennen. Ich war ganz Körper, kein Gedanke drang durch das Stöhnen und Keuchen. Mein Kopf kam zur Ruhe, und erst als ich mich wieder anzog, bemerkte ich, wie voll und durcheinander er gewesen war.

Ich nahm mir vor, mir einen Plan zu schmieden. Ich würde mir den Marmorblock von allen Seiten anschauen und entscheiden, was ich damit machen konnte. Vielleicht gab es ja gar nichts zu tun. Nichts zu entdecken in ihm. Vielleicht war das schon längst eindeutig, und ich musste nur den richtigen Blickwinkel finden und den richtigen Abstand.

»Hast du mir zugehört?« Sebastians Stimme war wieder normal. Fest, klar und warm mit einem selbstbewussten Berliner Einschlag.

Ich lächelte schief.

»Kaufmann hat einen One-Night-Stand zugegeben.«

Damit hatte ich nicht gerechnet.

»An dem Abend, als du deine Observation abgebrochen hast.«

»Bist du sicher?«

»Ja, wieso?« Er sah mich überrascht an. Vielleicht hatte ich zu heftig reagiert.

»Mit wem?«

»Einer jungen Frau, die er in der U-Bahn kennengelernt hat. Er hat nur einen Vornamen.«

»Schwachsinn.«

»Das Hotel hat bestätigt.«

»Was?«

»Isa, was ist los?« Sebastian würde nicht weitersprechen. Ich konnte ihm ansehen, dass er es bereute, mir überhaupt von dem Fall erzählt zu haben.

Ich zog mich fertig an.

»Sorry. Ich ärgere mich, weil ich ihn nicht überführt habe. Vielleicht hätte ich Katha... Frau Schneider auf den Schock vorbereiten können«, behauptete ich. Ich musste nachdenken. Allein. »Wann sehen wir uns wieder?« Ich bewegte mich in Richtung Tür, damit Sebastian sich endlich anzog.

»Ich melde mich. Wie sieht es denn jetzt aus mit unserem Wochenende?«

Ich hatte nicht eine Sekunde lang darüber nachgedacht. Ich stand in der Mitte meines kalten, leeren »Ateliers« und fragte mich, wie Sebastian je auf diese Idee gekommen war. Was sollten wir zwei Tage und Nächte lang in einem Hotel an der zugefrorenen Ostsee? Allein die Vorstellung, neben ihm aufzuwachen ...

»Müssen wir leider verschieben. Ich hab zu viel zu tun.«

Sebastian zog sich in Rekordgeschwindigkeit an. Statt einer Verabschiedung murmelte er etwas von »blöde Idee« und ließ die Tür beim Hinausgehen laut hinter sich ins Schloss fallen. Der Knall hallte noch im leeren Büro nach, als ich mich schon zu meinem Flipchart umgedreht hatte. Ich wusste, dass ich ihn enttäuscht hatte. Gekränkt. Aber nebeneinander einschlafen, aufwachen, sich gegenseitig verletzen können war nie abgemacht gewesen. Das war nicht der Deal.

Ich kann gut darauf warten, dass Menschen sich beruhigen. Vergessen. Das habe ich schon als Kind gelernt. Ich bin immer an irgendetwas schuld gewesen. Ich habe gelernt, zu warten, bis die Wut, die Tränen, das Geschrei vorüber waren, und mir dann angeschaut, was übrig geblieben war. Oft hatte sich danach kaum etwas verändert, und ich lebte einfach weiter.

Ich zerrte eine neue Rolle Papier aus dem Karton und begann:

Katharina Schneider ist tot.
Aus einem Fenster ihrer Wohnung gestürzt.
Alle (vermutlich inkl. Sebastian) gehen von
Selbstmord aus.
Kaufmann hat ein Alibi.
Er hat einen One-Night-Stand zugegeben,
der so nicht stattgefunden hat.
Er gibt vor, die Frau nicht zu kennen.
Er hat sich mindestens zweimal mit ihr getroffen.
Kaufmann und Mahler haben sich geprügelt, und
das auf einer Beerdigung und mit einem kleinen
Kind auf dem Arm.
Katharinas Schwiegermutter hasst sie.
Katharina hatte noch einen zweiten Auftrag für
mich.
Ich habe mich eingemischt.

Ich stand lange vor dem weißen Papier und starrte auf die schwarzen Buchstaben. Egal, wie sehr ich versuchte, es anders zu sehen: Seit dem Moment, in dem ich gegen Regel Nummer 1 verstoßen hatte, gegen mein Berufsethos und alles, was so lange gut funktioniert hatte, hatte ich nur noch eine Möglichkeit: Ich würde herausfinden müssen, was genau geschehen war.

Also schickte ich Eugen das Kennzeichen des Taxis, mit dem die Brünette zum Hotel gefahren war, um sich mit Kaufmann zu treffen. Er bot an, mich auf der Suche nach dem Fahrer zu begleiten.

Dann rief ich Karl an. Besetzt.

Tina ging erst nicht an ihr Handy, rief mich dann aber zurück. Sie war bei Tobias und würde auch bei ihm übernachten. Ich bat sie, den Terminkalender für die nächste Woche noch einmal freizuräumen, beantwortete ihre neugierigen Fragen dazu aber nicht. Als ich auflegen wollte, schob sie hinterher – und ich bin sicher, dass das die Strafe für mein Ausweichen sein sollte –, dass Karl ihr gestanden hatte, das erste Mal in seinem Leben verliebt zu sein.

»Er hat echt ›verliebt‹ gesagt. Ist das nicht süß?«

Ich legte auf.

Kurz darauf stand ich mit Eugen in einem Stehcafé in der Grunewaldstraße in Schöneberg und zeigte einem kasachischen Taxifahrer das Handyfoto aus dem Hotel in der Bleibtreustraße. Kaufmann war nur im Profil zu erkennen, aber die Brünette war deutlich abgelichtet. Der junge Mann nickte sofort, wurde dann nachdenklich und berichtete Eugen schließlich auf Russisch, dass er sich an die Frau erinnern konnte, weil sie so hübsch gewesen sei. Eigentlich mochte er blonde Frauen lieber, aber diese dunkelhaarige sei ihm aufgefallen. Sie sei am Taxistand am Marlene-Dietrich-Platz eingestiegen, habe bar bezahlt und nicht mit ihm gesprochen. Sackgasse.

Auf dem Rückweg steckten wir ab der Yorckstraße im Berufsverkehr fest. Eugen erzählte von seiner Nachtschicht und von einer Sendung über Zugvögel, die er im Radio gehört hatte. Dabei beobachtete er mich von der Seite. Ich frage mich, ob er glaubt, dass ich es nicht bemerke, wenn er so etwas tut, oder ob das zu seiner Taktik gehört.

»Wie konnte ich mich so täuschen? Ich verstehe nicht, wieso er das braucht.« Ich spielte Katharinas letzte Worte an mich wieder und wieder in meinem Kopf ab, in der Hoffnung, dass sie irgendeinen Hinweis enthielten.

Eugen riss mich aus meinen Gedanken, als er vor meinem Haus hielt und William Faulkner zitierte: »Wenn ich die Wahl habe zwischen dem Nichts und dem Schmerz, dann wähle ich den Schmerz.«

Dieses Mal retteten ihn weder sein rollendes »R« noch seine goldenen Zähne. Die konnte ich ohnehin nicht sehen, während er mich ernst über seine Brillengläser hinweg anblickte. Ich sprang aus dem Wagen und knallte die Tür hinter mir zu.

TEIL 3

»Wenn du aufhören willst:
Denk daran, warum du
angefangen hast.«

EINS

»Wo warst du so lange? Ich hab auf dich gewartet.« Seine Augen waren blauer, als ich sie in Erinnerung hatte, und umgeben von langen, ungeordneten Wimpern. Die Haut drum herum war braun gebrannt und voller Lachfalten.

Ich war mit Herzrasen aufgewacht und hatte lange wach gelegen. Das Gelb der Straßenlaternen, das ich normalerweise mag, erschien mir schwefelig und deprimierend. Ich wartete, bis Charles' Gesicht verblasst und ich wieder dort war, wo mich meine Entscheidungen hingeführt hatten: in Berlin-Kreuzberg, mitten in einem Fall, den ich nicht ablehnen konnte.

Denn entweder hatte irgendjemand – und dieser jemand könnte ich gewesen sein – Katharina dazu gebracht, sich selbst zu töten, oder jemand hatte sie aus dem Fenster gestürzt. Die Frau, der ich eine Woche zuvor gegenübergesessen hatte, war auf eine Enttäuschung gefasst gewesen. Sie hatte Klarheit gewollt, mehr noch als ein Happy End.

Als ich am Morgen mein Handy einschaltete, zeigte es nur ein paar angeschickerte Nachrichten von Tina, die mit Tobias eine Tour durch die Bars von Friedrichshain gemacht hatte. Ich konnte nicht anders, als über die bescheuerten Fotos von ihr mit völlig überforderten Hipster-Kindern aus Spanien oder Schweden zu schmunzeln. Tina ist eine echte Nervensäge, und als Schauspielerin schreckt sie immer wieder vor den großen Herausforderungen zurück, aber sie stürzt sich in jede menschliche Begegnung ohne Rücksicht auf Verluste. Manchmal ist sie mir so fremd, dass ich sie beobachte wie ein exotisches Tier.

In der Küche saß Karl und tippte grinsend Nachrichten in sein Handy. Ich beobachtete ihn, während ich meinen Kaffee trank. Seine Nase war gewachsen und seine Wangenknochen sichtbarer als in meiner Erinnerung. Seine Augen lagen tiefer in ihren Höhlen, oder die dunklen Schatten unter ihnen ließen es so wirken. Ich suchte in seinem Gesicht den Säugling, das Kleinkind, den Grundschüler mit den blutig gegrätschten Fußballerschienbeinen, aber mehr als einen Nachhall fand ich darin nicht.

»Bist du aufgeregt?« Ich bereute meine Frage sofort. Wie sollte er sie beantworten und warum? Und deshalb tat er auch so, als habe er sie nicht gehört. Ich verabschiedete mich und machte mich auf den Weg ins Büro.

Ich fuhr mit der BVG, weil ich keine Lust auf Eugen hatte. Angekommen tigerte ich eine Weile durch das leere, kalte Büro und versuchte, mich zu konzentrieren. Eigentlich kann ich das sehr gut. Tina wirft mir manchmal wahlweise vor, dass das daran liege, dass ich mich für nichts wirklich interessiere, mich also auch ohne jeden Widerstand mit der Sache beschäftigen könne, die nun mal gerade anstehe. Oder sie beginnt einen Vortrag über Dopamin und Serotonin, bei dem sie sich immer verheddert, was sie wiederum damit erklärt, dass sie einen Dopaminmangel hat, weil sie entweder zu wenig Sex, Sport, Erfolgserlebnisse, soziale Kontakte oder alles zusammen hat. Oder zu viel von allem? Das habe ich vergessen. Jedenfalls konnte ich mich an diesem Morgen nicht konzentrieren, bis ich verstand, dass ich bisher keinen richtigen Einstieg in den Fall gefunden hatte. Also machte ich mir noch einen Kaffee, lüftete, schaltete meinen Computer an und bestellte Tina unter Androhung der Kündigung ins Büro. Eine Stunde später stürmte sie frisch geduscht und mit nassen Haaren, aber ganz deutlich noch restalkoholisiert herein und verkündete strahlend: Sie habe da schon etwas vorbereitet!

Es dauerte den ganzen Vormittag, bis ich gelesen und mir angesehen hatte, was Tina an Informationen über Katharina und ihr Leben zusammengeklickt hatte, angefangen bei mehreren kurzen Artikeln, die auf derselben Nachrichtenagenturmeldung zu ihrem Tod basierten. Überall wurde auf ihre erste Ehe hingewiesen und ausführlich auf die Person Richard Mahlers eingegangen. Und auch wenn erwähnt wurde, dass eine polizeiliche Untersuchung in Gang war, schien doch in den meisten Artikeln durch, dass der jeweilige Autor von Selbstmord ausging, und sei es nur, weil der Text mit einem Hinweis auf eine Suizid-Hotline endete. Katharina war vierzig Jahre alt geworden. Mit zwanzig hatte sie den zehn Jahre älteren Richard Mahler geheiratet, der damals gerade seinen Beruf als Gymnasiallehrer (Mathe und Physik) gegen einen Sitz im Landtag von Nordrhein-Westfalen für die CDU eingetauscht hatte. Schnell hatte er sich einen Namen gemacht, erst im Familien-, später im Haushalts- und Finanzausschuss. Katharina hatte BWL und Kommunikationswissenschaft in London und Düsseldorf studiert und sich direkt nach dem Studium selbstständig gemacht. Nach zwölf Jahren Landespolitik war Mahler in den Bundestag eingezogen. Katharina war ihm nach Berlin gefolgt und hatte ihre Firma vergrößert. Mahler war eine Weile Vorsitzender des Parlamentarischen Kontrollgremiums gewesen und hatte allgemein – auch innerhalb seiner Partei – einen Ruf als unbequemer Fragesteller. Das schien er mit Katharina gemeinsam zu haben. Und auch mit Kaufmann. Die Scheidung von Katharina hatte ihn bei seinen konservativ-katholischen Wählern und Parteifreunden Punkte gekostet, aber nachdem er seine zweite Frau, eine Adlige aus dem Münsterland, geheiratet hatte und in seinen Aussagen zunehmend nach rechts gerückt war, waren seine Unterstützer anscheinend versöhnt. Angeblich sollte es im rechten Flügel der Partei Überlegungen geben, ihn als Kanzlerkandidaten aufzubauen. Was seine Befürworter wohl davon hielten, dass er sich auf einer Beerdigung prügelte? Zu meiner Überraschung gab es im Internet keinen Hinweis auf den Vorfall. Tina nickte anerkennend.

»Wie viele Zeugen gab es? Geschätzt«, fragte sie, während sie Instagram und Co. nach Hinweisen durchstöberte.

»Mindestens hundert.«

»Teenies dabei?«

»Eine Handvoll.«

Tina tippte noch eine Weile weiter und urteilte schließlich, dass die PR-Leute von Mahler richtig gut seien.

Ich machte mir Notizen und lernte weiter: Katharina hatte keine Social-Media-Accounts, aber auf den Seiten ihrer Projektmanagementfirma und der Mutter-Kind-Einrichtung, für die sie sich engagiert hatte, gab es zahlreiche Kondolenzeintragungen. Weinende Emojis und gebrochene Herzen auf der einen, nüchterne Beileidsfloskeln auf der anderen. Es gab ein paar Fotos von Katharina, die sie im Verlauf der Jahre zusammen mit Mahler zeigten, meist aufgenommen auf Wohltätigkeitsveranstaltungen. Auf den Bildern hatte Katharina eher wie das Versprechen darauf ausgesehen, wer sie einmal sein würde und wer sie gewesen war, als ich sie kennengelernt hatte. Die Wangen rund, das Lächeln nur schüchtern angedeutet, hatte sie eher gewirkt, als verstecke sie sich hinter ihrem Mann, der einen halben Kopf größer war als sie und es ganz offenbar genoss, im Rampenlicht zu stehen. Sie war an die 1,80 Meter groß gewesen, und ich erinnerte mich an ihren aufrechten Gang und die selbstbewusste Art, mit der sie auf dem Stuhl gesessen hatte, mit dem jetzt Tina kippelte, während sie, in ihre Suche vertieft, auf einem Bleistift herumkaute. Kaum zu glauben, dass Katharina einmal so durchscheinend gewesen war. Dass sie nun überhaupt nicht mehr da war.

»Okay …«, murmelte Tina kurz darauf und drehte mir den Bildschirm zu. Sie hatte eine Rezension des Mutter-Kind-Hauses in einem Bewertungsportal aufgerufen: »Dreckloch! Die Betreuerinnen sind alle Schlampen, und am schlimmsten ist die Schneider! Nutte! Wegen ihr kann ich meinen Sohn und meine Frau nicht mehr sehen. Das wird sie bereuen.« Der Eintrag war eine Woche vor Katharinas Tod von einem anonymen User geschrieben worden. Vielleicht gab es in dem Haus noch eine andere Mitarbeiterin, die Schneider hieß? Katharina war schließlich im Vorstand gewesen und hatte sich meines Wissens in der Organisation und Finanzierung engagiert, nicht in der direkten Betreuung der Familien. Ich versuchte, mir vorzustellen, wie sie wohl mit einem wütenden Vater umgegangen wäre. Vermutungen sind gefährlich … Wieso konnte ich mich nicht an meine eigenen Regeln halten? Verdammt! Je mehr ich über Katharina wusste, zu wissen meinte oder vermutete, umso unklarer wurde mein Bild von ihr. Da half es nicht, dass Tina mir abschließend noch einen Zeitungsartikel vorlegte. Darin ging es um ein ehemaliges russisches Kasernengelände im Berliner Umland, das in einen modernen Gewerbepark für nationale und internationale Start-ups umgewandelt werden sollte. Die Reportage enthielt auch das Interview, bei dem Katharina Martin Kaufmann kennengelernt hatte. Sie war in dem Magazin erschienen, bei dem er mittlerweile fest angestellt war. Vor fünf Jahren war er noch freier Journalist gewesen, das wusste ich aus den Unterlagen, die Katharina mir über ihn geschickt hatte. Natürlich konnte ich nicht hinter mein Wissen darum zurück, dass er sich während der Recherche zu diesem Artikel in Katharina verliebt hatte. Ich sah Katharina vor mir, wie sie erst kaum merklich lächelte und schließlich grinste, als sie von ihrer schicksalhaften Begegnung erzählt hatte.

Schicksal? Witzig. Ich benutze das Wort sonst nie. Ich habe mich nie zu einer steten Weltsicht durchringen können. Stattdessen warte ich darauf, eines Tages im Rückblick zu wissen, wie frei ich wirklich war, wer oder was bestimmt hat oder eben nicht, wer ich bin und was mein Leben sollte. Bis dahin sehe ich zu und höre hin, wenn Eugen mal wieder Seneca zitiert: »Das Schicksal nimmt nichts, was es nicht gegeben hat.« Oder wenn Tina Karl zu einer Meditation überreden will, damit er sein Höheres Selbst kennenlernen kann, während er Fortnite spielt. »Dein Höheres Selbst kann mich mal« war in diesem Fall seine Antwort gewesen – ohne aufzusehen. Ich hatte vor Lachen meinen Rotwein verschüttet. Die Flecken im Teppich sind immer noch zu sehen.

Ich hätte gerne gewusst, woran Katharina geglaubt und ob sich daran etwas geändert hat, als ihr plötzlich Martin Kaufmann gegenübersaß. Ich las jedenfalls zwischen den Zeilen seine Begeisterung für seine baldige Frau heraus, die er als »scharfsinnig«, »durchsetzungsfähig«, »eloquent«, »humorvoll« und »zugewandt« beschrieb. So viele Adjektive, die dann doch nur um die Wahrheit kreisten, die Katharina selbst »wollen« genannt hatte. Sie hatte Kaufmann gewollt und er sie, das war klar. Ich las noch einmal und zwang mich zu mehr Abstand. Schließlich war er kein Anfänger gewesen, und sein Redakteur dürfte sicher auch auf professionelle Distanz bestanden haben.

Katharinas Firma hatte die Gesamtprojektleitung übernommen, nachdem ihren Vorgängern gekündigt worden war. Gerissene Deadlines, verdächtige Abrechnungen, fehlende oder gefälschte Dokumentation. Die Unternehmung war selbst für Berliner Verhältnisse ein Desaster gewesen. Katharina hatte in dem Interview behauptet, sie habe sich über die Herausforderung gefreut. Nur drei Monate später war das Projekt wieder auf Spur und im Budgetrahmen gewesen. Und sie hatte deutlich gemacht, dass sie nicht nur ihre Vorgänger, sondern auch die verantwortlichen Politiker für unfähig hielt. Die Angegriffenen hatten empört widersprochen, zum Teil »frauenverachtende« Bemerkungen gemacht und jedes weitere Gespräch verweigert. Katharina habe, auf diese Anfeindungen angesprochen, »überraschend laut gelacht und sich dann zufrieden zurückgelehnt« – so hat Kaufmann es beschrieben, und ich habe ihm geglaubt.

ZWEI

Ich habe Sebastian in den vergangenen Jahren bei etwa zwei Dutzend Fällen geholfen. Woher er das Geld dafür nimmt, weiß ich nicht. Ich weiß aber, warum. Er ist der ehrgeizigste Mensch, den ich kenne. Vielleicht ist er deshalb so ein guter Schwimmer und wäre ein so schlechter Psychologe geworden. Wo sich Erfolg nicht messen lässt, es keine Medaillen und Urkunden gibt, ist kein Platz für Sebastian. Ich glaube, die Tatsache, dass er nach seiner Ausbildung zum Kampfschwimmer nie zum Einsatz kam, sondern zur Polizei wechselte, weil seine Freundin und spätere Frau schwanger wurde, treibt ihn noch heute an. Ich frage mich, ob er ihr vorwirft, dass sie ihn von seinem Ziel abgebracht hat, oder ob er froh darüber ist.

Eugen nennt Was-wäre-wenns die »Rumpelecken des Lebens«, und er behauptet, dass jeder welche hat. Die Ziele und Wünsche, die geplatzt sind oder nicht weiterverfolgt wurden, die Entscheidungen, die einen heimsuchen, weil man sie nicht getroffen hat. Die Wege, die einzuschlagen man zu feige war. Eugen sagt, dass die Menschen in die Lücken, die man nicht füllen kann, weil sie nie gelebt wurden, all ihren inneren Müll stopfen – und dass er da ganz gut aufgehoben ist.

Ich habe mich nicht oft gefragt, wie mein Leben geworden wäre, wenn Charles von seinem Sohn erfahren hätte. Ich habe mir antrainiert, Konjunktive zu vermeiden. Ich weiß, dass Gedanken Schwung aufnehmen, wenn man es ihnen erlaubt. Tina macht das jeden Tag, und sie findet, das sei der Sinn des

Lebens. Sie nennt das »meine Achterbahn«, und egal, ob ihr die Gedanken wehtun oder Freude bereiten, sie gibt Gas, bis sie erschöpft einschläft. Jeden Tag aufs Neue. Sie findet, nur so lohne es sich, zu leben. Und ihr Lieblingszustand ist es, angetrunken ins Bett zu sinken, einen Fuß auf dem Boden, die Hände an die Wand gestützt, und den Schwindel zu genießen.

Wenn ich trinke, muss ich mich übergeben, lange bevor mir schwindelig wird. Das war schon immer so.

Das Dezernat LKA 11 liegt in der Nähe des Lützowufers in Tiergarten. Sebastian ließ fast seinen Kaffeebecher mit der Aufschrift »Lieblingspapa« fallen, als ich hinter Kommissar Möller das Büro betrat.

»Isa! Was machst du hier?« Sein Ton war so klar vorwurfsvoll, dass es Möller ganz sicher auffiel. Auch die beiden anderen Kollegen, die an ihren Computern saßen, sahen überrascht auf.

»Mir … ist noch etwas eingefallen?«, stammelte ich, mehr Frage als Antwort. Ich war nicht vorbereitet gewesen. Fehler. Was hatte ich erwartet nach unserem letzten Treffen? Und an seinem Arbeitsplatz? Ich hatte nicht darüber nachgedacht. Ich hatte bisher immer nach Kräften vermieden, über Sebastian nachzudenken. Ich wollte nicht über ihn nachdenken und auch nicht über mich. Mir würde nicht gefallen, was ich fand.

Er deutete mit dem Kaffeebecher-Ungeheuer auf einen Besprechungsraum mit Glastür. Das Büro, aus dem er gekommen war und an dessen Tür sein Name stand, hatte eine normale Tür und war leer. Er wollte also offensichtlich nicht mit mir alleine sein.

Ohne ein weiteres Wort ging er voran. Er schloss die Tür hinter mir und blieb im Blickfeld seiner Untergebenen stehen. Mich konnten sie nicht sehen, denn Sebastian wies mir den am weitesten von der Tür entfernten Stuhl zu.

»Verdammt! Was soll das? Du bringst mich in Teufels Küche!« Seine Kiefermuskeln waren so angespannt, dass sie deutlich hervortraten. Sie betonten seine Kantigkeit. Seine Härte.

»Ich wollte mich entschuldigen.« Ich log, und er hätte es merken müssen. Ich kann nicht lügen. Nicht genug geübt. Obwohl ich mich bei meinem Job selten an die reine Wahrheit halten kann, scheue ich normalerweise vor offenen Lügen zurück. Das ist auch meist gar nicht nötig. Stattdessen verlasse ich mich auf Halbwahrheiten, Auslassungen, auf die unausgesprochenen Erwartungen der Menschen und darauf, dass mir die Umstände zu Hilfe kommen. Das reicht. Außerdem habe ich mich selten genug angesprochen, kaum je gefragt genug gefühlt, um eine Antwort geben, eine Aussage treffen zu müssen – also sage ich nichts und warte ab. Aber Sebastian wollte nicht merken. Er wollte, dass ich mich entschuldigen wollte.

»Verdammt, Isa! Doch nicht hier! Der Typ da am Fenster ist mein Trauzeuge, verdammt!« Er nickte kaum merklich in Richtung der Tür.

»Das hast du schon mal gesagt.« Ich konnte ein wackliges Grinsen nicht verhindern, nur klein halten.

»Verdammt?« Einen Moment lang war sein Gesicht völlig ausdruckslos. Ich weiß, dass der Betrachter eine solche Ausdruckslosigkeit mit der eigenen Logik füllt.

Sebastian ergab sich schließlich mit einem Kopfschütteln. »Wofür?« Seine Stimme klang heiser.

»Hm?«

»Wofür willst du dich entschuldigen?«

»Das Wochenende. Ich hätte dir früher Bescheid sagen sollen.«

»Angenommen.«

Ich war erleichtert und überrascht darüber.

Sebastian setzte sich zu mir an den Tisch. Immer noch darauf bedacht, dass man ihn durch die Tür sehen konnte. Aber er streckte seine Beine aus, sodass seine Füße meine berührten. Wollte er unsere Verbindung beweisen oder mir zeigen, dass er seine Coolness zurückhatte? Ich weiß es nicht. Wir saßen einen Moment lang einfach da. Sebastian verdeckte die Schrift auf seinem Becher mit einer Hand. Seit zwei Jahren hatte ich mittlerweile Sex mit ihm und trotzdem keine Ahnung, wie er seinen Kaffee trank. Nicht, weil ich es nie mitbekommen hätte. Wir haben in der Gerichtskantine zusammen gegessen und ein paarmal in dem Italiener um die Ecke von meinem Büro.

Ich sah mich möglichst unauffällig in dem Raum um. Das Flipchart und die Whiteboards an der Wand waren mit Namen, Orten, Fallnummern und Organigrammen beschrieben. Auf dem Tisch lagen Beweisfotos. Auf einem war Katharina zu sehen, eine Vergrößerung ihres Passbilds vermutlich, darunter verdeckt lagen weitere. Ich sah Blut.

Sebastian hätte mich natürlich niemals in diesen Raum lassen dürfen. Weder als Privatperson noch als Privatdetektivin und ganz sicher nicht als persönlich in den Fall Verstrickte. Verstrickt war ich, bin ich, werde ich immer sein.

»Hast du wirklich noch etwas zum Fall Schneider zu sagen?« Sebastian zog die Akten zu sich heran.

»Nein.« Wieder log ich, wieder entschied er sich, mir zu glauben.

»Ich könnte morgen Nachmittag vorbeikommen.« Er nickte ernst.

»Ich weiß noch nicht, ich hab viel aufzuholen.« Das war nur halb gelogen. Die Fälle stapelten sich, aber ich würde sie nicht bearbeiten, bevor ich herausgefunden hatte, wieso Katharina tot war.

Wieder nickte Sebastian, nahm die Akte, stand auf und öffnete die Tür. Als er sich zu mir umdrehte, rutschten mehrere Seiten aus dem Papphefter und segelten zu Boden. Ich bückte mich hastig und hob sie auf. Dabei konnte ich erstens lesen, dass es keinerlei Einbruchspuren an Katharinas Wohnungstür gegeben hatte, und zweitens, dass sie in den Stunden vor ihrem Tod mit mir, dem Mutter-Kind-Haus und Richard Mahler telefoniert hatte. Besonders auffällig aber war der Vermerk auf jeder Seite: Priorität!

»Wieso?« Ich versuchte gar nicht erst, meine Überraschung zu leugnen.

»Geht dich nichts an.« Sebastian bemühte sich, die Härte seiner Antwort mit einem Grinsen abzufangen.

»Aber ...« Ich wusste selbst, dass auf ein Aber wie meines – klein und ungeduldig – niemals eine Antwort folgt. Zu wenig Masse in der Waagschale, zu wenig Kraft beim Tauziehen um das, was man will. Ich reagiere meist gar nicht, wenn mir so ein Aber begegnet.

Sebastian schon.

»Halt dich da raus, Isa.« Seine Stimme war ernst, aber er sah mich nicht an. Stattdessen schaute er sich im Großraumbüro um, das mittlerweile leer war.

»Mittagspause«, murmelte er und zog mich im nächsten Moment in sein Büro. Das mit der richtigen Tür.

DREI

Am Abend saßen Tina, Karl und ich in der Küche zusammen wie früher. Es gab eine riesige Schüssel Spaghetti, die Tinas Gemütszustand entsprechend (verliebt) zu weich waren, Pesto, einen noch ziemlich sandigen Salat und für Tina und mich Rotwein. Karl verschwand direkt nach dem letzten Bissen in sein Zimmer. Tina wartete, bis das Klicken seiner Tür zu hören war.

»Es reicht, Isa. Rede!«

»Worüber genau?« Ich versuchte, Zeit zu schinden, und Tina wusste das natürlich. Und ich wusste, dass es kein Entkommen gab. Tagelang hatte sie stillgehalten, hatte weder über Sebastian noch über den Fall gesprochen – aber damit war es jetzt vorbei.

»Was ist mit Katharina?«

Sebastian hob sie sich also als Dessert auf.

»Was willst du wissen?« Ich war darauf angewiesen, dass sie mich mit Fragen leitete, denn ich hatte längst den Überblick verloren.

»Ich hab den Bericht gelesen. Du hast die Observation auf gar keinen Fall abgebrochen. Und noch dazu aus persönlichen Gründen? Niemals!« Sie lachte spöttisch, was mich wütend machte.

»Ich hab Kaufmann mit einer jungen Frau in einem Hotel in Charlottenburg erwischt und ihm eine Chance gegeben, es sich anders zu überlegen.«

»Und hat er?«

»Ja.«

»Zu spät?«

»Vielleicht.« Kaufmann hatte in der Lobby so angespannt gewirkt. Ich hatte vermutet, ja, vermutet, interpretiert, gemutmaßt, gehofft, dass es sein erstes Treffen mit der Brünetten gewesen war, dass ihn deshalb sein schlechtes Gewissen und die Zweifel noch so nervös gemacht hatten – gefährlich.

»Und deshalb hat sie sich umgebracht.« Tinas Stimme war sanft.

»Nein.«

Also war ich sicher. Ich war überrascht, wie eindeutig meine Antwort war.

»Sondern?«

»Keine Ahnung.«

Tina sah mich vorwurfsvoll an.

»Sie wirkte nicht wie jemand, der sich umbringt.«

»Sag mal, spinnst du?«

»Wieso?«

»Isa, wenn irgendjemand so einen Satz nicht sagt, dann du.«

Und natürlich hatte sie recht. Ich sage so was nicht, weil es keinen Sinn macht. Was heißt schon wirken? Wer oder was wirkt auf wen? Und was hat das mit irgendetwas zu tun, was sich im Inneren eines Menschen abspielt? Jaja, Körpersprache, nonverbale Kommunikation, bla, bla, bla … Ich will damit nicht sagen, dass man nicht merken kann, wenn man belogen wird. Ich will damit sagen, dass man nicht einmal selbst eine Ahnung davon hat, wie man wirkt, was in einem wirkt und was einen dazu bringt, etwas zu tun, zu fühlen oder zu denken. Wie also konnte ich so sicher sein, dass Katharina Schneider sich nicht aus dem Fenster ihrer Wohnung gestürzt hatte, um auf dem eisigen Bürgersteig in ihrem Blut zu krepieren?

»Hast du mir zugehört?«

Ich konnte Tina nicht ansehen, aber ich ertrug ihre Hand, die sie mir auf den Unterarm gelegt hatte.

»Was, wenn sie es doch getan hat? Bist du dann schuld daran?«

»Hör auf!« Wenn ich sehr wütend bin, wird meine Stimme sehr leise. Tina weiß das, aber es war ihr egal.

»Wenn sie sich umgebracht hat, ist das ihre Schuld. Deshalb heißt es ›Selbstmord‹.«

»Darum geht es doch überhaupt nicht!«

»Dann sag mir, worum es geht! Verdammt!«

Ich hatte keine Ahnung. Keine Ahnung, worum es ging. Was mich völlig verwirrt von einem Gefühl ins andere stolpern ließ, von einer Idee in die nächste, was mich von einem Gedanken zum nächsten trieb. Ich erzählte Tina, dass ich Katharina durch mein Handeln gezwungen hatte, ihre eigene Wahrheit gegen meine Lüge einzutauschen, und das, ohne es zu wissen. Ich erzählte ihr von dem Morgen mit dem kitschigen Himmel und davon, wie glücklich Katharina ausgesehen hatte. Wie jemand, dessen Leben in Ordnung war. In einer Ordnung, die selbst geschaffen oder vertrauensvoll akzeptiert worden war.

Vielleicht war es das, was mich antrieb. Die Frage nach der Ordnung oder dem, der sie zerstört hatte. Ich konnte mir keinen größeren Gegensatz vorstellen als den zwischen der glücklichen Frau im kitschigen Morgenrot und ihren zerschmetterten Überresten in einer Blutlache an genau derselben Stelle. Der Weg dazwischen hatte sie zu mir ins Büro geführt, und ich hätte die Chance gehabt, ihr ihre Wahrheit zurückzugeben, und ich hätte die Chance gehabt, sie kennenzulernen. Zu verstehen, wie sie so glücklich und dennoch auf der Suche nach jemandem sein konnte, wie sie bei unserem zweiten Treffen angedeutet hatte. Ich entschloss mich, herauszufinden, wen ich für sie hätte finden sollen.

»Wie willst du das anstellen?«

Ich hatte ganz vergessen, dass Tina mir zuhörte.

»Keine Ahnung.«

»Was fasziniert dich so an ihr? Oder würdest du das für jeden Klienten tun?«

»Herausfinden, wer ihn umgebracht hat?«

»Deine Regeln brechen.«

»Ich hab keine Ahnung, wovon du redest.«

»Doch hast du.«

»Keine Ahnung.«

»Verdammt, Isa.«

Wir schwiegen eine Weile. Bestimmt ein Glas Wein lang.

»Wie ist der Sex?«

»Was?«

»Maurer. Ist er so gut, wie er aussieht?« Tina zog übertrieben anzüglich die Augenbrauen hoch und sah dabei aus wie ein Comicbösewicht.

Ich war ihr dankbar für den Themenwechsel, und das sollte was heißen. Ich hasse es, über mein Sexleben zu sprechen. Egal, wie oft und mit welchen Tricks Tina versucht, mich dazu zu bringen. Und wie oft ich sie anflehe, mir die Details ihrer eigenen Abenteuer zu ersparen.

»Gut.«

»Nur gut?«

»Was willst du wissen?«

»Wieso du so ein Risiko eingehst.«

»Risiko?«

»Ja, der Typ ist verheiratet und hat drei Kinder.«

»Ja.«

Tina sah mich herausfordernd an.

»Der Typ ist verheiratet und hat drei Kinder, Isa.«

»Eben.«

Tina musterte mich, als erwarte sie, dass ich im nächsten

Augenblick auseinanderfalle. Schließlich zuckte sie mit den Schultern und erhob ihr Glas.

»Darauf, dass du weißt, was du tust.«

Mein Glas war leer.

Am nächsten Morgen besprachen wir noch am Frühstückstisch, wie wir weiter vorgehen wollten. Tina hatte schon früher bei Ermittlungen geholfen. Telefonisch oder per Mail Informationen eingeholt. Manchmal unter Vorspiegelung falscher Tatsachen, wenn es den Fall nicht gefährdete. Bei den Storys, die sie den Leuten auftischt, damit sie ihr erzählen, was sie wissen will, lässt sie sich normalerweise davon inspirieren, was sie gerade liest, schaut oder arbeitet. Meist muss ich sie daran erinnern, es nicht zu übertreiben. Sie bot an, in das Mutter-Kind-Haus zu gehen und sich umzuhören. Insbesondere hoffte ich auf einen Hinweis auf den wütenden Typen, der Katharina im Internet bedroht hatte. Aber aus irgendeinem Grund wollte ich das selbst machen. Ich wollte nicht, dass Tina Katharina zu nahe kam. Stattdessen bat ich sie, online zu recherchieren.

Ich selbst beschloss, zuerst herauszufinden, wie ich an Richard Mahler herankommen konnte. In der Polizeiakte, in die ich in Sebastians Büro einen Blick hatte erhaschen können, hatte gestanden, dass Katharina fast dreißig Minuten lang mit ihm gesprochen hatte, vier Stunden vor ihrem Anruf bei mir. Meine ersten Recherchen ergaben keinen Hinweis auf seine Adresse. Ich rief Eugen an und bat ihn, sich etwas umzuhören. Als ich ihm gegenüber den Bodyguard erwähnte, der Mahler auf die Beerdigung begleitet hatte, horchte er auf. Eugen hat schon viele Politiker gefahren und bestand darauf, dass ein gewöhnliches Mitglied des Bundestags keine Personenschützer bei sich hat. Vielleicht war also wirklich etwas dran an seinen ehrgeizigen Karriereplänen, oder ihm stand als ehemaligem Vorsitzenden des Parlamentarischen Kontrollgremiums besonderer Schutz zu. Oder aber er hatte einen anderen Grund zur Vorsicht.

Ich legte auf und suchte weiter.

Es stellte sich heraus, dass seine zweite Ehefrau Ärztin für Innere Medizin mit eigener Praxis in Zehlendorf war. Ich nahm mir vor, ihr von dort aus zu ihrem Wohnort zu folgen. Vielleicht konnte Mahler mir sagen, was in der Nacht vor Katharinas Tod geschehen war. Irgendetwas hatte ihn dazu gebracht, Kaufmann auf der Beerdigung anzugreifen, und das mit seinem kleinen Sohn auf dem Arm. War er so außer sich vor Schmerz gewesen, dass er ihn vergessen hatte, oder hatte er darauf gezählt, dass Kaufmann nicht zurückschlagen würde? Katharina hatte ruhig und respektvoll von ihrem Ex-Mann gesprochen. Vielleicht hatten die beiden geschafft, was mir selbst noch nicht einmal erstrebenswert erschien: Freunde oder Vertraute zu bleiben, nachdem sie ihre Beziehung beendet hatten. Vielleicht.

Ich wünschte, die Vielleichts würden sich nicht anfühlen wie Fallgruben, sondern wie sonst auch, wie Freiheit. Wie Optionen, die ich in meinem Kopf reifen lassen konnte. Jetzt aber lockten sie und schmerzten und brachten mich keinen Schritt weiter.

Ich wurde aus meinen Gedanken gerissen, als Eugen mir schrieb, dass er vor der Tür auf mich wartete.

VIER

Eine weitere irrige Vorstellung, die Leute von der Arbeit einer Privatdetektivin haben, ist die, dass wir Fälle lösen. Das kommt wahrscheinlich von zu vielen Krimis. Wir bestätigen den Verdacht, dass ein Partner fremdgeht, ein Angestellter stiehlt oder jemand zu Unrecht Leistungen bezieht. Mehr nicht. Wir folgen nicht einer kaum sichtbaren Spur wie ein Fährtenleser in Abenteuerbüchern. Durch den Auftrag werden wir auf ein Gleis gesetzt und folgen diesem bis zu seinem Ende. Manchmal zum gewünschten Bahnhof, manchmal zu einem Prellbock am Ende eines Abstellgleises. Manchmal stolpern wir quasi über eine Weiche und wechseln die Spur. Karl hat seine Holzeisenbahn geliebt, als er klein war. Mich hat sie in ihrer Begrenztheit immer deprimiert. Jedenfalls lassen sich unsere Aufträge fast immer auf klare Ja/Nein-Fragen herunterbrechen.

Eine richtige Ermittlung, bei der alles offen ist, alles sein kann, bei der noch nicht einmal klar ist, ob es überhaupt eine Tat gibt, die Ermittlungen rechtfertigt, ist etwas vollkommen anderes. Sie ist wie ein riesiges Knäuel. Nicht aus einem Faden, den man sorgsam und folgerichtig entwirren kann, sondern vielleicht aus Hunderten, Tausenden langen und kurzen Fäden, die aneinandergebunden sind oder eben nicht. Vielleicht bleibt am Ende nur ein Haufen einzelner nutzloser Teilstücke, die kein zusammenhängendes Bild ergeben. Das ist ganz sicher mehr als die simple Entscheidung zwischen Ja oder Nein. Ich hatte keinerlei Erfahrung damit.

Ich erinnere mich daran, dass Sebastian in einer der Gerichtsverhandlungen, in der wir beide als Zeugen auftraten, zugeben musste, dass sein Bericht keinerlei Anspruch auf Vollständigkeit erheben konnte. Die Verteidigerin des wegen Mordes angeklagten Mannes hatte große Freude daran gehabt, ihn zu diesem Eingeständnis zu zwingen. Natürlich dürfte ihm das nicht neu gewesen sein, aber in dieser Klarheit ausgesprochen – vor Zeugen –, hat es ihn doch ziemlich erschüttert. Ich weiß noch, dass ich damals ein überhebliches Mitgefühl mit ihm empfand, denn ich dachte, mir sei das immer klar gewesen und ich hätte mich damit gut arrangiert, hätte nie diesen Anspruch an mich und meine Arbeit gehabt. Doch das war jetzt anders. Ich wollte das ganze Bild. Ich musste jeder Spur, jedem Faden folgen und sehen, wo sie mich hinführten. Ob zum nächsten Hinweis oder ins Nichts, vor eine Wand oder womöglich letztlich zu der Erkenntnis, dass es kein ganzes Bild gab – es gab kein Zurück mehr.

Meine Klienten kommen zu mir und erwarten Klärung. Ordnung. Sie erwarten Sinn. Sie bezahlen dafür, dass die Fäden, die zerrissen waren, wieder zusammengefügt und verbunden werden können. Ob das zu Erleichterung und Triumphgefühl, zu Verzweiflung, Wut, Hass und Schmerz oder nur zu Leere führt – sie erwarten zu viel von mir. Denn ich liefere ausschließlich Fakten. Oder deren Abwesenheit. Was sie mit ihnen machen, bleibt ihnen überlassen.

Ist es nicht lustig, dass wir eher mit einer negativen Nachricht, dem Beweis von Schuld, dem Beleg für Verrat, mit einem Nachweis – egal, wofür, egal, wie grausam – klarkommen als mit deren Abwesenheit? Denn dann bleibt immer ein Fragezeichen. Ein »vielleicht doch«. Wenn eine Frage erst gestellt ist, kann man nicht aufhören, auf die Antwort zu hoffen.

Eugen fuhr mich nach Pankow. Die Mutter-Kind-Einrichtung »Zuhause e. V.« befand sich in einem unscheinbaren Mehrfamilienhaus mit Garten. Das einzig Auffällige daran waren der

Metallzaun und die Kameras an Gartentor und Eingangstür. Durch die hohe Hecke konnte man im Garten eine Schaukel, eine Wippe und ein Klettergerüst erkennen.

Eugen und ich saßen eine Weile im Wagen und tranken Kaffee. Er lächelte schweigend, bis ich mich ergab und ihn fragte, wieso.

»Du siehst besser aus. Lebendiger, moya malen'kaya.«

Ich fühlte mich besser. Lebendiger vielleicht. Das tue ich immer, wenn ich weiß, was ich tun kann. Dass ich etwas tun kann. Und wenn es warten ist. Eugen sagt, Warten ist, sich dem Lauf der Zeit entgegenzustemmen, und damit eine Energieverschwendung. Ich sehe das anders. Für mich ist Warten eine Aktion. Ist aktives Wahrnehmen der Zeit, während sie wie Wolken vorüberzieht, ohne sich mitziehen zu lassen, ohne daran festzuhalten, ohne sich zu widersetzen.

Wir warteten auf die Leiterin der Einrichtung, Brigitta Borchert. Der Internetseite von »Zuhause e. V.« hatte ich die Bürozeiten entnommen, und ich wollte die erste »Klientin« sein. Ich hatte mich dafür entschieden, ihr ein wenig Wahrheit zu präsentieren und zu schauen, was sie damit anfangen würde. Natürlich hatte ich keine Ahnung, wie gut sie Katharina gekannt hatte. Wie vertraut sie miteinander gewesen waren und ob sie von dem wütenden Vater wusste, ob so etwas häufig vorkam oder selten.

Um fünf vor neun bog eine kleine, rundliche Frau mit kurzen, grauen Haaren auf ihrem Fahrrad in die Straße ein, schloss das schwere Metalltor auf und verschwand im Haus. Ich gab ihr zehn Minuten, dann klingelte ich und saß kurz darauf in einem kleinen Büro voller Kinderzeichnungen, Grußkarten, Aktenordnern und Orchideen in selbst gemachten Übertöpfen Brigitta Borchert gegenüber. Ich schätzte sie auf Mitte fünfzig. Sie beobachtete mich aufmerksam über das knallrote Gestell ihrer Weitsichtbrille hinweg. Ihre Stimme war klar und fest, aber warm.

»Wie kann ich Ihnen helfen?« Sie klang, als sei sie gewohnt, tatsächlich helfen zu können.

»Mein Name ist Isadora Winter. Ich bin Privatdetektivin.«

Brigitta Borchert verzog keine Miene. Sie war es sicher auch gewohnt, zuzuhören und wenig von sich preiszugeben. Das machte die Sache schwieriger, aber ich fühlte mich bestätigt in meiner Entscheidung, nicht zu lügen.

»Ich bin im Auftrag von Katharina Schneider hier.« Ich reichte ihr meine Visitenkarte.

Ihr Blick wanderte zu einem gerahmten Foto neben ihrem Schreibtisch, das sie zusammen mit Katharina und vier weiteren Frauen unterschiedlichen Alters zeigte. »Das war auf unserem letzten Sommerfest.« Der Klang ihrer Stimme veränderte sich nicht, aber sie schloss kurz die Augen, dann hatte sie sich wieder gefasst.

»Frau Schneider hat mich gebeten …« Ich zögerte künstlich, in der Hoffnung, dass sie den Satz zu Ende führen und ich damit erfahren würde, was sie von und über Katharina wusste. Aber die kleine, rundliche Frau schwieg. »Ist sie in letzter Zeit bedroht worden?«

Brigitta Borchert sah mich völlig überrascht an. Interessant. Offenbar hatte sie mit etwas anderem gerechnet. Sie wirkte fast erleichtert, als sie nickte.

»Ein junger Vater wollte nicht gehen, also hat Katta ihn rausgeworfen und mit der Polizei gedroht, falls er wiederkommen sollte. Das ist etwa zwei Wochen her.«

»Können Sie mir sagen, wie er heißt und was genau passiert ist?«

»Natürlich nicht.« Sie lachte. Ich mochte sie. »Sowohl unsere Klientinnen als auch ihre Familien verlassen sich auf meine Verschwiegenheit, und Katta wäre sicher die Allerletzte gewesen, die das nicht respektiert hätte.«

Ich nickte.

Das Telefon begann zu klingeln, doch Brigitta nahm nicht ab.

»Ist so etwas ungewöhnlich?«

Wieder lachte sie. Diesmal klang es bitter.

»Zu uns kommen Frauen und ihre Kinder aus ganz unterschiedlichen Gründen, aber einer der häufigsten ist häusliche Gewalt.«

»Hatte Katharina ... Grund zur Sorge?« Ich schämte mich dafür, dass ich durch meine Wortwahl die Schlussfolgerung nahelegte, dass sie Angst gehabt hatte. Dieses Gefühl konnte ich einfach nicht mit dem Bild in Einklang bringen, das ich von Katharina hatte. Wollte ich nicht.

»Der junge Mann ist, soweit ich weiß, seit fast zwei Wochen zu einer Entzugsbehandlung im Krankenhaus.«

Ich überlegte, wie ich sie dazu bringen konnte, mir doch noch seinen Namen zu verraten. Ich habe schon einige vermisste Söhne oder verschollene Mitarbeiterinnen in solchen Entzugseinrichtungen gefunden und weiß, dass die meisten zumindest am Anfang der Therapie gut überwacht sind, aber das war natürlich kein belastbares Alibi. Auf der anderen Seite war es unwahrscheinlich, dass Katharina einen Mann, dem sie mit der Polizei gedroht hatte, widerstandslos in ihre Wohnung gelassen hatte.

»Das habe ich auch den Polizisten gesagt.«

Jetzt war ich überrascht. Entweder waren Sebastian und seine Leute sorgfältiger und schneller, als ich gedacht hatte, oder sie hatten einen Hinweis auf den Vorfall erhalten. Vielleicht von Kaufmann. Ich bedankte mich und hielt ihrem Blick stand. Einen Augenblick lang hatte ich das Gefühl, sie wolle noch etwas sagen, doch offenbar entschied sie sich dann dagegen. Ich ließ ihr Zeit.

FÜNF

Eugen bot an, mich auch nach Zehlendorf zu fahren. Ich akzeptierte, in der Hoffnung, dass er gnädig sein und mich in Ruhe nachdenken lassen würde. Tatsächlich stellte er sogar das Radio an, und wir fuhren zu Ottorino Respighis *Pini di Roma* einträchtig schweigend einmal quer durch Berlin. Es war trocken und kalt. Der Himmel war blau, und die Sonne schien. Ich konnte das erste Mal seit Langem wieder durchatmen.

Ich versuchte, mir Katharina vorzustellen, wie sie bei Kaffee und Kuchen im Garten mit den Müttern und Kindern zusammengesessen hatte. Und ihnen Hoffnung gemacht hatte auf ein eigenständiges und freies Leben. Ich war überrascht davon, wie leicht mir das gelang.

Wir brauchten eine Dreiviertelstunde, bis wir in der ruhigen Seitenstraße in der Nähe des Mexikoplatzes ankamen, wo Frau Dr. Mahler (die Zweite) ihre Praxis hatte. Gerade rechtzeitig. Es war Mittwoch, und ihre Sprechstunde endete mittags. Als Eugen und mir klar wurde, dass sie zu Fuß unterwegs war, verabschiedeten wir uns, und ich machte mich an die Arbeit.

Frau Dr. Mahler trug einen teuren Daunenmantel, eine große Sonnenbrille und eine winzige Handtasche, was ich auffällig fand für die Mutter von Zwillingen. Ihr elegantes Blond sah aus, als habe es einige Hundert Euro gekostet. Eine Summe, die Tina sicher gut investiert finden würde. Ich folgte Frau Mahler bis in einen Bio-Supermarkt, in dem sie Obst und Vollkornbrot kaufte, und dann zehn Minuten lang durch die sorgfältig gefegten Wohnstraßen Zehlendorfs bis zu einer frei stehenden Jugendstilvilla. Einer von vielen. Auffällig war auch hier ein hoher Metallzaun, der noch sehr neu aussah oder zumindest frisch gestrichen, und der VW Passat mit getönten Scheiben, in dem ein Mann mit sehr akkuratem Haarschnitt saß und Zeitung las. Ohne langsamer zu werden, ging ich auf der gegenüberliegenden Straßenseite an Haus, Zaun und Personenschützer vorbei und bog bei der nächsten Gelegenheit links ab. Hier half mir der Zufall. Die Nanny und Mahlers Zwillinge liefen lachend an mir vorüber. Die Kinder trugen sandige Schneeanzüge, kamen also direkt von einem Spielplatz oder aus einem Kindergarten mit Sandkasten. Das würde ich herausfinden.

Ich hatte eine Wohnadresse von Richard Mahler und zwei Ansatzpunkte: Falls ich ihn nicht direkt zu fassen bekam, würde ich mich entweder als Patientin ausgeben und so Kontakt zu seiner Frau aufnehmen, oder versuchen, mit der Nanny ins Gespräch zu kommen. Ein guter Vormittag in meinem Job.

Jetzt war es Zeit für mein Date mit Sebastian.

Es dauerte fast eine Stunde, bis ich endlich in meinem Büro war. Tina hatte inzwischen auf Facebook recherchiert und drei mögliche Namen für den wütenden Vater aufgetan. Sie hatte sich auf der öffentlichen Gruppenseite von »Zuhause e. V.« umgeschaut, war den verschiedenen Kommentaren der zum Teil noch nicht volljährigen Mütter gefolgt und so auf deren Partner gestoßen. Mit den Namen würde ich hoffentlich entweder bei Brigitta oder bei Sebastian weiterkommen.

Ich schickte Tina nach Hause, was sie mit einem grinsenden »Viel Spaß!« quittierte. Es nervte mich sehr, dass sie von Sebastian wusste und nun darüber spekulierte oder mich darüber auszufragen versuchte, was wir wann wo machten. Wenn mein Hinterzimmer nicht so verdammt praktisch gewesen wäre, hätte ich von da an einen anderen Treffpunkt vorgeschlagen.

Sebastian war pünktlich. Er wirkte entspannter als die Tage zuvor. Ich tat nicht mehr so, als würde mich der »Fall Schneider« nicht interessieren.

»Gibt es Neuigkeiten?«

Er sah mich überrascht an.

»Du weißt, dass ich dir dazu nichts sagen kann. Seit wann hältst du dich nicht an die Regeln?«

»Wir sprechen immer über Fälle.« Lächerlicher Versuch. Sebastian würdigte ihn nicht mal einer Antwort.

»Seit wann hältst du dich nicht an die Regeln?«, wiederholte er stattdessen ruhig und zog sich weiter aus.

»Ich will nur wissen, ob ich helfen kann.« Ich knöpfte seine Hose auf.

»Wir haben alles im Griff.« Er zog mich grinsend zu sich heran und begann, meinen Nacken zu küssen.

»Wir warten nur noch auf den Obduktions- und den toxikologischen Bericht.« Er atmete tief ein und zog mir meinen Pullover aus.

»Dann habt ihr die Frau gefunden?«, fragte ich betont gleichgültig und öffnete meinen BH.

»Welche Frau?« Sebastian musterte mich konzentriert. Er war jetzt nackt.

»Kaufmanns Affäre.«

»One-Night-Stand«, verbesserte er und ging vor mir in die Knie. »Wir haben die Suche eingestellt.« Er öffnete meine Jeans.

»Ihr habt nie ernsthaft gesucht, oder?« Ich weiß heute nicht mehr, wieso ich ihm das unterstellt habe. Aber statt wütend zu werden, zuckte er nur mit den Schultern.

»Ich kann nichts dafür, dass Kaufmann sich seine Frauen so beliebig aussucht.«

Fast hätte ich gefragt: »Im Gegensatz zu dir?«, entschied mich dann aber für ein »Behauptet er«.

»Ja. Und es gibt keinen Grund, ihm nicht zu glauben.«

Ich hätte auch hier noch sagen können: »Doch, er lügt, er kennt die Frau, er hat sich noch mal mit ihr getroffen. Ich hab's gesehen.« Aber das tat ich nicht. Nicht nur, weil ich dann meine Einmischung hätte eingestehen müssen, sondern auch, weil ich Sebastian nicht traute. Er wollte den Fall so schnell wie möglich abschließen. Das war ihm deutlich anzumerken.

Er sah zu mir auf, als bitte er um Erlaubnis. Etwas, was er sonst nie tat. Wir gehen einfach von gegenseitigem Einverständnis aus, wenn wir uns treffen, wieso sollten wir das auch sonst tun?

Ich lehnte mich gegen die kalte Wand und nickte.

Als ich am frühen Abend nach Hause kam, hatte Karl sich in seinem Zimmer eingeschlossen, und Tina war in ihrem Zimmer am Computer beschäftigt. Den Geräuschen nach zu schließen, mit Sex. Sie sah sich eine Dokumentation über weibliche Sexualität an, und das laut. Ihre Zimmertür stand offen. Ich fühlte mich provoziert und war sauer, dass sie Karl damit in eine unangenehme Situation brachte. Das war rücksichtslos von ihr, egal, wie sehr sie mich ärgern wollte. Nach ein paar Minuten hielt ich es nicht mehr aus und ging zu ihr, um die Tür zu schließen.

»Willst du mir was sagen?« Ich muss reichlich genervt geklungen haben.

»Nö. Du?«

»Lass den Scheiß.« Ich war schon dabei, mich abzuwenden.

»Es dreht sich nicht immer alles nur um dich, Isa.«

Sehr zufrieden mit sich, genoss sie eine sehr lange Pause.

»Ich habe Karl vorhin bei der ›Recherche‹ für sein Date erwischt. Der stumpfeste Machoporno, den du dir vorstellen kannst. Jetzt stelle ich ihm geeignetere Beispiele zusammen, bei denen er wirklich was lernen kann.«

»Das kannst du nicht machen!«

Ich war entsetzt und musste trotzdem lachen. Doch Tina nickte vollkommen unbeeindruckt.

»Und dann werden wir drüber sprechen. Irgendwann muss er ja rauskommen aus seinem Zimmer.«

Ich ging in die Küche zurück und öffnete eine Flasche Wein.

SECHS

Ich habe die ganze Nacht nicht geschlafen. Dabei kann ich fast immer schlafen. Es fällt mir leicht, auf den Schlaf zu warten, und auch darauf, wieder aufzuwachen. In dieser Nacht standen sich und mir aber so viele Gedanken im Weg, dass ich nicht zur Ruhe fand. Einer war: Muss ich jetzt mit meinem pubertierenden Sohn, der sich mir gegenüber ohnehin im Rückwärtsgang befindet, ein ernstes Gespräch über Sex führen?

Natürlich hatte ich mit ihm schon mehrfach darüber gesprochen, wie Kinder gezeugt werden. Je nach Alter und Fragen, die er gestellt hatte. Ich war froh gewesen, als sich sein großäugiges Interesse in peinliches Achselzucken verwandelt hatte. Aber jetzt kam es drauf an, oder? Und ich hatte keine Ahnung, wie ich damit umgehen sollte. Einen Moment lang spielte ich mit dem Gedanken, das Gespräch Eugen zu überlassen, verwarf ihn aber schnell wieder als völlig absurd. Dann fragte ich mich, wie Sebastian wohl mit seinen Söhnen über dieses Thema sprach. Ob überhaupt oder ob er das seiner Frau überließ.

Ich mache Dinge gerne selbst. Lieber, als sie zu delegieren. Ich weiß dann, dass sie gemacht sind und wie. Ich weiß, wie ich zu ihnen stehe und was ich später mit ihnen anfangen kann. Vielleicht schreckte mich nicht der Sexteil der Unterhaltung, sondern der Beziehungsteil. Dazu hatte ich nichts zu sagen. Dieses Gespräch hätte ich gerne abgegeben. Nur nicht an Tina. Ich ärgerte mich, dass ich mich damit so schwertat. Ich erwartete mehr von mir: mehr Lässigkeit, mehr Souveränität, mehr Klarheit. Einfach mehr.

Ein weiterer Punkt, der mich nicht schlafen ließ, waren Mahler und seine Vorzeigefamilie. Ich fragte mich, wieso er die Nanny mit dem Kopftuch eingestellt hatte, und nahm mir vor, zu recherchieren, ob die junge Frau in der Berichterstattung über Mahler erwähnt wurde. Wenn ja, wofür stand sie? Was wollte er durch sie ausdrücken? Weltoffenheit? Etwas unerwartet für jemanden wie ihn, der so weit rechts stand in seiner Partei. Und war sie echt oder nur Kalkül? Sollte sie beruhigen, ablenken? Gefährdete sie nicht die Wählerschaft, die er anpeilte? War das wirklich so? Ich musste mit ihm sprechen.

Ich fragte mich, ob seine politische Karriere irgendetwas mit Katharinas Tod zu tun hatte. Mal wieder ergab sich kein deutliches Bild. Ich wälzte mich in meinem Bett herum, das ich noch nie mit jemandem geteilt hatte außer mit meinem Sohn, wenn er krank gewesen war oder einen Albtraum gehabt hatte.

Da war er schon wieder, dieser Gedanke, dass Karl sich zwangsläufig von mir entfernen würde und ich nichts dagegen tun konnte. Ich konnte ihn nur loslassen, ihm mitgeben, was auch immer ich zu geben hatte. Und dann? Ich hatte keine Ahnung.

Ich ging in die Küche, um mir etwas zu trinken zu holen. Es war kein Wein mehr da. Die Altglaskiste in unserem kleinen Vorratsraum war allerdings übervoll. Ich beschloss, keinen Alkohol mehr zu trinken, bis ich herausgefunden hatte, was mit Katharina geschehen war. Ich stand in der dunklen Küche und schaute auf die Straße. Das nasse Kopfsteinpflaster glänzte beinahe golden im Licht der gelben Straßenlaternen. Im Späti gegenüber brannte wie immer kaltweißes Neonlicht. Er war bis auf den Besitzer, einen türkischen Familienvater mit Schnauzbart, leer. Der stand hinter der Tür und starrte in die Nacht. Er sah traurig aus dabei, müde und verloren. Ich wandte mich ab.

Ich entschied, am Morgen mit Martin Kaufmann zu sprechen, egal, wie, und egal, wo. Denn eins war mir klar geworden: Sebastian glaubte ihm, oder behauptete es zumindest, und würde nicht an der Version vom anonymen One-Night-Stand rütteln. Vielleicht durfte er das nicht. In Berlin waren seit Katharinas Tod zwei Morde geschehen, die in der Presse groß verhandelt wurden und das Dezernat damit unter hohen Druck setzten. Dennoch hatte ihr Fall, zumindest vor zwei Tagen noch, als Priorität gegolten. Das konnte bedeuten, dass die Polizei, Staatsanwaltschaft oder wer da sonst noch im Hintergrund beteiligt war, einen besonderen Untersuchungsbedarf sah – darauf hatte ich gehofft – oder dass der Fall schnellstmöglich zu den Akten gelegt werden sollte. Ich musste herausfinden, wer sich warum in die Ermittlungen eingemischt hatte. Denn Sebastian war nicht nur ehrgeizig, sondern auch gut. Sorgfältig und genau. Wie er mir gegenüber über den Fall sprach, passte nicht zu ihm, nicht zu dem Polizisten. Zumindest was sein Verhältnis zu seinem Beruf anging, glaubte ich, Sebastian zu kennen.

Kurz überlegte ich, ob er mich angelogen und sehr wohl nach der Brünetten aus dem Hotel gefahndet, ob er sie womöglich gefunden hatte, entschied mich dann aber, ihm zu glauben. Erst als ich entschieden hatte, Martin Kaufmann direkt auf die Unbekannte anzusprechen, beruhigte sich das Karussell in meinem Kopf. Ich lag zwar noch eine Weile wach, hatte aber meinen Widerstand aufgegeben und schlief in den frühen Morgenstunden ein.

Einige Stunden später machte ich mich wieder auf zum Strausberger Platz. Ich hatte zu meiner großen Erleichterung meinen Kaffee alleine getrunken, denn Karl war schon in der Schule gewesen und Tina bei einem Vorsprechen. Ich weiß nicht mehr, was ich erwartet hatte – dass Kaufmann wie gewohnt ins Fitnessstudio und zur Arbeit ging oder dass er, wie seine Mutter behauptet hatte, in der Wohnung vor sich hinstarrte. Auf der

Beerdigung hatte er bis zu dem Schlagabtausch mit Mahler wie sediert gewirkt. Auf der halbseitigen Todesanzeige hatte gestanden, dass von Trauerbekundungen bitte abzusehen sei. Bis auf zwei alte Damen hatten sich auch alle Beerdigungsgäste daran gehalten.

Als ich vor dem Haus stand, zog sich mein Magen schmerzhaft zusammen. Ich konnte mich gar nicht daran erinnern, wann ich das letzte Mal etwas gegessen hatte – vermutlich am Mittag des Vortags –, also dachte ich erst an Hunger. Doch der Schmerz breitete sich im ganzen Körper aus. Schließlich musste ich mich an einer Hauswand abstützen.

Tina behauptet immer, dass Frauen sich grundsätzlich mit Gefühlen besser auskennen als Männer. Wir haben uns einmal darüber gestritten. Ich meine, richtig gestritten. Danach haben wir wochenlang nicht miteinander gesprochen, und ich war drauf und dran, ihr den Untermietvertrag zu kündigen. Das ist lange her, aber es ist mir wieder eingefallen, als ich versuchte, doppelt so lange aus- wie einzuatmen. Ich hatte keinen Namen für das Gefühl, das die Schmerzen verursachte. Es war ganz ähnlich wie damals in dem Streit mit Tina. Sie hatte mich zwingen wollen, Charles zu suchen und ihm von Karl zu erzählen. Ich hatte kaum je über ihn gesprochen, und so hatte sie sich ihre Fragen natürlich selbst beantwortet. In ihrer Vorstellung war er ein typischer Abenteurer, der sich nimmt, was er will, und sich nun gefälligst der Verantwortung der Vaterschaft stellen sollte. Es hatte mich wütend gemacht, dass sie mich für so naiv und blöd gehalten hatte. Aber schlimmer noch war gewesen, dass sie Charles verurteilt hatte, ohne ihn zu kennen. Nie wieder habe ich einem Menschen so vertraut und ihn so betrogen. Er hatte angekündigt, dass er zurück nach Schottland müsse, und dann darauf gewartet, dass ich ihn aufhalte. Habe ich aber nicht. Also ist er verschwunden. Ohne sich zu verabschieden, ohne eine Anschrift zu hinterlassen. Ich habe ihm nicht gesagt, was ich wollte. Und ich wusste, dass ich ihn belüge, wenn ich ihn einfach gehen lasse. Und trotzdem habe ich es getan. Ohne zu bedenken, was das für mein späteres Leben bedeuten würde, und ohne zu wissen, dass ich schwanger war.

Der Schmerz, der von meinem Magen ausstrahlte, verzog sich, lichtete sich wie Nebel, und dahinter kam erst undeutlich, dann immer klarer Wut zum Vorschein. Ich weiß noch, wie mich das überraschte. Wut worauf? Auf wen? Solange sie keine Richtung hatte und keine Rechtfertigung – was sollte ich mit ihr anfangen? Ich kam mir inkompetent vor und hilflos, und dieser Gedanke half ein wenig, war er doch in meinen Augen Beweis genug gegen Tinas bescheuerte Männer-Frauen-Gefühle-Theorie. Aber vermutlich würde sie mich als die »eine« Ausnahme abtun.

Ich fragte mich, wie ich überhaupt auf Tina, ihre Theorie und unseren Streit über Charles damals gekommen war, während ich eine ganze Weile vor der Tür stand und doch nicht auf den Klingelknopf drückte. Stattdessen ging ich noch einmal auf die andere Straßenseite und suchte von dort die Fassade von Katharinas Wohnhaus ab. Nach irgendetwas, das darauf hinwies, was hier geschehen war. Aber da war nichts, und ich verstand, dass das auch so bleiben würde. Niemand würde eines dieser Schilder anbringen, die es überall in der Stadt gibt und auf denen steht: Hier lebte von dann und dann bis dann und dann der und der. Katharina würde vergessen werden, so wie die meisten von uns.

Ich schaute die graue Hauswand hinauf, und da sah ich ihn. Kaufmann. Er stand am geschlossenen Fenster und starrte bewegungslos hinunter. Als er mich bemerkte, zuckte er zusammen. Doch als ich kurz darauf klingelte, öffnete er, ohne zu zögern. Ich nahm die Treppe statt des Fahrstuhls. Und so überraschte ich ihn, als ich aus der anderen Richtung kam, während er in der Wohnungstür wartete und wie gebannt auf den Aufzug blickte. Wortlos winkte er mich in die Wohnung, die seine Mutter »furchtbar ungemütlich« genannt hatte. Ich verstand, wieso, aber ich teilte ihre Meinung nicht. Der offene Wohnbereich war fast leer, bis auf ein schlichtes Sofa, einen Sessel, einen Couchtisch und ein Sideboard, aber vor allem bis auf drei hochwertige Drucke aus Georgia O'Keeffes Wolkenreihe.

Kaufmann sank in den Sessel und deutete auf das Sofa. Im Raum war es dunkel, der Himmel verhangen und die Vorhänge halb zugezogen, nirgends brannte Licht. Kaufmann tippte kurz auf seinem Smartphone herum und legte es dann auf den Couchtisch zwischen uns.

»Wie heißen Sie? Wer sind Sie?«

»Eine Freundin von Katharina.« Irgendwann zwischen dem Hotel in der Bleibtreustraße und dem verwaist wirkenden Wohnzimmer in Friedrichshain war ich von einer Bekannten zur Freundin geworden.

SIEBEN

Ich habe keine Angst vor Schmerzen. Schmerzen sind auch nur etwas, was vorübergeht, wenn man lange genug wartet. Ich kann durch sie hindurchatmen, und manchmal kann ich mich sogar über sie freuen. Denn sie machen mir klar, wo ich bin, wann und wer. Ich glaube, mir ist am klarsten, wer ich bin, wenn ich Schmerzen habe. Dann konzentriert sich das Leben in einem Moment von Schmerz, wie Licht, das durch ein Brennglas fällt. Ich habe dann das Gefühl, ich kann von diesem klaren Punkt aus zurückrechnen und eine Ahnung von all dem bekommen, was mich zu der gemacht hat, die ich bin.

Wovor ich schon immer Angst hatte, ist, die Schmerzen anderer mitzuerleben. Bei meinen Klienten gelingt es mir noch. Ich weiß ja vor ihnen, was passieren wird. Also achte ich darauf, dass ich genug Abstand halte, und warte, bis sie alle Fragen gestellt, alle Schimpfwörter ausgespuckt und alle Tränen geweint haben. Aber bei Karl, egal, ob Platzwunde, verlorenes Fußballspiel, Streit mit seinen Freunden oder bald gebrochenes Herz, würde ich alles geben, um ihm die Schmerzen abzunehmen. Auch bei Tina und Eugen geht es mir so und, wenn es darauf ankäme, vielleicht sogar bei Sebastian. Eugen hat mich deshalb einmal ausgelacht und größenwahnsinnig genannt und feige zugleich. Ich war empört, aber er hat nur weitergelacht.

»Wenn du anderen Menschen nicht genauso viel zutraust wie

dir selbst, musst du sie nicht ernst nehmen, und sie können dir nichts tun, oder?«

Dabei zu sein, wenn Menschen Schmerzen haben, und nicht wegzukönnen, ist jedenfalls schwer für mich.

Ich weiß nicht, was ich von Kaufmann erwartet hatte. Als ich ihm schweigend gegenübersaß im Halbdunkel der Wohnung, die er noch vor ein paar Tagen mit Katharina geteilt hatte, bekam ich kaum Luft. Ich zwang mich, ihn genau anzusehen und alles an ihm und um ihn herum auf mich wirken zu lassen. Es sah aus, als müsse er sich zu jedem Atemzug zwingen. Er hatte dunkle Ringe unter den Augen und einige Kilo an Gewicht verloren, seit ich ihn in Sportklamotten im Schaufenster seines Fitnessstudios beobachtet hatte. Seine Hände lagen leblos in seinem Schoß. Seine Fingernägel waren zu lang, und er trug nun zwei Eheringe übereinander. Er hatte sich Katharinas Ring weiten lassen. Ihre Finger waren lang und schmal gewesen. Mich überraschte dieses gezielte und planvolle Handeln so kurz nach ihrem Tod. Ich war sicher, Tina würde es sehr romantisch finden, ich vermutete, dass es ihm etwas zu tun gegeben hatte.

»Was wollen Sie?«

»Wissen, was passiert ist.«

»Wie heißen Sie überhaupt? Woher kennen Sie Katharina?«

»Sie hat befürchtet, dass Sie sie betrügen.«

Er zuckte zusammen, kaum merklich. Als habe sein Körper nicht mehr die Kraft zu größeren Bewegungen.

»Wieso?«, drängte ich.

»Wieso betrügen Menschen? Weil sie dumm sind? Eitel? Schwach?« Er war gar nicht da, obwohl ich seine Stimme hörte. Sein Blick ging über mich hinweg und verschwand in den Wolken an der Wand.

»Sie wollte Klarheit. Hat sie die bekommen?«

»Spielt das jetzt noch eine Rolle?«

»Ja.«

»Ja.«

Wir schwiegen eine Weile.

Ich saß da und versuchte zu atmen. Ich wartete darauf, dass er zurückkommen würde, aber anscheinend konnte er auch gut warten. Ich war immer davon ausgegangen, dass Journalisten zwar genau und sorgsam, aber auch ungeduldig und voller Tatendrang sein mussten. Ich weiß gar nicht, wieso. Wieder eine Annahme, die der Überprüfung nicht standhielt. Darüber dachte ich nach, anstatt über meine nächste Frage oder meinen nächsten Schritt. In Anwesenheit seines Schmerzes, der absolut unbestreitbar war. Absolut unleugbar. Unübersehbar.

Aber bewies der irgendetwas?

Hatte ich je daran gezweifelt, dass Kaufmann Katharina geliebt hat? Irgendwie und irgendwann? Und selbst wenn er es nie getan hatte, zweifelte ich daran, dass ihre Abwesenheit ihn schmerzte oder dass er vielleicht Schuldgefühle hatte?

Alle Antworten lauteten Nein, und sie brachten mich kein Stück weiter.

»Haben Sie sie betrogen?«

»Ja.«

»Mit der Frau im Hotel?«

»Ja.«

Ich glaubte ihm.

»Ja«, wiederholte er.

»Aber ich glaube nicht, dass sie sich umgebracht hat.« Ich stand auf und ging ans Fenster. Erst als ich rausschaute, wurde mir klar, dass es »das« Fenster war. Ein ganz normales Fenster. Ich öffnete es und sah hinunter. Dabei drehte ich ihm den Rücken zu. Die eiskalte Luft tat gut.

Von hier oben wirkte der Bürgersteig gar nicht weit entfernt. Der Weg bis nach unten nicht unüberbrückbar. Hier hatte sie gestanden. Hatte sie hinuntergeblickt und das Gleiche gedacht? War sie dann auf die Fensterbank gestiegen und gesprungen?

Ich erwartete das Bild ihres zerschmetterten Körpers hinter dem Sichtschutz, aber stattdessen sah ich ihr Gesicht vor mir, als sie mich verschwörerisch anlächelte. Als sie von ihrer ersten Begegnung mit Kaufmann erzählte und zugab, kitschig zu sein. Ich musste schmunzeln.

Als ich das Fenster wieder schloss und mich umdrehte, starrte Kaufmann mich an.

»Sie hat nie von Ihnen erzählt.«

Und wieso hätte sie das auch tun sollen? Sie hatte keinen Grund gehabt, mich zu erwähnen, hatte ich doch angeblich nichts herausgefunden. Für sie hatte sich durch meine Ermittlungen, durch meine Existenz, nichts verändert, oder? Oder hatte sie sich schuldig gefühlt, weil sie ihm nicht genug vertraut hatte? Vielleicht hatte sie sich dafür geschämt, nicht stark genug gewesen zu sein.

Der Gedanke traf mich wie ein Schlag in die Magengrube. Bis jetzt hatte ich noch nicht daran gedacht, dass sie vielleicht zwischen unserem Treffen und der Nacht vor ihrem Tod ein schlechtes Gewissen gehabt hatte für etwas, was vollkommen gerechtfertigt gewesen war. Sie hatte sich nicht getäuscht! Sie hatte ihre Beziehung nicht verraten, sondern er und ich. Trug ich also nicht mehr Schuld als die Brünette?

»Sie hat nie von Ihnen gesprochen«, wiederholte er.

Diesmal gab ich scharf zurück: »Haben Sie ihr von unserem Treffen erzählt? Haben Sie erwähnt, dass ich Ihnen eine Chance gegeben habe, die Sie nicht genutzt haben? Oder war es gar nicht das erste Treffen? Nicht die erste Frau? Ich glaube nicht, dass Katharina sich wegen einer billigen Affäre umgebracht hätte.«

Jetzt war es raus.

»Sie ist tot, gerade weil es eine billige Affäre war … Eine billige, billige Affäre. Und jetzt verschwinden Sie!«

Er deutete auf die Tür, ohne sich umzudrehen und ohne mich anzusehen. Er war wieder in die Wolken verschwunden.

Ich glaubte ihm, und ich glaubte mir. Und ich hatte keine Ahnung, wie das sein konnte. Ich konnte nur hoffen, dass das GSM-Abhörgerät, das ich unter die Couch geklebt hatte, mir Antworten liefern würde.

ACHT

Unter Umständen können auch ohne Einverständnis gemachte Bild- oder Tonaufnahmen vor Gericht verwendet werden. Der Besitz der technischen Geräte, die dazu nötig sind, ist jedenfalls vollkommen legal. Falls Kaufmann die Wanze fand, würde ich dennoch Ärger bekommen, aber das war mir egal.

Ich hatte nichts, nur einen Witwer, der seine Frau betrauerte. Eine Tote, die angeblich aus dem Fenster gesprungen war. Einen Ehemann, der behauptete, seine Frau betrogen zu haben. Eine Ehefrau, die hatte wissen wollen, ob ihr Mann sie hinterging.

Brachte die Bestätigung eines Verdachts, so schmerzhaft er auch war, jemanden dazu, sich umzubringen? War das die richtige Frage? War es nicht wesentlicher, herauszufinden, wieso Kaufmann für Katharina so wichtig gewesen war, dass sie vielleicht nicht ohne ihn hatte leben wollen? Und wenn er so wichtig gewesen war, wieso hatte sie mich engagiert und nicht einfach die Augen verschlossen, wie so viele es tun? Wie Sebastians Frau es ganz sicher tat. Eine Affäre würde ihr Leben nicht kentern lassen.

Ich hatte mich verrannt. Und selbst diese Erkenntnis war nichts Neues, seit ich Katharina das erste Mal getroffen hatte. Auf dem Weg ins Büro mit der BVG musste ich mir eingestehen, wie müde ich war. Ich wünschte, den Fall einfach vergessen und mich damit abfinden zu können, dass es auf manche Fragen keine Antworten gab. Wer war ich überhaupt, diese Fragen zu stellen, wenn Katharina selbst nicht bereit gewesen war, die Antworten zu geben, sondern sie mitgenommen hatte auf ihrem Sprung?

Ich fragte mich wieder einmal, was es mir unmöglich machte, einfach loszulassen. Meine Schuld? Hatte ich welche? Und wenn ja, wieso hatte ich jetzt das Bedürfnis zu handeln, wenn ich doch sonst mein Leben lang gewartet hatte, bis ich sie nicht mehr spürte.

Das Büro war leer. Tina war noch nicht zurück von ihrem Vorsprechen. Ich nahm mir eine der Akten vor, die sie ordentlich auf meinem Schreibtisch gestapelt hatte, und schloss sie sofort wieder. Eine Erbschaftsangelegenheit. Es ging um einen Art-Déco-Ring aus Platin mit Diamanten im Wert von sechzigtausend Euro. Ich wollte keinen neuen Fall anfangen, und ich wollte mit Katharinas aufhören.

Plötzlich erinnerte ich mich an das selbst geschriebene Plakat von Tina, das in ihrer Yoga- und Pilates-Ecke in ihrem Zimmer hing: »Wenn du aufhören willst, denk daran, warum du angefangen hast.«

Warum hatte ich das?

Katharina hatte mit mir sprechen wollen. Sie hatte Fragen gehabt – an mich. Fragen, die ich nicht mehr hatte beantworten können. Das war mein Grund. Ich musste die Fragen finden und beantworten. Das war mein Job. Ich hätte selbst Fragen gehabt: Wie sie so sicher hatte sein können, dass Martin es wert war, ihr ganzes bisheriges Leben aufzugeben zum Beispiel. Ob sie sich je gefragt hatte, ob ihre Entscheidung richtig gewesen war. Woher sie den Mut genommen hatte, so zu lieben, wie sie es getan hatte. Wie sie so hatte strahlen können.

Ich erschrak, als Tina mein Büro betrat. Ich hatte sie nicht gehört. Ich wollte nicht mit ihr über meinen Besuch bei Kaufmann sprechen. Nicht über seinen Schmerz. Also fragte ich sie nach ihrem Treffen mit dem Regisseur einer Spielfilmreihe, bei dem es um die Besetzung einer wiederkehrenden Nebenrolle gegangen war.

»Sehr, sehr altmodisch«, bemerkte sie schulterzuckend.

Ich sah sie nur verständnislos an. Ich hatte keine Lust zu mutmaßen.

»Wir haben uns im Restaurant des Hyatt getroffen. Nach dem Essen erwähnte der Typ ganz ruhig, dass er ein Zimmer gemietet hat und wir unser Gespräch doch oben fortsetzen könnten.«

Ich horchte auf. Tina reagiert auf solche »Angebote« sehr stimmungsabhängig. Als sie Anfang zwanzig war, ist sie manchmal mitgegangen. Dabei sind dann höchstens ein paar Drehtage herausgesprungen. Wir haben nie wirklich darüber gesprochen. Eines Morgens hatte sie dann aber ohne jede Herleitung verkündet, dass sie womöglich ins Gefängnis müsse. Karl war begeistert gewesen, denn er hörte zu diesem Zeitpunkt gerade täglich ein Robin-Hood-Hörbuch und schlussfolgerte selbstverständlich, dass seine geliebte Tina auch wegen heldenhafter Taten gesucht wurde. Nachdem ich ihn in den Kindergarten gebracht hatte, stellte sich heraus, dass sie am Abend zuvor auf einer Party einem Producer, der sie ins Männerklo hatte zerren wollen, ihre Viertelflasche Moët & Chandon (damals gerade mit Strohhalm wieder der letzte Schrei) über den Kopf gezogen hatte. Er hatte mit zehn Stichen genäht werden müssen und Anzeige gegen sie erstattet. Es hatte mich keine zwei Stunden gekostet, und ich hatte eine Toilettenfrau ausfindig gemacht, die sofort bereit gewesen war, Tinas Version zu bezeugen. Der Typ zog die Anzeige zurück. Er drohte Tina damit, sie auf die »schwarze Liste« zu setzen, und tatsächlich drehte sie in dem darauffolgenden Jahr weniger, wenn auch nicht gar nicht mehr. Die Klofrau verlor ihren Job in der Veranstaltungshalle auf einem hippen Fabrikgelände, angeblich, weil sich viele Gäste über sie beschwert hätten. Tina hat ihr einen neuen Job als Reinigungskraft in ihrem Lieblingscafé vermittelt, und zu mir kam ein paar Monate später die Ehefrau des Producers, weil ich sie in ihrer Scheidungsangelegenheit unterstützen sollte. Habe ich gern gemacht.

»Und?«, wollte ich jetzt vorsichtig wissen.

»Ich musste so lachen, dass ich ihm meinen Espresso ins Gesicht gespuckt habe.«

»War er heiß?«

»Der Espresso? Ziemlich.«

Ich nickte zufrieden.

»Der Typ ist Ende fünfzig, einen halben Kopf kleiner als ich und hat zehn Kilo Übergewicht. Also nein. Hast du trockene Schuhe hinten? Ich wollte so schnell wie möglich verschwinden und hab mich deshalb auf die Suche nach einem Taxi gemacht. Der Marlene-Dietrich-Platz ist aber immer noch eine riesige matschige Baustelle. Ich glaube, meine Zehen sind erfroren.«

»Baustelle …« Irgendetwas rappelte in meinem Kopf. Ich wusste, es war wichtig. Ich hörte Tina nicht mehr zu und deutete in Richtung »Atelier«, wo ich mehrere Paar Winterstiefel lagerte. Und dann ging mir ein Licht auf. Es dauerte nur ein paar Minuten, bis ich herausgefunden hatte, dass der Taxistand am Hyatt-Hotel seit drei Wochen gesperrt war. Der kasachische Fahrer hatte gelogen, als er behauptet hatte, die Brünette sei hier in sein Taxi gestiegen.

Ich rief Eugen an.

In einer verqualmten Spielothek im Wedding fanden wir den jungen Mann ein paar Stunden später. Eugen drehte sich zu mir um und murmelte: »Lass mich machen, moya malen'kaya.« Er roch nach Kaffee und altem Mann.

Der Kasache fuhr ertappt zusammen, als er uns bemerkte. Ich hielt mich zwei Meter abseits und wartete, während die beiden auf Russisch miteinander sprachen. Der junge Mann schien erst wütend, wurde dann aber zusehends ruhiger, bis er mit den

Schultern zuckte. Dabei sah er mich erwartungsvoll an. Eugen nestelte in der Innentasche seines Jacketts und zog sein abgegriffenes Lederportemonnaie hervor.

Ich ging dazwischen. »Wie viel?«

»Lass mich machen, moya malen'kaya. Tu mir den Gefallen.«

»Auf keinen Fall. Wie viel will er? Wie viel willst du?« Ich drehte mich zu unserem Informanten um.

»Fünfhundert.«

Eugen schimpfte auf Russisch, aber der Junge lachte nur. Er wusste, dass ich zahlen würde, und ging zum Schein in Richtung Tür.

»Zweihundertfünfzig.« Ich war selbst überrascht, wie fest und streng meine Stimme klang.

Wir einigten uns auf dreihundertfünfzig Euro und gingen zusammen zum Geldautomaten, der in die Außenwand eines Spätis im Nachbarhaus eingelassen war.

»Wieso hast du gelogen?«, fragte ich und hielt ihm die Geldscheine hin.

»Sie ist wichtig, oder? Und hübsch. Da hab ich gedacht, sie will vielleicht nicht gefunden werden. Sie hatte ein schlechtes Gewissen.«

»Hat sie das gesagt?«

»Sie hat gezittert.«

»Und wieso hast du nicht mit mir gesprochen und Geld verlangt?«

»Hab ich doch – du hast es mir sogar gebracht.« Er lachte zufrieden. Ich wartete einen Moment, bis mein Impuls, ihm das Geld in den Mund zu stopfen, vorbeigezogen war.

»Wie viel Geld hat sie dir gegeben?«

»Zweihundertfünfzig.« Er grinste und riss mir die Banknoten mit einem kurzen Ruck aus der Hand.

Ich atmete ein paarmal ein und aus, während Eugen auf Russisch und Deutsch fluchte.

»Was hast du ihr gesagt?«

»Dass ihre Affäre nicht auffliegen muss, wenn sie mir entgegenkommt.«

Sein Grinsen war so anzüglich, dass mir übel wurde. Wo ist eine Champagnerflasche, wenn man sie braucht?

»Also nichts von uns?«

Ich deutete auf Eugen und mich. Er schüttelte den Kopf, zündete sich eine Zigarette an und ging zurück in Richtung der Spielothek. Ohne sich umzudrehen, nannte er eine Adresse am Potsdamer Platz.

Eine halbe Stunde später hatte ich einen Fensterplatz in einem Café gegenüber dem Bürogebäude gefunden, in dem die brünette Unbekannte angeblich arbeitete. Ich wartete nicht lange. Zusammen mit zwei ebenfalls jungen Frauen, die wie sie makellos geschminkt und gekleidet waren, kam sie aus Richtung der Mall of Berlin und verschwand im Foyer. Ich folgte ihnen sofort und konnte sehen, dass der Aufzug im sechsten Stock stoppte.

Oberstes Gebot meiner Arbeit ist es, mich niemals einzumischen, und das zweite, niemals unvorbereitet in eine Situation zu stürmen. Bin ich aber. Die Schilder in der Eingangshalle verrieten mir, dass im sechsten Stock zwei Firmen ihre Büros hatten: eine Event-Agentur für die Modebranche und eine Unternehmensberatung. Ich nahm den nächsten Aufzug und fuhr der Brünetten hinterher. Während der kurzen Fahrt kramte ich in meiner Tasche und fand ein noch fast leeres Notizbuch. Ich riss die beschriebenen Seiten heraus. Die konservative Aufmachung der drei Frauen machte in meinen Augen die Unternehmensberatung als Arbeitsplatz wahrscheinlicher. Hastig überflog ich die Selbstdarstellung der Firma auf ihrer Website, steckte dann das Handy ein und betrat das teuer aufgemachte Entree. Der Empfangsdame hinter dem eleganten Tresen erzählte ich, dass das Notizbuch der Brünetten vermutlich aus der Tasche gefallen sei und ich es ihr zurückgeben wolle. Dabei hielt ich ihr das nutzlose Heft unter die Nase. Die blonde Frau nahm es mir ab und fragte mich, ob ich nicht meine Kontaktdaten hinterlassen wolle, damit Frau Schulz sich persönlich bei mir bedanken könne, wenn sie aus ihrem Meeting komme.

Schulz – ich war einen Schritt weiter. Ich winkte ab und verabschiedete mich. Ich würde mich wieder in den Schatten zurückziehen und erst einmal ganz unauffällig herausfinden, was es über Frau Schulz zu erfahren gab. Ich stieg in den Aufzug und drückte den Knopf für das Erdgeschoss.

Die Türen waren schon fast geschlossen, als sie wieder auseinanderschnellten und ein großer Mann den engen Raum betrat: Charles.

TEIL 4

»Cosy in my mind.«

EINS

Das Grübchen fehlte, und dic Nase war ein winziges Stück kürzer. Der Mann neben mir war das ebenmäßigere Abbild von Charles. Er roch nach teurem Aftershave, aber nur ein wenig. Er lächelte mich an. Ich zögerte, bevor ich das Lächeln erwiderte.

Natürlich wäre es viel professioneller gewesen, ganz locker zurückzulächeln. Wie man es eben tut, wenn ein Fremder im Aufzug grüßt. Aber ich brauchte den Moment, um erstens zu verarbeiten, dass der Mann von der Beerdigung, womöglich ein enger Bekannter und Vertrauter von Kaufmann, sich auf der selben Büroetage aufhielt wie die junge Frau, mit der Kaufmann angeblich eine Affäre gehabt hatte, und dass zweitens ein Mann, der aussah wie der Vater meines Sohnes und der einzige Mann, den ich nicht vergessen konnte, auch wenn ich nie an ihn dachte, keinen Meter von mir entfernt stand.

Ich hoffte, er würde mich für schüchtern halten und vergessen. Doch er sah mich aufmerksam an, ohne sein Lächeln aufzugeben. Ich wandte den Blick ab und tat, als suchte ich etwas in meiner Tasche. Der Aufzug hielt im vierten Stock, und zwei Männer drängten den Charles-Doppelgänger und mich dichter aneinander. Ich wusste, dass ich aufschauen musste, um mich nicht verdächtig zu machen. Offensichtlich Blickkontakt zu vermeiden, war zu auffällig. Seine Augen waren grün. Nicht blau wie die von Charles und Karl, und das beruhigte mich. Salbeigrün: halb grün, halb hellgrau.

»Entschuldigung, kennen wir uns?« Seine Stimme war tief und hatte einen Hauch von Akzent, den ich in dem kurzen Satz nicht wirklich zuordnen konnte. Ich tippte auf Großbritannien.

»Nein, ich glaube nicht.« Dieses Mal war ich vorbereitet. Ich deutete ein Lächeln an, das aber ganz klar keine Einladung zu weiterer Unterhaltung war.

Ich wüsste zu gerne, ob die Frage damals echt war oder er mir in den Aufzug gefolgt war.

Die Fahrt nach unten kam mir sehr viel länger vor als die nach oben. Unsere Ärmel berührten sich. Das war mir sehr bewusst, obwohl ich den Kontakt natürlich nicht wirklich fühlen konnte, schließlich trug ich meinen Lieblingsparka in dunkelblau und eine Strickjacke darunter und er … Erst da fiel mir auf, dass er keinen Mantel anhatte, sondern nur einen sehr teuren grauen Anzug und ein elegantes weißes Hemd, keine Krawatte.

Als sich die Aufzugtüren endlich im Foyer öffneten, wollte ich die beiden Typen aus dem vierten Stock am liebsten anschieben. Ich musste weg. Deshalb war ich zu schnell. Als einer der beiden überraschend stehen blieb, weil er etwas in seinem Büro vergessen hatte, musste ich einen Schritt zur Seite machen, um nicht mit ihm zusammenzustoßen. Doch »Charles Nummer 2« machte nicht mit bei dem Ausweichmanöver, und so landete ich quasi in seinen Armen. Tina hätte das einen klassischen Rom-Com-Moment genannt, und ausnahmsweise wünschte ich, es wäre einer gewesen. Dann wäre eine andere Geschichte gefolgt.

»Entschuldigung«, war alles, was ich sagen konnte, als ich mich befreite.

Er hob schmunzelnd die Hände – sehr schöne Hände. »Kein Problem.«

Er folgte mir aus dem Gebäude, blieb aber im Eingangsbereich stehen und nestelte in der Innentasche seines Jacketts. Ich hoffte und befürchtete, dass er mir eine Visitenkarte von sich geben wollte. Hoffte, weil es mir die Recherche zu ihm erleichtert hätte, befürchtete, weil das bedeutet hätte, dass er mit mir flirtete.

Ich verstehe Flirten nicht. Tina behauptet, dass das daran liegt, dass ich nicht mitspiele, sondern am Spielfeldrand warte. Vielleicht hat sie recht.

Ich nickte ihm zum Abschied zu und ging langsam weiter. Aus dem Augenwinkel erkannte ich im gleichen Moment, dass er jetzt eine E-Zigarette in der Hand hielt. Ich schüttelte den Kopf über meine Dummheit und beschleunigte. Im Fenster des gegenüberliegenden Cafés konnte ich erkennen, dass er mir nachschaute.

Es war früher Abend. Es hatte wieder angefangen zu schneien. Ich zog mir meine Kapuze tief ins Gesicht und machte mich auf den Heimweg. Ich nahm die Route durch den Gleisdreieckpark und war froh über die Dunkelheit und Ruhe.

Als ich zu Hause ankam, erzählte mir Tina, dass Karl sich nach Schule und Training in seinem Zimmer eingeschlossen hatte. Sie fand das lustig.

Ich klopfte an seine Tür, setzte mich mit einer Tasse Tee in den Flur und wartete. Nach ein paar Minuten klickte das Schloss, und die alte Kassettentür öffnete sich einen Spaltbreit. In Karls Zimmer war es dunkel, nur seine Schreibtischlampe brannte. Mein Sohn, der so sehr wie sein Vater aussah, hatte sich wieder auf sein Bett geschmissen und verschanzte sich hinter einem Buch, der x-ten Folge einer Fantasy-Reihe. Ich setzte mich ans Fußende und lehnte mich gegen die Wand.

»Versteckst du dich, weil dir peinlich ist, dass Tina dich beim Porno schauen erwischt hat, oder weil Tina peinlich ist, wenn sie mit dir darüber reden will?«

Karl zuckte zusammen. Ich trank meinen Tee.

»Beides«, murmelte er schließlich und grinste ein bisschen hinter seinem Buch.

»Ist beides auch echt peinlich.« Ich grinste in meinen Tee.

Ich liebe es, mit Karl zu schweigen, habe ich immer schon. Als er noch ganz klein war, haben wir oft stundenlang im Park unter einem Baum gelegen und in die Blätter geschaut. Oder wir haben nach dem Vorlesen zum Einschlafen nebeneinandergelegen, beide auf dem Rücken, die Finger miteinander verschränkt, und die Schatten an der Decke betrachtet. Damals hatte ich das Gefühl, wir könnten uns ohne Worte verständigen, wir seien miteinander verbunden jenseits von allem, was messbar ist.

Vielleicht waren wir das auch.

An diesem Abend kam es mir noch einmal so vor, oder vielleicht erinnerten wir uns auch nur gemeinsam daran. Irgendwann ließ Karl das Buch sinken und rollte sich wie eine riesige Katze zusammen. Dabei drehte er mir den Rücken zu. Ich legte meine Hand auf seine Rippen und spürte seinen Herzschlag. Viel kräftiger als damals unter den Bäumen im Park und langsamer, aber unverkennbar seiner.

Als der Tee kalt war, fragte ich leise – ein wenig in der Hoffnung, Karl würde mich nicht hören: »Sollen wir reden?«

»Auf keinen Fall«, antwortete er genauso leise und legte seine riesige Hand auf meine, so, als wolle er sie festhalten.

Kurz darauf ist er eingeschlafen. Ich deckte ihn zu und schlich aus dem Zimmer. Die Lampe ließ ich brennen.

Am nächsten Tag beauftragte ich Tina damit, Frau Schulz und den Mann aus dem Aufzug ausfindig zu machen, wobei ich ihr nichts von der Ähnlichkeit mit Charles verriet. Insgeheim war ich gespannt, ob sie ihr auffallen würde. Sie hatte nur Karl als Vergleich.

Ich habe nur ein einziges Foto von Charles und mir. Es zeigt uns an Bord eines Ausflugsboots im Hafen von Vancouver. Ich habe es noch nie jemandem gezeigt. Es gehört mir allein, und solange es das Bild gibt, gibt es das lächelnde Paar noch irgendwo. Unverändert von Raum und Zeit.

Ich selbst fuhr mit Eugen nach Charlottenburg. Ich erzählte ihm so sachlich wie möglich von der Begegnung mit dem »Mann von der Beerdigung«, aber er ließ sich nicht täuschen.

»Was ist mit ihm?«, fragte er ruhig und beobachtete mich von der Seite.

»Ich hätte ihm nicht unvorbereitet begegnen dürfen«, versuchte ich auszuweichen. Das war die Wahrheit, aber nur eine.

Als Privatdetektiv ist man im besten Fall unsichtbar und beobachtet, hört zu und ab, macht Fotos und bereitet die Fakten später folgerichtig und verständlich auf. Wenn man aktiv wird, ist es am besten, entweder eine logische Lüge präsentieren zu können oder ganz aufrichtig seine Identität offenzulegen. Nichts davon hatte ich in diesem Fall getan: Für Kaufmann war ich die geheimnisvolle Freundin seiner Frau, für Brigitta Borchert die Privatdetektivin, die eine Drohmail untersuchen sollte, für Sebastian die gescheiterte Dienstleisterin, die ihren Fall nicht abschließen konnte, und für den Mann aus dem Aufzug war ich ein Gesicht, das er noch nicht zuordnen konnte. Sollte ich ihm im Laufe meiner Ermittlungen wiederbegegnen, würde ich eine gute Erklärung brauchen.

»Weil du nicht weißt, was er mit dem Fall zu tun hat, oder weil du ihn anziehend findest?« Eugens Stimme war leicht, aber ernst.

Ich bemühte mich, nicht schon wieder von seiner Einmischung genervt zu sein. Ich weiß und habe immer gewusst, dass er nur will, dass es mir gut geht. Ich wünschte nur, er würde nicht glauben, genau zu wissen, was dafür nötig ist.

Ich antwortete nicht. Zu meiner Verteidigung hätte ich Charles erwähnen müssen.

Im Hotel in der Bleibtreustraße hatte ich endlich wieder Boden unter den Füßen. Ich wollte die Überwachungsaufnahmen einsehen und herausfinden, ob Kaufmann tatsächlich noch mit Frau Schulz aufs Zimmer gegangen war, nachdem ich ihn angesprochen hatte.

Meiner Erfahrung nach gibt es zwei Arten von Sicherheitsmitarbeitern. Die einen sind genau, immer pünktlich und gewissenhaft. Sie fürchten Fehler und versuchen, sich doppelt und dreifach abzusichern. Und dann gibt es die, die den Job machen, weil sie ihn bekommen haben. Sie versuchen, sich die Zeit mit Rauchen und Computerspielen zu vertreiben. Sie freuen sich, wenn sie am Bildschirm Zeuge von Quickies in Aufzügen und Hotelfluren werden, und verschicken Kopien davon per WhatsApp an ihre Kumpel. Wenn sie sich nicht selbst bestechen lassen, dann lassen sich ihre Freunde diese Beweise oft für erstaunlich wenig Geld abkaufen.

In der Bleibtreustraße hatte ein junger Mann der Kategorie eins Dienst. Als ich mich in sein Büro durchgefragt hatte, fiel mir sofort auf, wie gestresst er wirkte. Noch bevor ich meine Tarngeschichte beginnen konnte, sprudelte es nur so aus ihm heraus: »Endlich! Da sind Sie ja. Ich weiß nicht, wie das passieren konnte! Wir haben die neueste Software – ich habe pünktlich upgedatet. Wollen Sie die Festplatte mitnehmen, oder arbeiten Sie hier?« Er räumte seinen Stuhl.

Ich schüttelte den Kopf und fragte ahnungsvoll: »Was genau ist das Problem? Der Innendienst hat nur gesagt, es sei dringend.«

»Alle Überwachungsvideos der letzten zwei Wochen sind gelöscht. Auch die Back-ups in der Cloud.«

Ich biss mir auf die Unterlippe, um nicht laut zu fluchen.

ZWEI Eugen fuhr mich ins Büro.

Die Tatsache, dass die Aufnahmen gelöscht worden waren, war verdächtig – aber natürlich kein Beweis für irgendetwas. Der Zeitpunkt sprach eigentlich dagegen, dass der Hackerangriff etwas mit Kaufmann zu tun hatte. Zu spät und nachdem er der Polizei gegenüber bereits ausgesagt hatte. Sebastian hatte behauptet, das Hotel habe den One-Night-Stand bestätigt, aber sicher nur die Buchung des Zimmers. Ich konnte mir nicht vorstellen, dass ein Richter in einem vermuteten Selbstmord die Beschlagnahmung der Aufnahmen angeordnet hätte, zumal es ja noch nicht einmal um ein Alibi, sondern im besten Fall um ein bereits bestätigtes Motiv ging. Ich konnte also weder ausschließen noch beweisen, dass Kaufmann doch noch mit der jungen Frau aufs Zimmer gegangen war. Blieb mir nur zu hoffen, dass Tina bei ihren Nachforschungen erfolgreicher gewesen war.

War sie: Christine Schulz war sechsundzwanzig Jahre alt, arbeitete seit einem Jahr als Junior Consultant in der Unternehmensberatung, davor hatte sie Internships bei McKinsey und The Boston Consulting Group absolviert. Sie hatte in Mannheim und Paris Business studiert. Das alles war zusammen mit einem sehr guten Profilfoto ihrer LinkedIn-Seite zu entnehmen. Tina hatte aber auch ihre Facebook- und Instagram-Seiten gefunden und gecheckt. Beide waren sehr zurückhaltend, hatten durchschnittlich viele Freunde und Follower und enthielten lediglich Hinweise auf einen schwarz-weißen Hund, der aber vermutlich nicht ihr gehörte, und auf die Mitgliedschaft in einer Yogaklasse in Friedrichshain, auf deren Seite sie mehrfach getagt war. Mir gefielen einige ihrer Fotos, die ungewöhnliche Perspektiven und Ausschnitte auf und von Berlin zeigten. Tina bot an, sich in der Yogaschule umzusehen und Christine Schulz aus der Nähe zu beobachten.

Meine Laune wurde noch schlechter, als klar wurde, dass Charles Doppelgänger viel schwerer zu finden war als die hübsche Brünette. Wir waren davon ausgegangen, dass er ebenfalls im sechsten Stock arbeitete, weil er keinen Mantel dabeigehabt hatte und von den beiden Männern im Aufzug gegrüßt worden war. Tina hatte ausschließen können, dass er in der Eventmanagement-Firma arbeitete. Diese gehörte einem schwulen Paar, das sich mit Foto und Lebenslauf auf ihrer Website vorstellte, und laut telefonischer Aussage der Assistentin war keiner der Mitarbeiter über dreißig. Die Unternehmensberatung wiederum hatte laut Selbstauskunft zwanzig Mitarbeiter und bot Strategieberatung für Firmen sowohl aus der Nahrungsmittel- und Pharmaindustrie als auch der Energiewirtschaft an. Für die namentlich genannten Berater hatte Tina Profile und meist sogar Fotos gefunden, keines passte zu dem Gesuchten.

Eugen, Tina und ich gingen in einem kleinen russischen Restaurant in der Nähe zusammen mittagessen. Tina erzählte Eugen von dem Zwischenfall mit dem Regisseur, daraus ergab sich ein intensives Gespräch zwischen den beiden über Männer und Frauen, Macht und Respekt, Gemeinsamkeiten und Unterschiede. Ich hielt mich raus. Ich hörte noch nicht einmal wirklich zu. Mir war zu klar, dass ich nichts beizusteuern hatte.

In meiner Jackentasche vibrierte mein Handy. Es war Sebastian, der gut gelaunt aus dem Auto anrief und fragte, ob er am Abend vorbeikommen könne. Ich sagte zu.

Ich ging vor ins Büro und machte mich an die Auswertung der Wanze aus Kaufmanns und Katharinas Wohnung. Das

Gerät ist sprachgesteuert und sendet nur, wenn gesprochen wird. Sein Radius ist erstaunlich groß und die Tonqualität sehr gut. Und doch hatte ich nur ein paar Minuten Material aus den letzten fast dreißig Stunden.

»Ja?« Kaufmanns Stimme klang kraftlos. »Mehr weiß ich auch nicht. Ich habe Ihnen die ganze Aufnahme geschickt.« Pause. »Ja.« Keine Abschiedsworte. Offenbar hatte Kaufmann ein Telefonat geführt. Nur einige Minuten, nachdem ich gegangen war.

Dann herrschte stundenlang Stille in der Wohnung. Vielleicht hatte Kaufmann sie auch verlassen. Erst nachts waren wieder Stimmen zu hören, Lachen und Musik. Ich glaubte, Katharinas Stimme zu erkennen. Vielleicht schaute er Videos.

Dann wieder Stille.

Laut Anzeige war die nächste Übertragung von 4:17 Uhr.

»Hilfe! … Hilfe! … Katharina!« und immer wieder »Hilfe!«, aber es kam niemand. Irgendwann verstummte er. Seine Stimme war laut und deutlich gewesen, Kaufmann musste sich ganz in der Nähe des Mikrofons befunden haben. Wahrscheinlich war er auf dem Sofa eingeschlafen. Neben »dem« Fenster und unter den Wolken.

DREI

Ich machte eine Liste. Auch das ist etwas, was ich sonst nicht tue. Nicht tun muss. Bisher haben sich die Fälle entwickelt, sind mir die Bezüge und Spannungen, die sie ausmachen, nach und nach deutlich geworden. Diesmal war alles anders.

Ich musste mit Richard Mahler und seiner Frau sprechen, herausfinden, wie es mit Katharinas Firma weiterging und woran sie gearbeitet hatte. Ich nahm mir vor, mit Brigitta Borchert in Kontakt zu bleiben, damit sie mir sagen konnte, was sie noch zurückgehalten hatte, als ich mich von ihr verabschiedet hatte. Ich musste mehr über Martin Kaufmann erfahren. Ich musste herausfinden, wer der Mann aus dem Aufzug war, und mir Christine Schulz schnappen.

Ich fand heraus, dass Richard Mahler regelmäßig eine Bürgersprechstunde abhielt. Die nächste fand in zwei Tagen statt. Wahrscheinlich war das die beste Möglichkeit, ihn zu sprechen. Ich meldete mich an.

Ich machte auch in der Praxis von Frau Dr. Mahler einen Termin, was sehr einfach war, sobald ich behauptete, dass es dringend und ich Selbstzahler sei.

Laut Eintrag im Handelsregister war Katharina alleinige Gesellschafterin und Geschäftsführerin einer GmbH gewesen, die, den im Bundesanzeiger hinterlegten Bilanzen der vergangenen Jahre zufolge, ständig steigende Umsätze von im letzten Jahr 1,8 Millionen Euro gemacht hatte. Die Firma wies auf ihrer eigenen Website aus, dass sie zehn feste Mitarbeiter hatte und bei Bedarf mit »exzellenten Freelancern« zusammenarbeitete. Telefonisch war niemand zu erreichen, also schrieb ich eine E-Mail und bat um einen Termin, um ein erfundenes Projekt zu besprechen. Ich stellte mich darauf ein, dass es Tage dauern würde, bis ich eine Antwort erhielt.

Tina kam aus der Mittagspause zurück, und wir einigten uns darauf, dass sie in Christine Schulz' Yogastudio fahren und ich Martin Kaufmann recherchieren würde. Sie schaltete das Licht im Empfangszimmer aus und ging. In meinem Büro war es mittlerweile dunkel geworden, aber ich wollte das Deckenlicht nicht anschalten. Ich saß im Kegel der Schreibtischlampe und las noch einmal die Akte Kaufmann, die im Wesentlichen aus den Informationen bestand, die Katharina mir gegeben hatte. Ich sah auf und konnte mich erschreckend gut daran erinnern, wie sie mir gegenübergesessen hatte. Erschreckend, weil es sich fast anfühlte, als säße sie noch immer dort.

Ich fragte mich, ob andere Menschen ihr gegenüber das Gleiche empfunden, ob sie auch das Besondere in ihr erkannt hatten. Oder ob sie vielleicht nur eine große, gut aussehende Frau gesehen hatten, eine von sehr vielen. Ob sie sie überhaupt gesehen hatten. Wie viele Menschen sind einem einfach unsichtbar.

Ich glaube, mir entgehen wenige Menschen. Wahrscheinlich, weil ich nicht damit beschäftigt bin, etwas zu tun oder als etwas zu erscheinen, sondern beobachte. Womöglich auch, weil ich mich bemühe, wenig zu werten und zu kategorisieren. Denn wenn ein Mensch in die Kategorie »unsichtbar« fällt, ist er einfach verschwunden. Ich mache das nicht, weil ich den Menschen kein Unrecht tun will, so wie Eugen, der es als seine Pflicht erachtet, jedem Menschen »mit offenen Augen und offenem Herzen« zu begegnen (nur er darf so was sagen, ohne dass mir schlecht wird). Ich versuche, Wertungen und Schubladen zu vermeiden, weil sie auf Vermutungen basieren und mich später Zeit kosten. Habe ich eine Person oder eine Situation erst einmal unter einer bestimmten Kategorie abgespeichert, ist sie mir nicht mehr präsent, und ich kann sie später nicht mehr frei verschieben oder, besser, sie sich nicht mehr frei bewegen lassen.

Katharina bewegte sich nicht, sie saß vor mir und war gerade dabei, von einem Lächeln zum peinlich berührten Grinsen zu wechseln. Als sei sie eingefroren in diesem Moment. Einem Moment, der uns verbunden hat. Im Nachhinein glaube ich, dass es vor allem ihre Lebendigkeit war, die mich so an ihr faszinierte: Sie »war« einfach. Sie hat über sich gelacht, ohne sich dahinter zu verstecken. Sie hat berichtet, aber sich nicht erklärt und nicht gerechtfertigt. Ich verstand plötzlich, dass das, was ich als Strahlen empfunden hatte, die Entschiedenheit war, mit der sie sich erlaubt hatte, zu sein und zu wollen.

Ich war müde, und mein Kopf schmerzte.

Ich versuchte, mich auf Kaufmann zu konzentrieren. Er war sechsundvierzig Jahre alt, in Ost-Berlin geboren. Mutter Maschinenbauingenieurin, Vater Kunsthistoriker. Er hatte Anfang der Neunziger erst in Leipzig, dann in München Journalistik studiert. Nach Berlin zurückgekehrt, hatte er sich auf Wirtschaftsthemen spezialisiert und fünfzehn Jahre als freier Journalist gearbeitet, bis er vor fünf Jahren – kurz nachdem er Katharina kennengelernt hatte – in Festanstellung bei dem Magazin begann, für das er noch immer schrieb. Kurz vor ihrem Tod hatte er eine Reportage über die Lebensmittelbranche beendet, an der er mehrere Monate lang gearbeitet hatte. Sie war gerade erschienen. Ich quälte mich durch die seitenlange Beschreibung des Markts in Deutschland und der EU – Dumpingpreise, Preiskampf, Discounterlandschaft, Margenverluste. Auch die Reportage über das Bauprojekt vor fünf Jahren hatte mich inhaltlich nicht sonderlich interessiert, und doch war sie lebendig geschrieben und nicht nur informativ, sondern auch unterhaltsam gewesen. Dieser Artikel hingegen erschien mir sehr trocken und lang.

Für die Zeit nach der Veröffentlichung hatten Katharina und er einen Urlaub auf Feuerland geplant gehabt. Wäre sie noch am Leben gewesen, hätte sie jetzt im Flugzeug gesessen. Ich musste über die Vorstellung, auf Reisen zu gehen, eingenickt sein, denn ich schreckte auf, als ich im Vorzimmer ein lautes Knacken, gefolgt von Schritten hörte. Einen Augenblick lang dachte ich, es sei Tina, doch dann sah ich durch den Spalt der angelehnten Tür den Strahl einer Taschenlampe.

In mein Büro ist schon mehrfach eingebrochen worden, vermutlich von Junkies auf der Suche nach der Kaffeekasse und leicht verkäuflichen Laptops oder Handys. Deshalb haben wir verstärkte Türen und Fenster, einen Panzerschrank für die Klientenakten und immer nur alte Computerdesktops.

Regel Nummer 1: »Niemals einmischen!« gilt für Fälle, aber auch für überraschte Einbrecher. Einem gestressten und in die Enge getriebenen Drogenabhängigen auf Entzug würde ich mich niemals in den Weg stellen.

Mein Herz raste. Nebenan hörte ich ein Knirschen von Metall auf Metall. Ich stand auf, mein Bürostuhl quietschte, als ich ihn vorsichtig zurückschob. Ich hielt den Atem an, doch der Einbrecher schien das Geräusch nicht bemerkt zu haben. Ich griff nach meinem Handy und schlich in Richtung Atelier. Die Tür knarrte leise, als ich sie öffnete, aber auch das schien unbemerkt zu bleiben. Im Vorzimmer wurden Schubladen aufgerissen. Ich tastete mich weiter, während ich 110 wählte. Dann ging alles ganz schnell. Ich stolperte über einen meiner Ersatzstiefel, die Tina mitten im Raum hatte stehen lassen, als sie sich ein Paar ausgesucht hatte. Ich konnte mich gerade noch abfangen, riss dabei aber mein Rennrad um, das an der Wand lehnte. Es ging scheppernd zu Boden. Mein Handy fiel mir dabei aus der Hand und rutschte unter das Sofa. Ich hörte eine Stimme, konnte sie aber nicht verstehen. Die Tür zu meinem Büro wurde aufgerissen. Hastige Schritte, der Eindringling stieß die Schreibtischlampe vom Tisch. Es war plötzlich stockfinster. Ich stemmte mich gegen das Sofa und schob es vor die Tür, dabei schrie ich Name, Adresse und dass es dringend sei, in der Hoffnung, dass die Informationen bei der Einsatzzentrale ankommen würden. Ich hechtete zum Fenster. In meinem Rücken warf sich jemand gegen die verrammelte Tür. Das Fenster gab nach, ich zog mich aufs Sims. Ich wollte gerade in den Hof springen, da packte mich jemand an der Schulter. Ich holte aus und stieß meinen Ellenbogen, so heftig ich konnte, nach hinten, doch der Angreifer wich aus. Ich ließ mich nach vorne fallen, landete zwischen den Mülltonnen, rappelte mich auf und rannte aus dem Hof, um das Haus herum, auf die Straße. Ich konnte gerade noch erkennen, wie eine dunkel gekleidete Gestalt um die nächste Straßenecke verschwand. Erst da bemerkte ich die Glasscherbe, die in meinem rechten Daumenballen steckte, und das Blut.

VIER

Der junge Chirurg in der Notaufnahme erklärte zum dritten Mal, wie viel Glück ich gehabt hatte. Zwei Zentimeter weiter, und der Boden der Weinflasche hätte die Arteria radialis, die Pulsschlagader, durchtrennt.

»Hat er aber nicht«, murmelte ich ungeduldig und zog meinen Arm weg.

»Bleiben Sie noch etwas sitzen. Sie haben eine Menge Blut verloren.«

»Danke, aber ich bin okay.«

Ich reichte ihm die unversehrte Hand zum Abschied, schnappte mir meine Sachen inklusive Entlassungsbrief und stand auf. Mir wurde schlagartig schwindelig, deshalb wandte ich mich schnell ab und ging die zwei Schritte aus dem Behandlungsraum in den Flur. Dort lehnte ich mich an die Wand und tat so, als wolle ich die Unterlagen in meine Tasche packen.

»Und?« Sebastian stand mir plötzlich direkt gegenüber. Ich hatte ihn nicht bemerkt.

»Zwölf Stiche und 'ne Tetanusauffrischung.«

»Tut's sehr weh?« Seine Stimme war weich und passte nicht zu ihm.

Ich schüttelte nur den Kopf, stieß mich von der Wand ab und versuchte, so gerade wie möglich durch den schmalen Flur zum Ausgang zu kommen. Sebastian ging direkt neben mir und machte noch nicht einmal dem Arzt Platz, der uns überholen wollte.

»Ihre Frau sollte sich wirklich etwas ausruhen … und viel trinken.« Er lächelte Sebastian an und drückte sich an uns vorbei.

Mir wurde übel. Der Schwindel, der Schmerz, der jetzt sehr wohl in meinem Bewusstsein ankam, und der typische Krankenhausgeruch setzten mir mehr zu, als ich mir eingestehen wollte.

Sebastian war einige Minuten vor der Polizei vor meinem Büro aufgetaucht. Er war gut gelaunt aus seinem Auto gestiegen und hatte mich erst gar nicht bemerkt. Ich hatte im Hauseingang gesessen, meine Hand am Unterarm mit dem Ärmel meiner Strickjacke abgebunden. Mehr war mir nicht eingefallen. Die Haustür war zu, und ich konnte mit der verletzten Hand nicht durchs Fenster klettern. Als er mich erkannte, hatte er erst gegrinst. »So ungeduldig? Das ist neu.« Aber dann hatte er das Blut bemerkt und war mit einem Satz bei mir gewesen.

Ich hatte so gut wie möglich erklärt, was passiert war.

Sebastian hatte einen Notarzt gerufen und war in den Hof gesprintet. Kurz darauf hatte er die Haustür von innen geöffnet und mich in mein Büro geführt. Das Vorzimmer sah wüst aus, die Räume dahinter waren bis auf die herumliegende Lampe, das Fahrrad und die verschobene Couch unversehrt geblieben. Sebastian setzte mich auf einen der Wartesessel und sah sich die Wunde an.

»Verdammt, Isa!« Aber außer die Hand hochzuhalten und den Knoten nachzuziehen, konnte er auch nichts tun. Also hatte er sich vor mich gekniet, und wir hatten schweigend zugesehen, wie mein Blut in den Mülleimer getropft war, den er herangezogen hatte.

Der Notarzt, zwei Sanitäter und insgesamt sechs Polizisten trafen gleichzeitig ein. Ich hatte Sebastian angeboten, vorher zu verschwinden, aber er hatte abgelehnt. »Ich glaube nicht, dass wir heute noch Sex haben werden«, hatte ich ihm grinsend eine letzte Chance gegeben, nicht in Verbindung mit meinem Namen in einem Polizeibericht aufzutauchen, aber er hatte nicht reagiert.

Während der Notarzt mich versorgte, hatte ich den Polizisten erzählt, was passiert war. Dabei betonte ich, dass Sebastian zufällig vorbeigekommen war, und vermied es, seinen Namen zu erwähnen. Sie fragten nicht nach.

Als geklärt war, dass meine Verletzung nicht von dem Einbrecher stammte, sank das Interesse der Beamten auf unter null. Als ich auch noch wahrheitsgemäß erwähnte, dass der Eindringling Handschuhe getragen hatte, verzichteten sie darauf, die Spurensicherung zu verständigen. Zwei Beamte machten Fotos und schrieben lustlos einen Bericht, die anderen zogen nach kurzem Abschiedsgruß weiter.

Der Notarzt hatte darauf gedrängt, mich ins Krankenhaus zu fahren. Ich hatte aufstehen und Jacke, Tasche und Handy holen wollen, aber Sebastian war mir zuvorgekommen. Ich hatte darauf bestanden, zum Rettungswagen zu laufen, was die Sanitäter sichtlich nervte. Aber ich hatte nicht getragen, geschoben, untergehakt oder sonst wie durch die Gegend manövriert werden wollen. Die Vorstellung hatte mich wütend gemacht.

Jetzt standen wir hier auf dem Parkplatz vor dem Sankt Gertrauden-Krankenhaus neben Sebastians Auto. Ich hielt den schneeweiß verbundenen Arm hoch.

»Komm, ich fahr dich nach Hause.«

Die Vorstellung war doppelt absurd. Noch nie hatte ich in seinem Privatwagen gesessen. Und wir waren noch nie zusammen auch nur in der Nähe meiner Wohnung gewesen. Ich war sicher, dass er wusste, wo ich wohnte, zumindest ungefähr. So, wie ich wusste, dass er in einem Reihenhaus in Lankwitz lebte.

»Ich ruf mir ein Taxi, danke.«

»Blödsinn. Weißt du, wie du aussiehst?« Er deutete auf meine blutgetränkte Hose und die Schuhe.

»Aber stell dir vor, ich mache Flecken auf deine Polster.« Ich versuchte, leicht zu klingen.

Er lenkte ein.

»Dabei hätte das so ein netter Abend werden sollen«, murmelte er irgendwie wackelig.

»Wieso?«, fragte ich, ohne zu bedenken, dass ich die Antwort vielleicht nicht hören wollte.

»Der Fall Schneider ist abgeschlossen. Ich gebe morgen den Bericht ab.«

»Was?« Meine Stimme kam mir selbst schrill vor.

Sebastian sah mich ernst an.

»Siehst du? Dieser bescheuerte Fall steht zwischen uns. Das ist jetzt vorbei.«

Der und seine Familie und meine und Charles und ein Wochenende in einem Romantikhotel an der Ostsee und ein schäbiges Sofa in einem kalten Hinterzimmer.

»Ich habe dich angelogen«, antwortete ich.

FÜNF

Die ersten paar Minuten haben wir uns im Licht der Straßenlaterne angeschrien. Vor allem Sebastian hat geschrien, und ich habe leise und mit so viel Wut, dass es mich selbst überraschte, berichtet, was damals in dem Hotel in der Bleibtreustraße und am Tag darauf in dem Café am Alexanderplatz vorgefallen war.

»Du hast Ermittlungen behindert, Isa! Bist du verrückt geworden?«

»Ich habe schon gesagt, es war ein Fehler.« Ich konnte mich noch nicht entschuldigen. Ich war zu wütend, und es war mir gleichgültig, dass es nicht auf Sebastian war.

»Ich müsste dich eigentlich verhaften … Fuck!« Er trat gegen den Reifen seines Familienwagens, mit dem er bestimmt jeden Samstag in die Waschstraße fuhr. »Wieso hast du das gemacht?«

»Ich wollte nicht, dass er sie verletzt!«

»Es ist mir scheißegal, mit wem Kaufmann vögelt und wie seine Frau das findet! Wieso hast du dich nicht an die Regeln gehalten?«

»Weil ich nicht wollte, dass er ihr wehtut«, wiederholte ich noch leiser. Noch wütender.

Er holte tief Luft – mehrfach.

»Wieso hast du mir das nicht früher erzählt?«

»Weil es falsch war.«

»Fuck ja! Aber das ist kein Grund!«

»Weil ich nicht glaube, dass du den Fall ernst nimmst. Für

dich ist die Sache doch klar: Die überempfindliche Tussi erträgt es nicht, mit einer Jüngeren betrogen zu werden, und schmeißt sich aus dem Fenster!«, zischte ich.

»Wie kommst du darauf?« Sebastian sah ernsthaft getroffen aus. Aber vielleicht täuschte ich mich auch. Das tat ich häufig in letzter Zeit.

»Du hast ihm geglaubt und die Suche nach der Brünetten eingestellt!«

»Wenn ich gewusst hätte, dass er gelogen hat, hätte ich das nicht.«

»Du hast die Bänder aus dem Hotel nicht kontrolliert, sonst hättest du mich darauf gesehen, und jetzt sind sie gelöscht!« Ich wusste, dass das unfair und unprofessionell war, aber das war mir egal.

»Isa, was ist los mit dir? Du weißt ganz genau, dass ich dafür niemals eine Genehmigung bekommen hätte! Der Kerl hat ein ganzes verficktes Fitnessstudio voller Alibizeugen!«

»Trotzdem!«

»Was? Was willst du, Isa? Dass ich ihn festnehme, weil er eine Geliebte hat, die er nicht in eine polizeiliche Ermittlung reinziehen will? Kommt dir das bekannt vor?« Den letzten Satz presste er zwischen den Zähnen hindurch und wandte sich ab. »Mach, was du willst! Misch dich in Beziehungen ein, die dich nichts angehen, lass dich von Junkies überfallen und lauf doch nach Hause, wenn du dir damit beweist, wie stark du bist!«

Er stieg ins Auto und fuhr davon. Ich machte mich auf den Heimweg.

Als ich über zwei Stunden später die Wohnungstür aufschloss, war niemand da. Tina hatte mir einen Zettel auf den Küchentisch gelegt: »Christine Schulz hat heute geschwänzt. Training war aber top. Bin bei Tobi. Und sei gnädig mit Karl. Kuss.«

Ich schaute auf die Uhr. Es war 21:45 Uhr. Karl hatte mich

nicht um eine Verlängerung der Ausgangszeit gebeten, und es war unter der Woche. Er würde also vermutlich, hoffentlich, in einer Viertelstunde nach Hause kommen. Ich ging ins Bad, zog mich aus, warf alle Klamotten in die Waschmaschine bis auf die Strickjacke – die kam in einer Plastiktüte in den Müll – und stieg unter die Dusche. Ich bemühte mich, den Verband trocken zu halten. Meine Hand pochte und schmerzte, aber das war mir egal, wie so vieles.

Danach schleppte ich mich in die Küche. Das warme Wasser hatte gutgetan, aber ich musste mir eingestehen, dass ich erschöpft war. Ich taute eine Portion von Tinas Hühnersuppe, dem Mittel gegen Krankheiten aller Art, in der Mikrowelle auf und öffnete eine Flasche Rotwein. Ich erinnerte mich an mein Vorhaben, nicht mehr zu trinken, aber auch das war mir egal.

Eine halbe Schüssel Suppe und ein ganzes Glas Wein später hörte ich, wie Karl die Wohnungstür aufschloss. Zwanzig Minuten zu spät! Als er die Küche betrat, verdeckte ich die bandagierte Hand und machte mich bereit für einen zweiten Streit an diesem Abend. Doch mein Sohn lehnte sich gegen die Anrichte, die Haare verstrubbelt, die Wangen rot von der Kälte und die Augen strahlend vor Glück. »Mama, weißt du? Das Leben ist toll!«, erklärte er grinsend.

Ich hätte ihm gerne zugestimmt.

SECHS

Am nächsten Morgen frühstückte ich das erste Mal seit Langem wieder mit Karl. Nur wir beide.

Wieder fiel mir auf, wie sehr er sich verändert hatte. Etwas in der Art, wie er saß und seinen Kopf hielt und lächelte. Nur ein ganz kleines bisschen, aber doch erkennbar. Es war ein neues Lächeln, das ich noch nicht kannte und das nichts mit mir zu tun hatte. Es war ein Lächeln, das in eine Welt gehörte, die viel größer werden würde als die, die wir teilten und deren Schnittmenge kleiner und kleiner wurde. Sosehr ich ihm wünschte, dass seine Welt jeden Tag wuchs, so machte mir dieser Gedanke klar, dass sich meine seit Jahren kaum verändert hatte und dass ich mich jetzt, da sie es plötzlich doch tat und ich es anscheinend nicht verhindern konnte, sehr schwer damit tat.

»Was ist mit deiner Hand?« Karl ließ den Müslilöffel sinken.

»Wie war dein Abend gestern?«, versuchte ich abzulenken. Karl macht sich immer Sorgen um mich. Er findet, Privatdetektive brauchen entweder einen Partner wie Sherlock Holmes oder besser zwei wie die drei Fragezeichen oder zumindest eine Pistole wie Philip Marlowe. Das hat er mir genau erklärt, als er elf war, und ich bin mir sicher, dass sich seine Meinung dazu nicht wesentlich geändert hat.

»Okay.« Er schüttelte grinsend den Kopf und nahm sich eine weitere Tasse Kaffee. »Ich war mit Ava beim Italiener. Wir haben uns eine Pizza geteilt und einen Salat. Dann hatte ich Pannacotta und sie Tiramisu und …«

Ich musste lachen. Er versuchte, die wichtigen Details in einem Berg von Unwichtigem zu verstecken. Das hat er schon immer so gemacht: In der Schule haben wir in Mathe das und das gelernt und in Sport das, im Vokabeltest habe ich 'ne 2, ich hab mich mit Jonas gestritten, und übers Wochenende sollen wir einen Aufsatz über Segelfliegen schreiben. So hatte ich davon erfahren, dass er seinen besten Freund verloren hatte – wie sich viel später herausstellte, weil Jonas mich »Flittchen« genannt hatte, schließlich wisse ich ja nicht mal, wer Karls Vater sei. Das hatte Jonas von seinem Großvater. Der habe ihm auch erklärt, was ein »Flittchen« sei, und er habe immer recht. Karl hat seitdem nicht mehr mit Jonas gesprochen. Der Streit ist jetzt fünf Jahre her.

»Was?«, grinste Karl. »Du bist schon so schlimm wie Tina. Du willst ja nur wissen, ob wir uns geküsst haben.«

»Habt ihr?« Ich vermutete, dass Karl schon mit anderen Mädchen geknutscht hatte und vielleicht auch mit Jungs, aber Ava war besonders.

Er sah mich an. Er war ganz da und ganz weit weg und nickte.

Ich lächelte. Solange ich meinen glücklichen Sohn beobachtete, der gerade in seine erste Liebe startete, war alles in Ordnung.

»Jetzt du!« Karl füllte meinen Kaffeebecher auf und reichte ihn mir.

»Ich bin gefallen.«

»Verstaucht?« Sein Interesse war geweckt, denn er kannte als Fußballer alle Formen von Sportverletzungen.

»In eine Glasscherbe ... Im Hof hinter dem Büro.«

»Fies. Musstest du genäht werden?«

»Zwölf Stiche!«, berichtete ich triumphierend.

»Echt? Du hast bestimmt gesagt, sie sollen extra viele machen!«

Bisher hielt Karl mit zehn Stichen den Rekord in unserem Haushalt. Nach einem spektakulären Sprung von der Schaukel in einen im Sand verborgenen Plastikeimer, der unter ihm zersplittert war, hatten beide Schienbeine genäht werden müssen.

»Hatte ich gar nicht nötig! Und der Arzt hat sogar betont, wie viel Glück ich hatte. Nur einen Zentimeter weiter, und es wäre meine Pulsader gewesen.«

»Angeberin!«

»Ja, okay. Zwei Zentimeter.«

Wir mussten beide lachen. Ich nahm mir vor, diesen Moment nie zu vergessen.

Es klingelte. Karl sprang auf und rannte aus der Küche. »Das ist Ava.« Ich konnte sein Strahlen hören. Nur einen Augenblick später kam er mit Jacke, Mütze und Schultasche bepackt zurück und umarmte mich ungelenk. Er gab mir einen Kuss auf die Wange und war verschwunden.

Als ich kurz darauf meinen Arbeitstag begann, stand Eugen schon unten vor der Tür neben seinem Taxi. Auf der Fahrt berichtete ich wahrheitsgemäß von dem Einbruch und dem Unfall, verschwieg aber Sebastian. Eugen begleitete mich daraufhin ins Büro, um mir beim Aufräumen zu helfen. Ich bin mir sicher, dass er sehen wollte, wie ich auf den »Tatort« reagierte.

Eugen ist 1938 im damaligen Leningrad geboren, und seine ersten Erinnerungen sind die von »Kälte, Hunger und einer aus einem Knochen geschnitzten Robbe«, die sein großer Bruder für ihn gemacht hatte. Dieser Bruder, die zwei älteren Schwestern und seine Großeltern starben in den Jahren der deutschen Belagerung. Ich kann mir noch nicht einmal vorstellen, wie viel Leid er in seinem Leben schon erfahren hat, und es bleibt mir ein Rätsel, wie er dabei nicht abgestumpft ist, sondern sogar noch feiner gestimmt werden konnte. Egal, wie oft er den Satz »Der Schmerz ist der große Lehrer der Menschen. Unter seinem Hauche entfalten sich die Seelen« von Marie von Ebner-Eschenbach zitiert, mich macht das wirklich wütend, aber ich bin sicher, es hilft, das Leben so zu sehen.

Der Anblick des Durcheinanders machte mir nichts, auch das geronnene Blut im weißen Plastikpapierkorb und auf dem Parkett ließ mich kalt. Nur die tiefen Kratzer und Beulen an dem Metallschrank, in dem wir unsere Akten aufbewahrten, verursachten mir ein flaues Gefühl im Magen. Der Eindringling hatte eine Brechstange benutzt. Vielleicht war ich mit meinen zwölf Stichen noch gut davongekommen.

Während Eugen die Schubladen wieder einhängte und eine neue Glühbirne in die Schreibtischlampe schraubte, machte ich mich daran, den Fußboden zu wischen. Als Tina ahnungslos zur Arbeit erschien, überließ ich es gerne Eugen, sie auf Stand zu bringen. Dann versprach ich ihm, auf mich aufzupassen, und verabschiedete ihn in seine Tagschicht.

Während Tina weiter aufräumte und den Schlüsseldienst rief, ging ich in mein Büro und checkte, was es Neues von Martin Kaufmann gab: Tagsüber ein Telefonat mit seiner Mutter, die anscheinend wissen wollte, ob er genug esse und ob er nicht doch eine Weile zu ihr nach Prenzelberg kommen wolle. Er lehnte ab. Ich konnte hören, wie sehr er sich bemühte, ruhig und gefasst zu klingen. Dann ließ sich mit etwas Fantasie erahnen, wie eine Frau sagte, dass sie ihm Kuchen vor die Tür stelle, und dann, wie sie einem »bösen Hund« verbot, eben diesen Kuchen aufzufressen. Ich glaubte, die Frau mit der Bulldogge zu erkennen. Nachts hörte ich wieder Lachen, Musik und Katharinas und Kaufmanns Stimmen. Es schien dasselbe Video zu sein wie in der Nacht zuvor. Etwas später waren die Stimmen der beiden wieder zu hören, aber anders. Was ebenfalls lachend begann, wandelte sich schnell in Seufzen und Stöhnen und die eindeutigen Geräusche von zwei Menschen, die Sex haben. Bald kam eine dritte Stimme dazu. Ich horchte auf. Aber nach kurzer Zeit wurde klar, dass es noch einmal Kaufmanns Stimme war, viel näher als die aus dem Computer. Während der Kaufmann im Video kam und lachend erklärte, dass Katharina ihn noch umbringen werde, war von dem Witwer Kaufmann ein fast wütendes Keuchen zu hören, das dann in ein Wimmern überging. Ich brauchte Luft.

Nach einer kurzen Pause am Fenster im Atelier, das sich bei Tageslicht ganz anders anfühlte als in der Nacht zuvor, zwang ich mich zurück.

Kaufmann war noch ein paarmal kurz zu hören, einmal murmelte er etwas im Schlaf, dann fluchte er laut, ich glaube, er war aufgestanden und hatte sich den Fuß gestoßen. Dann wieder Hilferufe, die unbeantwortet blieben. Auffällig war, dass er weder das Radio noch den Fernseher einschaltete. Er hörte auch keine Musik. Später, laut Anzeige um 7:30 Uhr, hörte ich Sebastian. Er klopfte mehrfach an die Tür und bat Kaufmann zu öffnen. Es dauerte, bis dieser der Aufforderung nachkam.

»Guten Morgen, Herr Kaufmann. Dürfen wir reinkommen?«

Kaufmann antwortete nicht, aber die Stimmen von Sebastian und noch einem Mann wurden lauter. Ich vermutete, dass sie auf dem Sofa Platz nahmen.

»Meinen Kollegen Möller kennen Sie, oder? Wie geht es Ihnen?« Sebastian klang vorsichtiger, als ich es gewohnt war.

»Kann ich mir einen Kaffee machen?« Kaufmanns Stimme war rau.

»Selbstverständlich.«

»Wollen Sie auch einen?« Kaufmann versuchte vielleicht, Zeit zu schinden.

»Gern. Schwarz.«

»Nein, danke.« Möllers Stimme klang kalt.

Während im Hintergrund Wasserrauschen zu hören war und eine elektrische Kaffeemühle, spielte Sebastian weiter den verständnisvollen Ermittler.

»Haben Sie jemanden, mit dem Sie reden können? Hilfe anzunehmen, ist kein Zeichen von Schwäche.« Ich musste lachen, so unaufrichtig klang er.

Kaufmann antwortete nicht. Die Aufnahme brach ab und setzte erst drei Minuten und siebenundzwanzig Sekunden später wieder ein. Das war eine lange Zeit für drei Männer in Sichtweite voneinander, um nichts zu sagen.

»Danke.« Wieder Sebastian. »Sehr guter Kaffee.«

»Wieso sind Sie hier?« Kaufmann klang gefasst.

»Wir sind gerade dabei, unseren Abschlussbericht zu schreiben.«

»Dann sind Sie durch mit den Ermittlungen?«

»Fast.«

»Was wollen Sie wissen?«

»Ob Sie sich nicht vielleicht doch an den Namen der jungen Frau, mit der Sie im Hotel Excelsior Geschlechtsverkehr hatten, erinnern können. Das wäre eine große Hilfe.« Sebastian war gut. Nichts in seinem Tonfall deutete darauf hin, dass er log.

»Nein, tut mir leid.«

»Sind Sie sicher?« Leichtes Drängen, aber kein Hauch von Misstrauen schwang in Sebastians Stimme.

»Glauben Sie, ich bin stolz darauf? Ich hab sie nicht danach gefragt, und sie hat ihn nicht erwähnt.« Kaufmann hatte verloren.

»Dann sagt Ihnen der Name Christine Schulz also nichts?«

Siebenundzwanzig Sekunden lang Schweigen.

»Ich rate Ihnen, Ihren Anwalt einzuschalten. Wir warten gerne hier, oder Sie kommen zusammen mit ihm ins Dezernat. Heute noch.« Sebastian blieb bei seinem zuvorkommenden Ton.

»Nicht nötig.«

SIEBEN

Kaufmann war Sebastian und Möller ins Dezernat gefolgt, und ich saß vor meinem Computer und fluchte. Tina kam, um nach dem Rechten zu sehen. Ich wollte ihr nichts von meinem Streit mit Sebastian und seiner Anwesenheit am Vorabend erzählen. Sie hätte mich wieder darauf hingewiesen, wie riskant meine »Beziehung« mit ihm in ihren Augen war. Also zuckte ich nur mit den Schultern, als sie sich beeindruckt zeigte, weil er und seine Leute Christine Schulz ausfindig gemacht hatten. Der Typ vom Schlüsseldienst hörte im Vorzimmer Schlagermusik, während er nicht nur einen neuen Sicherheitszylinder, sondern auch einen Querriegel einbaute. Und ich konnte lediglich abwarten, was Kaufmann und Christine Schulz aussagen und was Sebastian und sein Team daraus machen würden.

Ich hörte Tina bloß mit halbem Ohr zu, als sie von Tobias schwärmte und ankündigte, am Abend noch einen Versuch in Christine Schulz' Yogaschule machen zu wollen.

»Ach, und Frau Borchert erwartet deinen Rückruf.«

Sie holte einen Zettel von ihrem wieder tipptopp aufgeräumten Schreibtisch und reichte ihn mir.

Ich wählte die Handynummer, so schnell ich konnte. Nach dem dritten Klingeln nahm Brigitta Borchert ab.

»Frau Winter, danke, dass Sie zurückrufen.« Ihre Stimme war nicht so ruhig und souverän, wie ich sie in Erinnerung hatte.

»Gerne.« Ich wartete.

»Katta hat mir von Ihnen erzählt.«

Ich war nicht darauf vorbereitet, wie sehr mich dieser Satz bewegen würde. Ich konnte mein Gefühl dazu nicht scharf stellen.

»Können wir uns treffen? Ich glaube, Katta hätte es so gewollt.«

Wir verabredeten uns in einem kleinen Bistro in der Kopenhagener Straße in Prenzelberg. Tina, die gerade mit einem Notizblock zur Tür hereinkam, musterte mich kritisch.

»Bist du in Ordnung? Du siehst aus, als hättest du ein Gespenst gesehen.«

»Sagt man das wirklich?«, fragte ich irritiert.

»Hab ich grade in einem Script gelesen und fand es netter, als zu sagen, du siehst scheiße aus.« Sie grinste mich an.

»Alles okay.«

»Na dann. Können wir übers Geschäft sprechen?«

Sie wartete meine Antwort gar nicht ab, sondern legte mir eine Liste von Klienten vor, die auf Berichte warteten oder um Termine baten. Wir gingen das Papier durch und verteilten die Aufgaben. Dann wechselte Tina mal wieder das Thema und berichtete stolz, dass sie Karl eine Checkliste für sein Date geschrieben hatte und folglich für dessen Erfolg mitverantwortlich sei. Mir blieb es erspart, darauf zu antworten, weil die Wanze aus Katharinas Wohnung ansprang.

»Ja.« Pause. »Ich denke schon.« Pause. »Wie Sie es mir gesagt haben.« Pause. »Nein.« Pause. »Nur ein paar Minuten.« Pause. »Heißt das, es ist vorbei?«

Dann Stille. Kein Abschied.

Ich hörte mir den Anruf mehrmals an und versuchte, ihn zu deuten. War das Kaufmanns Anwalt gewesen? Wieso hatte er ihn nicht mit zur Polizei genommen?

Sebastian hat mal erzählt, dass es entweder Menschen sind,

die vorhaben, ein volles Geständnis abzulegen, oder diejenigen, die sich ganz sicher fühlen und die ungeteilte Aufmerksamkeit der Beamten wollen, die auf einen Anwalt verzichten. Ich hielt Kaufmann für keines von beidem. Am meisten irritierte mich sein Tonfall. Ich konnte weder Erleichterung noch sonst eine Emotion darin erkennen. Tatsächlich klang er fast wie eine Maschine. Ich musste herausfinden, was er ausgesagt hatte. Und dasselbe galt natürlich auch für Christine Schulz.

Sebastian würde mir nichts verraten. Vielleicht würde er gar nicht mehr mit mir reden. Mir wurde klar, dass ich nicht darüber nachgedacht hatte, was für Konsequenzen unser Streit vom Vorabend haben könnte. Bedeutete er das Ende von was auch immer wir die letzten zwei Jahre gehabt hatten? Und wenn ja, wie fand ich das?

Der Sex würde mir fehlen. Die Art und Weise, in der Sebastian nichts forderte, machte es mir selbst so leicht, dasselbe zu tun. Ich war einfach die Frau, die ich war, was auch immer das bedeutete. Und es spielte keine Rolle, wie Sebastian das fand oder ob er es überhaupt wahrnahm. Seinem Körper gefiel es, und mehr hatte ich nie gewollt.

Ich wurde wütend. Vielleicht auf Sebastian, aber vor allem auf mich. Wenn ich es schon versaute, wie mit allen Männern vor ihm, hatte es ausgerechnet jetzt sein müssen? In meiner Magengegend stieg ein dumpfes Unwohlsein auf, weil ich wusste, dass ich ihn benutzte. Weit über das hinaus, was unsere »Abmachung« war – und was ich immer als fair erachtet hatte.

Das machte es mir nicht einfacher, mich zu entscheiden, ob ich mich bei ihm melden sollte oder nicht. Also begab ich mich stattdessen auf den Weg in die Kopenhagener Straße. Ich fuhr mit der U2. Eine Fahrt, die mich jedes Mal herausfordert. Ich kann nicht genau ausmachen, was sie von anderen U-Bahn-Routen durch Berlin unterscheidet, aber aus irgendeinem Grund verliere ich mein Zeitgefühl, wenn ich diese Strecke benutze. Am Alex stieg die Frau, die mir seit Beginn der Fahrt am Zoo gegenübergesessen hatte, aus. Mein Blick wurde frei auf einen am Rand abgekratzten Aufkleber: »Cosy in my mind«. Ich setzte mich um.

Das kleine Restaurant war voll. Brigitta Borchert saß an einem winzigen Tisch, der außer der Reihe im Raum stand, genau im Mittelpunkt des Dreiecks Küche, Eingangstür und Toilette. Sie sah müde aus und schutzlos.

Ich kann ganz gut mittendrin sein, auch wenn ich es nie freiwillig bin. Ich glaube, das liegt daran, dass ich mich als durchsichtig empfinde und mit meiner Aufmerksamkeit ohnehin in der Umgebung bin. Natürlich hat die Mitte den Nachteil, dass man nicht alles im Blick hat, aber dafür bekommt man leichter ein Gefühl für den Raum und die Kräfte, die in ihm wirken.

Nach einer kurzen Begrüßung setzte ich mich. Wir schwiegen. Ich tat ihr den Gefallen und studierte die Karte, um ihr die nötige Zeit zu geben, um mich zu lesen. Als sie gerade zum Sprechen ansetzen wollte, kam ein lächelnder junger Kellner, der mit starkem spanischem Akzent auf Englisch fragte, was wir bestellen wollten. Ich bin sicher, Brigitta war genervt, aber ich finde es ganz gut, wenn sich Redebedarf etwas aufstaut. Meine Erfahrung ist, dass sich die Menschen, wenn er sich letztlich Bahn bricht, weniger kontrollieren können und sie dann meist mehr sagen, als sie eigentlich wollen.

Ich sehe oft, zu oft vielleicht, die dunkle Seite der Menschen. Und ich selbst bin nicht entschieden, ob es die einfach in uns allen gibt oder ob diese Dunkelheit nur die Abwesenheit von Licht ist. Was genau dieses Licht sein soll? Keine Ahnung.

Eugen hat mir mal erzählt, dass einer seiner Kommilitonen an der Polytechnischen Universität Tomsk in seiner Freizeit versucht hatte, die Existenz von Liebe mit den Mitteln der Physik zu beweisen. Kurz darauf war er verschwunden, und es war das Gerücht gegangen, dass er in ein Arbeitslager zur Uranförderung verschleppt worden war. Tina behauptet (oder besser eines ihrer Selbsthilfebücher, einer ihrer Yogalehrer oder ihrer Kalendersprüche): »Das Herz kennt nur Liebe, aller Schmerz entsteht im Kopf.« Ich halte mich da raus.

»Sie hat gesagt, sie vertraut Ihnen. Also tue ich das jetzt auch.« Brigitta Borchert sah mir direkt in die Augen, so, als fordere sie mich heraus, ihr und damit Katharina zu widersprechen. Ich wartete. »Sie hat Sie nicht wegen des Jungen engagiert. Und er ist wirklich nur ein Junge. Neunzehn Jahre alt, bei seiner alkoholkranken Mutter aufgewachsen. Das jüngste von fünf verwahrlosten Kindern. Er wollte es besser machen und hatte keine Ahnung, wie.« Sie wischte die Geschichte weg, sicher war sie nur eine von vielen, die sie täglich miterlebte.

»Das stimmt.« Mehr gab es dazu von meiner Seite nicht zu sagen.

»Es ging um ihre Tochter, nicht wahr?«

ACHT

Als ich mich eine Stunde und zehn Minuten später von Brigitta Borchert verabschiedete, hatte sie Tränen in den Augen. »Sie fehlt mir so.« Ihr Tonfall war jetzt ruhig und klar, fast erleichtert. Als sei endlich ein Hindernis zwischen ihr und diesem Satz weggeräumt.

Ich ging zu Fuß bis zum Rosenthaler Platz, stieg dann in die U8 und an der Osloer Straße in die U9 um. Die dreißig Zentimeter mehr an Höhe und Breite dieser beiden Großprofilbahnen machten mir die Heimfahrt etwas leichter.

Während des gesamten Rückwegs ins Büro versuchte ich, das Bild von Katharina, das Brigitta Borchert mir gezeichnet hatte, mit meinem und dem von Martin Kaufmann aus seiner Reportage abzugleichen. Katharina hatte mit siebzehn ein Baby bekommen und es auf Drängen ihrer Familie und des Kindsvaters zur Adoption freigegeben. Unter dem Vorwand, sie mache ein Auslandsjahr in England, hatten ihre Eltern sie zu einer Tante nach Süddeutschland verfrachtet. Auf Empfehlung der zuständigen Betreuerin und ihrer Tante hatte sie ihre Tochter nicht einmal gesehen, bevor sie abgeholt worden war. Brigitta Borchert hatte behauptet, sie wisse nicht, wer der Vater des Mädchens sei, und ich glaubte ihr.

»Sie wollte, dass Sie sie finden.«

»Vielleicht.« Ich hatte mich an unsere letzte Begegnung erinnert, und der Magen hatte sich mir zusammengezogen. Sie hatte damals gemerkt, dass ich sie aus dem Büro komplementieren wollte, und doch war sie bereit gewesen, sich mir ein zweites Mal anzuvertrauen.

»Sie hat es mir gesagt. Am Telefon. Am Abend vor ihrem Tod.«

Ich hatte gewartet, bis der Satz ganz verklungen war, dann hatte ich genickt.

»Ihre Tante hat ihr vor einigen Monaten gestanden, dass sie immer wusste, wo die Kleine war. Nur zwei Ortschaften entfernt von dem Krankenhaus, in dem sie geboren wurde. Bis sie nach dem Abitur ausgezogen ist. Ich weiß nur, dass sie den Kontakt zu den Adoptiveltern wohl abgebrochen hat und sich ihre Spur verliert.«

»Haben Sie einen Namen?«

»Sophie Holler, aufgewachsen ist sie in Gottenheim bei Freiburg. Mehr wusste Katharina nicht.«

Ich hatte mir alles notiert. Der Kellner war gekommen und hatte unsere Getränke gebracht.

»Hat Katharina etwas vom Geburtsdatum gesagt? Und wo sie entbunden hat? Haben Sie den Namen der Tante?«

Die Tante war in der Zwischenzeit an Krebs gestorben und hatte sich vor ihrem Tod noch aussprechen wollen. Katharina war nicht zu ihrer Beerdigung gefahren.

»Was wollte Katharina?«

Brigitta Borchert hatte gelacht, ein überraschend lautes, fast jugendliches Geräusch.

»Sie wollte sie adoptieren. Sie hatte sich schon nach den Formalitäten erkundigt. Am liebsten eine Adoption mit starker Wirkung. Die Adoptiveltern haben in ihren Augen versagt, etwas, was Katharina nicht verzeihen kann … konnte.«

Nichts davon hatte mich überrascht.

»Wieso erzählen Sie mir das alles? Katharina ist tot.«

Wir hatten einen Moment geschwiegen, was mir in dem lauten und vollen Lokal nicht hätte auffallen müssen, wenn es sich nicht so angefühlt hätte, als seien wir von einer Glasglocke oder Blase umgeben, die den Schall dämpfte und die Stille innerhalb verstärkte.

»Sie wollte sich entschuldigen. Und ihrer Tochter sagen, dass sie sie nie vergessen hat.«

Ein Wunsch, der ihr und ihrer Tochter nicht erfüllt worden war.

»Ich bezahle Sie. Finden Sie Katharinas Tochter, bitte.«

»Das kann ich nicht machen.«

Brigitta Borchert war weniger überrascht gewesen, als ich erwartet hatte.

»Sie hat mir gesagt, dass sie Sie mag. Ich verstehe jetzt, warum.«

Ich bin mir sicher, dass sie versucht hatte, mich mit diesen Worten umzustimmen oder zu erweichen. Dabei hatte ich nicht abgesagt, weil ich nicht wollte, sondern wirklich, weil ich nicht konnte. Nicht nach dem, was passiert war, als ich mich das erste Mal ungefragt eingemischt hatte. Und selbst wenn Katharina mich noch persönlich beauftragt hätte, hatten sich durch ihren Tod die Umstände geändert, und wer war ich, Botschaften von Toten zu überbringen. Jeder kann sich ein Schild an die Tür hängen und als Privatdetektiv arbeiten. Man muss sich seine eigenen Regeln schaffen und ihnen folgen. Oder die Konsequenzen tragen.

Es gibt Kollegen, die fragen nicht, wieso sie jemanden finden sollen und für wen sie arbeiten. Die wollen gar nicht wissen, was ihre Klienten mit den erhaltenen Informationen anfangen. Ich kenne Fälle, in denen sie Material für Erpressungen beschafft haben, und von Gelegenheiten, bei denen sie dabei geholfen haben, kompromittierendes Material überhaupt erst zu erstellen. Privatdetektive sind Menschen wie alle anderen auch. Es gibt sie in allen erdenklichen Ausführungen.

Ich war so in Gedanken versunken, dass ich den Schatten

in der Hofeinfahrt neben meinem Büro erst bemerkte, als ich schon an ihm vorbeigegangen war. Ich muss zugeben, ich habe mich so sehr erschreckt, dass es etwas dauerte, bis sich mein Herzschlag wieder ganz beruhigt hatte.

Aber es war nicht der Mann mit den Handschuhen und der Brechstange, es war Sebastian.

»Du gehst nicht an dein Handy!«

»Was machst du hier im Dunkeln?«

»Mein Auto ist in der Werkstatt, und ich wollte nicht, dass Tina mich sieht. Sie ist gerade weg.«

Es war merkwürdig, ihn Tinas Namen sagen zu hören, es implizierte eine Vertrautheit, die er weder mit ihr noch mit mir hatte. Ich sprach selten über mein Privatleben oder meine Firma, und so wenig, wie ich die Namen oder Gesichter seiner Kollegen gekannt hatte – vor diesem Fall –, so wenig wollte ich, dass er Tina »Tina« nannte. Wieso tat er das? Das sah ihm gar nicht ähnlich. Es war zu dunkel, um seinen Gesichtsausdruck zu deuten.

»Können wir endlich reingehen? Ich friere mir hier den Arsch ab.«

Ohne zu antworten, ging ich voran.

Das Büro war sauberer als vor dem Einbruch, und Tina hatte die verbeulten Schranktüren mit Bildern von Bambus überklebt, die sie – da war ich sehr sicher – mit Feng-Shui rechtfertigen würde. Statt wie sonst direkt ins »Atelier« durchzugehen, blieben wir im Vorzimmer stehen, als hätten wir uns abgesprochen. Sebastian setzte sich auf den kleinen Rezeptionstresen, sodass mir nur übrig blieb, stehen zu bleiben. Wenn ich einen der bequemen Wartesessel genommen hätte, hätte er einen deutlichen Höhenvorteil gehabt.

»Ich war ein Idiot.«

Ich nickte. Nicht, weil ich ihm zustimmte. Oder doch, schon, aber ich wusste, dass mein Verhalten es ihm sehr leicht gemacht hatte, einer zu sein. Ich nickte, weil ich verstanden hatte, was anders war: Sebastian war betrunken.

Sebastian hat in meinem Beisein noch nie Alkohol getrunken oder auch nur Alkoholkonsum erwähnt. Ich glaube, ich bin, ohne darüber nachzudenken, lange davon ausgegangen, dass das Zufall war, schließlich waren wir nur einige Male zusammen essen, und er erzählt wenig aus seinem Leben, wenn auch mehr als ich. Vielleicht habe ich ihn so sehr als Sportler abgespeichert, dass es stimmig schien. Bis vor etwa einem halben Jahr: Er hatte mich engagiert, um den Background eines jungen Mannes zu durchleuchten, der wegen Totschlags an seinem Vater angeklagt war. Der Junge berief sich darauf, dass sein Vater ihn und seine Familie im Alkoholrausch seit Jahren gequält und er selbst in Notwehr gehandelt habe. Die Obduktion hatte in der Tat einen Alkoholspiegel von etwas über drei Promille beim Opfer ergeben. Ich konnte die Darstellung der Familienverhältnisse bestätigen und habe herausgefunden, dass der junge Mann schon in der Schule oft mit Verletzungen aufgefallen war, die er aber immer mit Sportunfällen erklärt hatte. Es hatte nie eine offizielle Meldung oder Untersuchung gegeben. Vielleicht auch, weil der Vater Vertrauenslehrer an der Schule seines Sohnes gewesen war.

Am Abend des letzten Prozesstages – der Junge war zu drei Jahren auf Bewährung für Totschlag in einem minder schweren Fall nach Jugendstrafrecht verurteilt worden – waren Sebastian und ich verabredet gewesen. Er hatte abwesend gewirkt, mitgenommen, und es war das einzige Mal gewesen, dass wir Sex abgebrochen haben. Ich weiß nicht, was mit ihm los gewesen war. Ich hatte nicht nachgefragt.

»Du kannst einen wahnsinnig machen, Isa!«

Wieder nickte ich. Es war nicht das erste Mal, dass das jemand zu mir sagte.

»Ich habe Kaufmann noch mal vernommen, der Fall Schneider ist abgeschlossen.« Richtungswechsel also.

»Du wirst mir nicht sagen, was seine Erklärung für seine Lüge war, oder?«

»Doch, werde ich. Damit das hier endlich ein Ende hat.« Er machte eine vage Bewegung mit der Hand, aber ich fragte ihn nicht, was er mit »das hier« genau meinte, sondern wartete.

»Er hat Christine Schulz in der U-Bahn kennengelernt, sie nach einem anstrengenden Tag in der Redaktion auf einen Drink eingeladen. Sie hat angenommen. Das war vor sechs Wochen. Seitdem haben sie sich zwei- bis dreimal die Woche getroffen. Er wollte sie nicht in die Untersuchungen hineinziehen. Kaufmann hat sogar zugegeben, dass ihn eine Freundin seiner Frau im Hotel angesprochen und er sich daraufhin entschlossen hat, die Sache zu beenden. Und dass er sich am nächsten Tag noch einmal mit seiner Affäre getroffen hat, weil sie ihm ein Geschenk zurückgeben wollte. Sie hat bestätigt.«

Ich ließ mich in einen der Sessel sinken.

»Was für ein Geschenk?«

»Lass es, Isa. Die Geschichte ist zu Ende.«

Ich nickte. Ich weiß, wann ich geschlagen bin. Es war klar, dass er nichts mehr sagen und seine Meinung nicht ändern würde.

»Bist du gekommen, um mir das mitzuteilen?«

»Nein.« Er stand auf, zog mich aus dem Sessel und küsste mich. Der Kuss war grob und drängend und schmeckte nach Wodka. Ich hatte nichts dagegen.

TEIL 5

»Danke.«

EINS

Ich habe Sebastian schon oft angesehen. Aus nächster Nähe und aus allen erdenklichen Perspektiven. Aber an diesem Abend sah er anders aus. Fremd.

Ich hatte mich auf meinen Unterarm gestützt und betrachtete den Mann neben mir. Er lag auf dem Rücken, die Augen geschlossen, eine Hand hinter dem Kopf, die andere entspannt auf seinem Bauch. Sebastians Bauch ist faszinierend. Ich könnte ihn stundenlang studieren. Man sagt so schnell dahin, dass jemand einen flachen Bauch hat, wenn man meint, dass derjenige nicht dick ist, dabei sagt das nichts über die Schönheit von genau im richtigen Verhältnis zueinander angeordneten geraden Bauchmuskelsträngen aus, von Beckenknochen, die fast lächerlich harmonisch mit den schrägen Bauchmuskeln hervortreten, von der Spannung zwischen glatter Haut und dunklen Haaren, die sich von zwei Seiten kommend auf ihm treffen. Und das war ja nur der visuelle Aspekt dieser Schönheit. Ich schob seine Hand, die den Eindruck ohnehin gestört hatte, zur Seite und schloss die Augen, um mich ganz darauf konzentrieren zu können, wie sich die Haut, die Haare, Muskeln und Knochen darunter anfühlten.

»Wenn du so weitermachst, werde ich es nie hier raus schaffen.«

Seine Stimme überraschte mich. Sie war schläfrig und leise. Ich öffnete die Augen. Er hatte mich beobachtet.

»Du hast mich noch nie gefragt, was ich denke«, bemerkte er grüblerisch.

»Über Fälle?« Ich war erstaunt, dass er freiwillig dieses Thema ansprach.

»Nein.«

»Du meinst: ›An was denkst du gerade?‹« Ich hatte keine Ahnung, wie ich weiter auf diese Bemerkung reagieren sollte. Also schwieg ich und wartete.

Er richtete sich auf. Das Sofa knarrte. Als ich meine Hand zurückziehen wollte, hielt er sie fest.

»Interessiert es dich nicht, traust du dich nicht, zu fragen, oder weißt du es einfach?«

»Was wäre dir denn am liebsten?« Ich flüchtete mich in ein Grinsen.

»Keine Ahnung«, gab er zögernd zu.

»Na dann.« Ich versuchte herauszufinden, was ich wollte. Aufstehen, mich anziehen und nach Hause fahren oder dem Zug von Sebastians Hand nachgeben. Entweder ich kehrte zurück in die »echte« Welt, oder ich tat noch eine Weile so, als gäbe es die nicht.

Mein Handy klingelte, und damit war mein inneres Tauziehen beendet. Ich stand auf und fand meine Jacke schließlich im Vorzimmer auf dem Fußboden.

»Ich hab dir ein Foto geschickt«, flüsterte Tina. Im Hintergrund waren Stimmen und Jazzmusik zu hören.

»Wo bist du?«, fragte ich, während ich ein dunkles Foto aufrief, das zweifelsfrei Christine Schulz und den Mann aus dem Aufzug zeigte, die mit einer dritten Person an einem kleinen Tisch in einer Bar saßen. »Das ist er!«, flüsterte ich. Mein Herz raste.

»Krass, oder? Von wegen One-Night-Stand!«, zischte Tina zurück.

»Was?«

»Was?«

Wir begriffen gleichzeitig: Ich erkannte in der dritten Person

Kaufmann und sie in dem anderen Mann den Gesuchten aus dem Aufzug.

»Schick mir die Adresse! Ich komme.«

»Wem soll ich folgen, wenn es drauf ankommt?«, fragte Tina aufgeregt. »Mister X, oder?«, beantwortete sie ihre Frage selbst.

»Auf jeden Fall. Ich bin schon unterwegs.«

Ich legte auf und rief ein Taxi. Dann hastete ich zurück zu Sebastian. Auf dem Weg sammelte ich unsere Klamotten ein.

»Sorry, ich …«

Weiter musste ich nicht sprechen, denn Sebastian war eingeschlafen. Er sah friedlich aus und schnarchte leise. Ich deckte ihn, so gut es ging, mit dem Laken und seinen Sachen zu, zog mich an und schrieb ihm einen Zettel: »Sorry, Notfall. Schließ ab und wirf den Schlüssel in den Briefkasten.« Die Nachricht kam mir selbst kühl vor, aber ich fand keine anderen Worte. Ich legte das Blatt und den Ersatzschlüssel auf seine Schuhe und verließ mein Büro, so schnell ich konnte.

Der Taxifahrer tat sein Bestes, und die Strecke war frei, aber ich brauchte doch fünfunddreißig Minuten, bis ich auf der gegenüberliegenden Straßenseite vor einer kleinen Bar in Kreuzberg stand. Ich hatte eine Mütze auf, meinen Parka auf grün gewendet und wartete im Schatten einer Hofeinfahrt darauf, dass Tina endlich auf meine Nachricht antwortete. Es dauerte noch einmal fünf Minuten, dann brummte das Handy in meiner Hand. Die WhatsApp bestand aus einem einzigen Wort: »Fuck!«

Ich hielt die Spannung nicht mehr aus und rief Tina an.

»Er ist in ein Taxi gesprungen. Echt gesprungen. An der Ampel direkt am Schlesischen Tor. Ich hatte keine Chance.«

Ich fluchte und bat Eugen per SMS, sich umzuhören, vielleicht hatten wir Glück und fanden den Taxifahrer. Kurz darauf kam Tina um die Straßenecke und sah sich suchend um. Ich trat aus dem Schatten und winkte sie zu mir herüber.

»Christine ist als Erste los. Mister X hat noch superernst mit Kaufmann gesprochen, ihm dann eine Flasche Whisky kommen lassen und ist gegangen. Ich hinterher. Er hat angefangen zu telefonieren, da war er noch nicht aus dem Laden raus. Ich konnte leider nicht hören, was er gesagt hat.«

»Hat er dich bemerkt?«, unterbrach ich ihren aufgeregten Redefluss.

»Ich bin doch keine Anfängerin!« Sie sah mich empört an.

»Doch, Tina. Genau das bist du! Du hast noch nie jemanden beschattet. Das hier ist etwas anderes, als Instagram-Stories zu checken.« Ich merkte selbst, wie scharf mein Tonfall war.

»Du kannst so ein Kotzbrocken sein! Nein, er hat mich nicht bemerkt; ohne mich und meine Internetrecherche wärst du ziemlich aufgeschmissen, mein Schatz, und woher willst du wissen, wie viele Leute ich schon beschattet habe?«

Ich sortierte meine Gedanken und versuchte dann, versöhnlich der Reihe nach zu antworten: »Sorry. Gut. Stimmt. Wie viele?«

Tina überlegte einen Moment, zuckte dann mit den Schultern und antwortete grinsend: »Alle, in die ich verliebt war.«

»Profi also.«

»Miststück.«

»Stalkerin.«

Dabei beließen wir es. Tina kehrte kurz in die Bar zurück, um zu schauen, ob Kaufmann noch da war. War er. Nur er und eine schon beträchtlich geleerte Flasche. Sie bot mir an, ihn auszuhorchen, aber ich lehnte ab. Ich frage mich heute, ob ich Angst um sie hatte oder ob ich eine innere Grenze überschritten hätte, wenn ich sie auf einen betrunkenen, trauernden Witwer (denn seinen Schmerz glaubte ich ihm) angesetzt hätte. Was hätte das für eine Grenze sein sollen? Trennte sie akzeptabel von inakzeptabel, und wenn ja, auf welcher Grundlage? Wo war der Unterschied zwischen dem Belauschen von verzweifelter Selbstbefriedigung in den eigenen vier Wänden und dem aktiven Aushorchen in einer öffentlichen Bar? Vielleicht war es mehr eine Mauer um etwas in meinem Inneren? Vielleicht war es die, in deren Trümmern ich jetzt sitze.

Tina und ich gingen durch den Görlitzer Park und am Paul-Lincke-Ufer entlang nach Hause. Der Landwehrkanal war an den Ufern zugefroren. Dabei berichtete sie sehr engagiert und – wie ich ihr mehrfach versuchte klarzumachen – zu ausführlich von der Yogastunde, in der sie Christine Schulz, die sie nur noch Christine nannte, beobachtet hatte. Offenbar war diese »übernatürlich ehrgeizig«, aber ansonsten »supernett«. Sie hatten nebeneinander trainiert und waren in der Umkleidekabine ins Gespräch gekommen. Deshalb hatte sie auch den Anruf mitgekriegt, mit dem Christine in die Bar »bestellt« worden war. Sie hatte mit einem Schlag angespannt gewirkt, und das hatte Tinas Neugier geweckt. Sie war ihr »perfekt unauffällig« gefolgt und hatte es sogar geschafft, einen Platz in der Bar zu ergattern, von dem aus sie das Treffen völlig unbemerkt hatte beobachten können. Mister X habe bereits gewartet und die junge Unternehmensberaterin knapp und sachlich begrüßt. Kaufmann sei kurz darauf erschienen, habe aber bereits bei seiner Ankunft angetrunken oder sediert gewirkt. Woraufhin Tina in ihrem Bericht wieder zurücksprang.

»Das Training ist echt Wahnsinn. Würde dir übrigens auch guttun. Komm, wir gehen zusammen, wenn der Fall gelöst ist!« Sie strahlte mich voller Tatendrang an.

»Auf die Polizei kann ich nicht mehr zählen.« Ich bin sicher, dass meine Stimme eher wütend als bedauernd klang.

»Was? Wieso?«

»Die Akte ist offiziell geschlossen!«

Etwa auf Höhe der *Ankerklause* blieb Tina stehen und sah mich ernst an. Ihr Blick machte mich nervös. Ich rechnete mit einem bevorstehenden Gefühlsausbruch. Ich muss zugeben, dass die manchmal sehr unterhaltsam sind, aber meist sind sie vor allem schmerzhaft. Sie öffnete zwar den Mund, überlegte es sich dann jedoch anders, gab mir einen Kuss auf die Wange und sagte lediglich: »Dann schaffen wir es eben alleine.«

ZWEI

Als wir nach Hause kamen, schlief Karl schon. Ich schlich in sein Zimmer, wie ich es immer gemacht habe, als er klein war. Ich stolperte fast über den auf dem Boden verstreuten Inhalt seiner Fußballtasche. Ich öffnete das Fenster und betrachtete meinen Sohn im Schein der Straßenlaterne. Er zuckte im Schlaf und lächelte. Ich schloss das Fenster wieder, gab ihm einen Kuss auf die Stirn und ging.

Ich fragte mich, was es über mein Leben aussagte, dass es etwas Besonderes für mich war, Menschen schlafen zu sehen. Für viele ist es ganz normal: schlafende Kinder, schlafende Partner oder Partnerinnen, schlafende Freunde, schlafende Haustiere. Ich erinnere mich daran, dass ich einmal spät in der Nacht eine amerikanische Mutter mit ihren beiden Teenagertöchtern von Tegel nach Kleinmachnow gefahren habe. Alle drei wirkten sehr gepflegt. Die Mutter hatte perfekt manikürte Hände, teuer gesträhnte Haare und makellose Haut. Die Mädchen trugen feste Zahnspangen und schlurften in glitzernden UGG-Boots neben ihren riesigen Hartschalentrolleys her. Ich weiß noch, wie sehr die Mutter nach Parfum gerochen und wie sehr es mich genervt hat, dass sie, ohne zu fragen, die Klimaanlage hochgeschaltet hat. Als sie dann auch noch anfing, mit dem Vater der Kinder zu telefonieren und sich über den schlechten Service im Flugzeug zu beschweren, war meine ganze Geduld gefordert gewesen. Gerade weil mir die Frau so unsympathisch war, ist mir dann in Erinnerung geblieben, wie sie sich zu ihren

Kindern umgedreht und bemerkt hat, dass die Mädchen auf der Rückbank eingeschlafen waren. Aneinander gelehnt lag der Kopf der Jüngeren auf der Schulter ihrer großen Schwester. Mitten im Satz ist ihr Gesichtsausdruck ganz weich geworden, und sie hat gelächelt. Ich weiß nicht mehr genau, was sie sonst noch alles zu ihrem Mann gesagt hat, aber auf jeden Fall: »They are so easy to love.«

Weil ich noch nicht ins Bett wollte, versuchte ich zu lesen, aber ich konnte mich nicht konzentrieren. Irgendwann bin ich im Sitzen eingeschlafen.

Kurz bevor der Wecker mich ohnehin geweckt hätte, schreckte ich aus einem Traum auf. Charles stand auf der Brücke, auf der wir uns kennengelernt hatten, und winkte mir zu. Ich wollte zu ihm, konnte mich aber nicht bewegen. Plötzlich erschien hinter ihm ein Mann, der erst aussah wie Sebastian, dann wie der Mann aus dem Aufzug, dann wieder wie Sebastian. Wie beiläufig zückte er eine Waffe und schoss auf mich. Ich schrie, aber es kam kein Laut aus meinem Mund, und ich stürzte in die Tiefe. Als ich im Fallen hochschaute, war die Brücke leer.

Ich quälte mich aus dem Bett und ging in die Küche. Tina schäumte gerade Hafermilch für eine neue Chai-Tee-Kreation auf. Sie hatte einen Handtuchturban auf dem Kopf, einen viel zu großen Frotteebademantel an und sah wunderschön aus. Sie summte gut gelaunt mit dem Radio um die Wette. Karl löffelte fröhlich sein Müsli.

»Willst du mal probieren?«, bot sie ihm ihr neuestes Werk an.

Er schüttelte hastig den Kopf und deutete auf mich.

»Frag Mama, die kann bestimmt ein Chakra-Cleansing brauchen.« Er grinste mich frech an. Sein Grübchen und die strahlenden Augen machten mich sprachlos.

Da Tina sich vorgenommen hatte, Mister X zu finden, machte sie sich kurz darauf auf den Weg zum Potsdamer Platz. Bevor sie die Wohnung verließ, hielt ich sie zurück.

»Erinnert er dich an irgendjemanden?«

Sie grübelte eine Weile, dann schüttelte sie den Kopf und ging. Vielleicht bildete ich mir die Ähnlichkeit zwischen Charles und dem Unbekannten nur ein? Denn die zwischen Karl und seinem Vater war unbestritten. Ich ging duschen und zog mich an. Ich entschied mich für ein für meine Verhältnisse förmliches Outfit – Wollhose mit Bundfalte, Bluse und Strickjacke –, da ich heute meinen Termin bei Frau Dr. Mahler hatte.

Eugen fuhr mich und erzählte mir gut gelaunt von seinem Besuch bei Nadja auf dem Friedhof. Sie hatte Geburtstag gehabt, und ich hatte nicht einmal dran gedacht. Dabei war ich in den vergangenen Jahren schon einige Male mitgekommen und hatte den Tag sogar in meinem Kalender notiert, weil ich wusste, wie wichtig er für Eugen war. Ich entschuldigte mich hastig.

»Alles gut, moya malen'kaya. Du hast schon genug mit Toten zu tun.«

Er setzte mich in Zehlendorf ab und wurde sofort von einer alten Dame mit Rollator herangewunken, die gerade das Ärztehaus verlassen hatte.

Die Praxis war teuer und elegant eingerichtet. Die Sprechstundenhilfe führte mich gleich in eines der beiden Behandlungszimmer und bat mich, einen Anamnesebogen auszufüllen. Im Zimmer nebenan, das durch eine Tür mit der Aufschrift »Privat« mit meinem verbunden war, konnte ich Kinderstimmen hören.

Nach einigen Minuten, ich war gerade mit dem Formular fertig, betrat Frau Mahler, die Zweite, den Raum. Sie trug eine cremefarbene Hose und eine passende Seidenbluse, darüber einen offenen, weißen Arztkittel. Sie reichte mir zur Begrüßung die Hand und setzte sich hinter ihren Schreibtisch.

»Wie kann ich Ihnen helfen, Frau Winter?«

Ich berichtete von Müdigkeit und Schlafstörungen, während ich sie genau beobachtete. Sie ging meine Angaben im

Anamnesebogen durch und hakte hier und dort nach, alles freundlich distanziert. Sie schlug vor, ein großes Blutbild mit Vitaminstatus und ein Belastungs-EKG zu machen und dann weiterzusehen. Sie reichte mir eine Broschüre zu IGeL-Leistungen und ein sehr schickes Faltblatt über die Praxisangebote, von Vitalstofftherapie und Behandlung mit bioidentischen Hormonen bis zu Akupunktur und Ernährungsberatung.

Als Privatdetektivin folge ich der Entwicklung, die sich mir zeigt, während ich warte. Das kann in manchen Fällen langwierig und wenig ergiebig sein, überraschend effektiv in anderen. Ich wollte gerade Katharina ins Gespräch einfließen lassen und sehen, wie ihre Nachfolgerin darauf reagierte, als die Tür zu dem Privatraum aufflog und ein kleines Mädchen lachend hereinstürmte – gefolgt von einer gestressten Sprechstundenhilfe, die sich ängstlich entschuldigte. Einen Augenblick später erschien in der Tür auch der Zwillingsbruder und sah sich schüchtern um.

»Entschuldigen Sie bitte, Frau Winter. Der Kindergarten ist diese Woche wegen einer Fortbildung geschlossen, und die Nanny schreibt eine Klausur.« Sie klang ungehalten und hielt ihre Tochter, die bunt beschmierte Hände hatte und offenbar auf ihren Schoß wollte, energisch von sich und ihrer Seidenbluse fern.

»Kein Problem.« Ich lächelte die Kinder und ihre Bewacherin an.

Dr. Mahler scheuchte Tochter und Helferin aus dem Zimmer und war augenblicklich wieder in ihrer Rolle.

»Vielen Dank. Ich würde vorschlagen, wir nehmen jetzt Blut ab. Sie sind doch nüchtern, sagten Sie?«

»Hab ich nicht gesagt, bin ich aber.«

»Gut, gut, dann machen Sie doch bitte einen Termin für nächste Woche aus, und wir besprechen in Ruhe die Ergebnisse, ja?« Sie wartete keine Antwort ab, sondern stand auf und geleitete mich zur Tür. Dann winkte sie eine weitere Assistentin herbei und wies sie an, die Blutentnahme vorzunehmen.

Ich hatte gar keine Zeit, über die magere Ausbeute enttäuscht zu sein, denn kaum saß ich in einem kühlen weißen Laborraum, konnte ich durch die offene Tür hören, wie die Nanny kam, um die Kinder abzuholen. Die freuten sich offensichtlich sehr. Die Sprechstundenhilfe war erleichtert.

»Samira, endlich! Die Hexe ist heute noch schlechter drauf als sonst. Sie hat vorhin so auf dich geschimpft, geh ihr besser aus dem Weg!«

»Nichts Neues also«, erwiderte die junge Frau mit französischem Akzent und lachte.

»Wie war die Klausur?«

»Ich glaube, sehr gut.«

»Oh, das freut mich! Und jetzt bring die kleinen Monster hier raus«, befahl die Arzthelferin mit deutlichem Berliner Einschlag. Als sie kurz darauf zu mir ins Labor kam und ihr klar wurde, dass ich Zeugin des Gesprächs gewesen war, lief sie rot an, sagte aber nichts. Ich auch nicht.

Bis Samira die Zwillinge in Schneeanzüge, Mützen, Handschuhe und Stiefel gepackt hatte, war ich fertig und stand an der Rezeption, um mir den empfohlenen Beratungstermin geben zu lassen. Ich hatte nicht vor, ihn wahrzunehmen. Ich folgte der Nanny und ihren Schützlingen mit genügend Abstand zu einem Spielplatz. Als klar war, dass sie eine Weile bleiben würden, holte ich mir einen Kaffee und eine Tüte Kekse beim Bäcker gegenüber. Ich setzte mich auf die Bank neben Samira. Einen Augenblick lang erwog ich, so zu tun, als wäre eines der vielen herumtobenden Kinder meines. Das funktioniert immer, und man kommt gut ins Gespräch. Aber als ich sah, dass die junge Frau Tränen in den Augen hatte, entschied ich mich für die Wahrheit.

DREI

Samira war neunzehn Jahre alt, in Marseille geboren und seit einem halben Jahr in Berlin, um an der FU Politikwissenschaft zu studieren. Um sich das Studium zu finanzieren, arbeitete sie bei den Mahlers als Nanny. Sie wohnte in der Villa im Keller.

»Es gibt im Dachgeschoss zwei Gästezimmer, die stehen leer, aber ich schlafe im Keller. Damit ich meinen eigenen Eingang habe und kommen und gehen kann, wann ich will. Angeblich.« Das hübsche Mädchen verdrehte die Augen und winkte den Zwillingen, die voller Begeisterung schaukelten, lächelnd zu.

Ich nickte und bot ihr einen Keks an. Sie bedankte sich und nahm einen.

»Ich soll einfach nicht mitkriegen, was bei denen los ist! Seit Wochen streiten sie sich jeden Tag.«

»Worüber?«

»Herr Mahler hat ein Kind, von dem er ihr nichts erzählt hat.«

»Hast du es gesehen?«

»Nein, es ist schon erwachsen. Eine Tochter, glaube ich.«

Mein Herzschlag beschleunigte sich.

Natürlich hatte ich Samira nicht meine ganze Wahrheit erzählt, sondern nur, dass ich Privatdetektivin war, im Fall von Katharina Schneiders Tod ermittelte und wissen wollte, worum es bei dem Streit ihrer beiden Ehemänner auf der Beerdigung gegangen war.

»Und was ist mit dieser Tochter?«, schob ich sie vorsichtig weiter.

»Frau Schneider war die Mutter und wollte irgendwas ... Sie war vor ein paar Wochen einmal zum Abendessen da, und als die Kinder eingeschlafen waren und ich in mein Zimmer ging, bin ich am Wohnzimmer vorbeigekommen. Sie haben sich gestritten. Vor allem die Hexe ...« Sie lachte ertappt. »Sie hat gesagt, Frau Schneider sei egoistisch und rücksichtslos, und Frau Schneider hat geantwortet, sie wäre nicht gekommen, wenn sie rücksichtslos wäre, und irgendetwas über das Essen. Ich weiß nicht mehr genau, was, aber es war lustig. Sie haben mich entdeckt und weggeschickt, und seitdem behandelt mich Frau Mahler noch schlechter als zuvor. Mein Vater ist auch Arzt und meine Mutter Lehrerin, ich habe das beste Baccalauréat meiner Schule, und sie benimmt sich, als tue sie mir einen Gefallen, wenn ich ihren Kindern den Hintern abwischen darf!«

Ich beobachte wütende Menschen gerne. Nicht, wenn der Mensch, auf den sie wütend sind, in der Nähe ist. Ich meine, wenn sie alleine mittendrin sind in ihrer Wut. Ich muss dann immer an die Fabel von den beiden Fröschen in der Milch denken. Der eine geht unter und ertrinkt, der andere strampelt, bis die Milch zu Butter wird und er wieder festen Boden unter den Füßen hat, von dem er sich abstoßen kann. Ich vermute, man kann auch so lange weiterstrampeln, bis man in der Butter stecken bleibt und elend eingeht.

Samira stieß sich schnell ab und berichtete weiter, dass sie nicht wisse, was der Anlass für die Auseinandersetzung auf dem Friedhof gewesen sei. Aber dann erzählte sie, dass in der vergangenen Nacht Kaufmann bei den Mahlers aufgetaucht sei. Sie hätten ihn hereingelassen, weil er gedroht habe, die ganze Nachbarschaft zu wecken. Er sei ziemlich sicher betrunken gewesen. Das wusste ich dank Tina ja bereits. Was genau dann passiert sei, konnte Samira nicht sagen, nur dass sie Schreie und Gepolter gehört habe. Dann habe Mahler den Personenschützer hereingerufen, der erst draußen hatte warten sollen, und kurz darauf sei Kaufmann mit einem Krankenwagen abtransportiert worden – mit Blaulicht.

Ich gab Samira meine Karte, bat sie, mich anzurufen, falls ihr noch etwas einfiel, und verabschiedete mich schnell. Ich fuhr ins Büro und war darauf vorbereitet, alle infrage kommenden Krankenhäuser abzutelefonieren, aber als ich gerade anfangen wollte, schaltete sich die Wanze aus Kaufmanns Wohnung ein.

»Vielen Dank. Ich brauche nur ein paar Minuten.« Eine ältere Frauenstimme.

»Aber das ist doch selbstverständlich.« Noch eine.

»O Gott! Wenn Sie so freundlich sind, komme ich heute Nachmittag noch mal zum Saubermachen. Sie können mir aber auch den Schlüssel geben und …«

»Das geht leider nicht. Er hat ihn mir persönlich anvertraut. ›Sie sind ein Engel‹, hat er immer gesagt.« Es klang, als kämpfe die zweite Frau mit den Tränen.

»Selbstverständlich. Sie sind aber auch wirklich zu freundlich.« Die erste Stimme log, daran gab es keinen Zweifel. Sie entfernte sich dabei von der Couch.

»Mein Kuchen! Er hat ihn gar nicht angerührt.« Frau Nummer zwei, in der ich wieder die Frau mit der Bulldogge vermutete, murmelte schniefend etwas vor sich hin. »Brauchen Sie Hilfe?«, wandte sie sich dann lauter an Frau Nummer eins, doch diese antwortete nicht.

Einige Minuten später ging es weiter. Beide Frauen entfernten sich zusammen von dem Mikrofon.

»Richten Sie Martin bitte Grüße aus, ja?«

»Natürlich. Danke schön. Er wird sich freuen.«

Ich konnte noch erahnen, dass das Krankenhaus Waldfriede und das Wort »Intensivstation« erwähnt wurden. Dann herrschte wieder Stille.

VIER

Ich wartete im Foyer des Krankenhauses, bis Kaufmanns Mutter wieder gegangen war, dann fuhr ich auf die Innere Station, auf die ihr Sohn mittlerweile verlegt worden war. Im Flur vor seinem Zimmer stand ein Wagen mit Medikamenten und Patientenakten. Ich blickte mich um, doch es war niemand zu sehen. Also öffnete ich den Ordner mit Kaufmanns Namen und fotografierte den Bericht. Er hatte eine Gehirnerschütterung, mehrere Rippenbrüche und eine Milzruptur dritten Grades, die operativ behandelt worden war. Als ich Schritte hörte, legte ich die Unterlagen zurück und betrat das Zimmer nach einmaligem Klopfen.

»Was wollen Sie?« Kaufmann hatte ein zugeschwollenes Auge und sah sehr blass aus. Er hing am Tropf und hatte einen Katheter.

»Wissen, wie es Ihnen geht.«

»Gut. Jetzt verschwinden Sie!«

»Was ist los mit Ihnen und Mahler?«

Ich zog mir einen Stuhl ganz dicht an sein Bett heran und machte es mir bequem. Ich war klar im Vorteil. Ich hatte Zeit, und er hatte Schmerzen. Ich konnte warten und er nicht aufstehen.

Im Nachbarbett schaute ein alter Mann mit Kopfhörern eine Reality-Serie. Er wirkte, als mache ihn wütend, was er sah.

»Das geht Sie einen Scheiß an.«

»Vielleicht.«

»Ich kenne noch nicht mal Ihren Namen.«

»Isa.«

Ich wusste, dass ich meine Identität nicht für immer geheim halten konnte, aber ich würde sie nicht widerstandslos preisgeben.

»Woher kannten Sie Katharina?«

»Arbeit.«

»Welches Projekt?«

»Es ist nicht zustande gekommen.«

»Wieso?«

»Ich hab's vermasselt.«

»Und Katharina sollte helfen?« Er lächelte – ganz kurz –, als erinnere er sich an etwas Schönes.

Ich antwortete nicht.

»Verprügeln müsste man den, so ein Schwein!«, schimpfte der alte Mann im Nebenbett plötzlich, und als ich mich überrascht zu ihm umdrehte, hob er nur die Schultern und murmelte: »Ja, ist doch wahr.«

»Ging es um ihre Tochter?«

Kaufmann zuckte zusammen, dann entspannte er sich, als gebe er auf.

»Ja. Er war ihr Lehrer damals! Hat sie geschwängert und sie dann gezwungen, das Kind wegzugeben!«

»Aber sie hat ihn später geheiratet.«

»Ja.«

»Hat er sie dazu auch gezwungen?«

»Nein, sie hat gesagt, sie war verliebt und wollte nicht, dass sie ›das Kind für nichts weggegeben hat‹.«

»Wann hat sie das gesagt?«

»In der Nacht vor ihrem Tod.« Er wich meinem Blick aus.

»Aber wieso hat Mahler Sie auf der Beerdigung geschlagen?«

»Weil sie ihn verlassen hat.«

Ich schwieg und ließ ihn in seiner Lüge liegen wie in einer

dreckigen Pfütze. Ich machte mich darauf gefasst, einfach so lange hier sitzen zu bleiben, wie die Besuchszeiten es erlaubten.

Ich sah, dass Tina sich per WhatsApp gemeldet hatte: Mister X war aus dem Bürogebäude am Potsdamer Platz gekommen und in einer Tiefgarage verschwunden. Sie hatte sich zu einer der rauchenden jungen Frauen gesellt und nach seinem Namen gefragt: John Roddish. Eine erste Internetsuche hatte nichts Brauchbares ergeben.

Ein Name! Der Rest würde sich finden.

Wir schwiegen. Bis auf das angestrengte Atmen von Kaufmann und die gedämpften Stimmen aus dem Kopfhörer des alten Mannes war es still. Ich schaute aus dem Fenster. Der Himmel war grau. Es hatte wieder angefangen zu schneien. Ich suchte Formen in den vorbeiziehenden Wolken. Als es klopfte, dauerte es eine Weile, bis das Geräusch wirklich bei mir ankam und ich mich zur Tür drehte.

John Roddish war genauso überrascht wie ich. Einen Moment lang sahen wir uns einfach nur an. Dann grinste er, ging auf mich zu und reichte mir die Hand. Ich nahm sie.

FÜNF

Als Karl noch klein war, hat er mir eines Abends kurz vor dem Einschlafen erklärt, dass er nicht mehr Winter heißen wollte. Sie hatten im Kindergarten über die Jahreszeiten gesprochen, und keiner (»Kein einzig keiner, Mama!«) mochte den Winter! Der Sommer hatte mit großem Vorsprung gewonnen. Eis, Strand und Wasserrutsche waren einfach nicht zu schlagen gewesen. Also hießen wir danach in unserer Welt jahrelang Sommer. So lange, bis Karl empört verkündet hat, es sei Babykram, sich einen falschen Namen zu geben. Da war er in der ersten Klasse.

»John Roddish. Was für ein Zufall. Schön, Sie wiederzusehen.«

Die Art und Weise, wie er »Zufall« aussprach, fiel mir natürlich auf, aber ich verbot mir, darüber zu spekulieren. Ein klein wenig verschleppt und zu betont auf der ersten Silbe. Er betrachtete einen Moment lang meinen Verband, ließ meine andere Hand dabei aber nicht los und sah dann erwartungsvoll auf. Ich wusste, dass ich mir die Gelegenheit nicht entgehen lassen durfte, möglichst viel über ihn und seine Verbindung zu Kaufmann und seiner Geliebten, Affäre, oder was auch immer Christine Schulz war, herauszufinden. Ich wusste auch, dass ich wegwollte, wegsollte, also antwortete ich: »Isa Sommer.«

Er nickte und gab meine Hand frei, ich zog sie zurück, und ich weiß heute, ich hätte schneller sein müssen.

»Hallo, Martin. Wie geht es dir?« Er klopfte Kaufmann auf die Schulter. Woraufhin dieser zusammenzuckte.

»Geht so.« Kaufmann sah aus dem Fenster. Er wollte ganz offenbar woanders sein – aber wo und mit wem, blieb sein Geheimnis.

»Sind Sie eine Freundin von Martin?«

Roddish ignorierte, dass Kaufmann uns ignorierte, und wandte sich wieder mir zu.

»Nein.«

»Interessant.«

»Sind Sie ein Freund?«

»Ich tue mein Bestes, um ihm zu helfen in dieser schwierigen Zeit.«

»Das ist sehr nett von Ihnen.«

Er sah mich an und wartete, aber ich fügte nichts hinzu. Im Comic hätten wir vermutlich eine gemeinsame Denkblase über unseren Köpfen gehabt, in der wir Arm drückten. Auch wenn seine Ähnlichkeit mit Charles mich anfänglich abgelenkt hatte, so war mir der Mann vor mir doch so fremd, dass es mir gelang, ihn einfach zu betrachten. Alle Gedanken, die mir kamen, nickte ich ab und ließ sie weiterziehen. Es waren sehr viele, sehr unterschiedliche Gedanken.

Letztlich war es Kaufmanns Bettnachbar, der uns unterbrach. »Besuchszeit ist vorbei! Kann ich jetzt endlich meine Ruhe haben?«, meckerte er ohne jede Herleitung und drückte ungeduldig auf den Rufknopf für die Schwester. »Ich muss mal pissen.«

Kaufmann selbst hatte die Augen geschlossen und schien zu schlafen. Roddish zog ein Handy aus der Tasche seines Mantels, legte es auf Kaufmanns Nachttisch, dann verließen wir wortlos das Zimmer.

»Wieso waren Sie in meinem Büro?«, fragte er, sobald wir nebeneinander im Aufzug standen.

Ich musste lachen. Natürlich war es »sein« Büro. Das Selbstverständnis eines Mannes, der es gewohnt war, gesehen zu werden, zu tun und zu bekommen, was er wollte, umgab ihn wie sein teures Aftershave. Oder die Behauptung, der Wunsch, so ein Mann zu sein. Nichts an seinem Auftreten ließ auf Unruhe schließen. Neugier ja, Zweifel nein.

»Und?«, hakte er nach und beobachtete mich dabei genau.

»Ich war im Büro von Christine Schulz. Dass es auch Ihres ist, habe ich weder gewusst, noch hat es eine Rolle gespielt.«

»Und was wollten Sie von Christine?«

»Wieso interessiert Sie das?«

Der Aufzug öffnete sich. Wir waren im Foyer.

»Kann ich Sie irgendwohin mitnehmen? Ich fahre nach Mitte.«

»Gerne.«

Er schien nicht überrascht, und das ärgerte mich, bildete er sich doch womöglich ein, dass ich an ihm und nicht an den Informationen, die er mir über Kaufmann und den Fall geben konnte, interessiert war. Ich folgte ihm zu einem schwarzen Audi R8. Er ging auf die Beifahrerseite und öffnete die Autotür für mich. Das machen gute Taxifahrer auch.

»Wenn Sie keine Freundin von Martin sind, wieso besuchen Sie ihn im Krankenhaus?«

»Gute Frage.«

»Die Sie nicht beantworten werden.«

Ich zuckte mit den Schultern und beobachtete meinen Fahrer von der Seite. Er sah gut aus, und das wusste er. Alles an ihm war gepflegt und teuer. Aber ich bekam kein Gefühl dafür, was in ihm vorging.

»Sie waren auf der Beerdigung. Da habe ich Sie zum ersten Mal gesehen. Jetzt fällt es mir wieder ein.« Er nickte, mit sich zufrieden.

»Woher kennen Sie Martin?«, fragte ich wie beiläufig.

»Über gemeinsame Freunde.«

»Christine Schulz?«

»Sie sind die Frau aus dem Hotel, nicht wahr? Martin hat von Ihnen erzählt.«

»Dann wissen Sie von der Affäre.«

»Ja.«

»Und?«

»Es steht mir nicht zu, zu urteilen. *The heart wants what the heart wants.*«

»Herz, hm?«

Wir schwiegen. In dem Wagen wurde es rasch zu warm. Und zu eng.

Roddish ließ mich am Hohenzollernplatz aussteigen und verabschiedete sich mit den Worten: »Ich hoffe, wir sehen uns wieder. Es war sehr … interessant.«

Ich dankte und ging nicht weiter darauf ein. Ich drehte mich um und sah nicht zurück.

In meinem Büro wartete Tina schon aufgeregt auf mich. Sie hatte herausgefunden, dass Roddish Single war, Raucher, der sich das Rauchen abgewöhnen wollte, dass er Golf spielte und zwischen London und Berlin pendelte. Er war Brite, Ende dreißig, ging dreimal die Woche in ein Fitnessstudio am Potsdamer Platz und ließ sich häufig Sushi ins Büro bringen, statt mit seinen Kollegen zum Mittagessen zu gehen.

»Es ist also nicht ›sein‹ Büro«, stellte ich triumphierend fest.

»Wie meinst du das?« Tina war irritiert.

»Egal, erzähl weiter.«

»Weiter? Jetzt kommt eigentlich der Teil, wo du mich umarmst, dich bedankst und mir eine Gehaltserhöhung versprichst.«

»Würde ich, wenn John mich nicht gerade in seinem Angeberauto hergefahren hätte. Er ist circa 1,92 Meter groß, Linkshänder und sehr von sich überzeugt.« Ich schrieb die Autonummer auf den Notizblock, der vor ihr lag.

Es war ein guter Tag gewesen. Manchmal gibt es die. Da führt eine Spur zur nächsten, und dann kommen auch noch glückliche Zufälle dazu. Ich hatte bisher keine Ahnung, wie sich die Teile letztlich zusammenfügen würden, aber ich hatte heute einige davon gefunden.

Tina ging und legte mir zum Abschied kopfschüttelnd den Büroschlüssel auf den Schreibtisch, den Sebastian in den Briefkasten geworfen hatte.

»Keine Predigt, bitte«, flehte ich.

»Es gibt Singles, weißt du.«

Ich nickte nur.

SECHS

Ich habe Charles nie gesucht. Ich hatte meine Chance, ihn aufzuhalten, und er hatte seine, mir zu vergeben, dass ich es nicht getan habe. Aber an diesem Abend tippte ich seinen Namen in das Suchfeld meines Browsers.

Er kam aus Schottland (Glasgow), hatte nach seiner Weltreise, an deren Ende wir uns in Vancouver getroffen hatten, studieren wollen. Am liebsten in Barcelona oder in Berlin. Ich erinnere mich noch genau an die Mischung aus Vorfreude und Panik, die mich befiel, als er das erzählte. Auf ein Studienfach war er noch nicht festgelegt gewesen, und ich hatte keine Ahnung, was seine Eltern beruflich gemacht hatten. Ich wusste nur, dass sie damals schon lange geschieden gewesen waren. Ich hatte also außer seinem Namen keinen Anhaltspunkt, und Männer mit dem Namen Charles Miller gibt es Tausende.

Ich habe an diesem Abend ein Kapitel geöffnet, das fast sechzehn Jahre lang geschlossen gewesen war. Ich habe mir eingebildet, dass ich es schnell wieder schließen könnte. Ich hatte ja keine Ahnung.

Irgendwann während meiner Recherche rief Sebastian an (er hat seinen eigenen Klingelton), aber ich lehnte den Anruf ab. Karl fragte per WhatsApp, ob er eine halbe Stunde später kommen dürfe. Ich habe es ihm erlaubt. Er hat mit einem »best mom«-GIF geantwortet, das ganz sicher nicht er ausgesucht hatte. Ich aß ein paar Kekse und trank Tee und suchte weiter. Ich verglich Fotos, sortierte sie nach Alter, Hautfarbe und unterschiedlichen Abkürzungsmöglichkeiten. Ich konzentrierte mich bei der Suche erst auf Schottland, Barcelona und Berlin, dann erweiterte ich sie, und auch wenn ich mir dabei albern vorkam, suchte ich im nächsten Schritt in Vancouver. Gegen fünf Uhr morgens war ich so müde, dass ich mich im Atelier hinlegte. Zugedeckt mit meinem Parka, der nach teurem Aftershave roch, schlief ich auf dem Sofa ein, auf dem ich sonst mit einem verheirateten Mann Sex hatte, und träumte von einem Geist.

Tina weckte mich am nächsten Morgen und war sauer. Sie hatte sich Sorgen gemacht, als ich nicht nach Hause gekommen war, und hatte Karl vorgelogen, ich sei auf einer Observationstour. Als sie mir einen Stapel Rechnungen auf den Schreibtisch knallte, der Rechner aus dem Ruhezustand erwachte und sie meinen Suchbegriff las, änderte sich ihr Gesichtsausdruck.

»Fuck, Isa.«

Ich ging nach Hause, um zu duschen. Am Nachmittag war endlich die Bürgersprechstunde bei Richard Mahler, und ich hatte Fragen.

Ich checkte die Wanze in Katharinas Wohnung, aber wenig überraschend war sie stumm geblieben. Ich konnte vorerst nur abwarten, bis Kaufmann aus dem Krankenhaus entlassen wurde, und hoffen, dass er nicht zu seinen Eltern nach Prenzelberg zog.

Als ich mit nassen Haaren und einem Becher Kaffee am Küchentisch saß, bekam ich eine SMS von Sebastian. Er hatte einen Gerichtstermin und fragte, ob ich anschließend im Café am Neuen See mit ihm essen würde.

Ich war fertig und schon an der Wohnungstür, als ich noch mal in mein Zimmer zurückging, um ganz oben, ganz hinten in meinem Schrank den Karton mit den Reiseerinnerungen hervorzukramen. Charles' Foto lag obenauf, als habe es auf mich gewartet.

Sebastian saß an einem Tisch mit Blick auf den See. Er war wie immer glatt rasiert. Sein Anzug war ein bisschen eng an den Schultern. Er war oft getragen und die Hose durch das häufigere Reinigen etwas heller als das Jackett.

»Du siehst müde aus«, begrüßte er mich und stand auf.

Ich nickte. Er hatte recht. Sollte es mir nicht weniger egal sein, wenn der Mann, mit dem ich schlief, so etwas zu mir sagte?

Wir standen uns gegenüber und wussten beide nicht, was die angemessene Begrüßung war. Wir waren in einem öffentlichen Raum, aber nicht in beruflicher Angelegenheit. Wenn wir sonst ausnahmsweise zusammen essen gingen, war das nach dem Sex, und wir kamen und gingen miteinander. Ich setzte mich nach kurzem Zögern, und Sebastian tat es mir gleich.

»Was war das für ein Notfall?«, fragte er, und bevor ich antworten und damit lügen konnte, fügte er hinzu: »Du hättest mich wecken sollen.«

»Du sahst müde aus.«

»Ich bin erst um drei aufgewacht und …« Er brach ab, aber ich wusste natürlich, dass er etwas hätte sagen müssen, was mit seiner Familie zu tun hatte. Ich entschied mich, dem Gedanken nicht zu folgen.

»Wie war die Verhandlung?«

»Gut.«

»Glückwunsch.«

»Was willst du essen?«

»Ich habe keinen großen Hunger.«

»Was ist los mit dir, Isa?«

»Wie meinst du das?«

Diesmal wartete er. Ich spürte den Druck oder Sog, mit dem er etwas von mir wollte, was ich nicht bereit war zu geben.

»Isa, ich kenne dich, und du bist nicht du selbst seit dem Tod von Katharina Schneider.«

Ich merkte, wie ich mich aufsetzte und etwas in meinem Brustkorb sich zusammenzog.

»Ich bin einfach überarbeitet.«

Sebastian lachte.

»Früher hast du mich nie angelogen. Du bist eine furchtbare Lügnerin.«

»Ich vermute, du lügst sehr viel besser.«

Wir sahen uns eine Weile an und sahen uns doch nicht.

»Sehr viel besser.« Er war ganz klar verletzt und bemüht, ruhig zu bleiben.

Der Kellner kam, und ich bestellte trotzig zu trinken und zu essen. Sebastian winkte ab.

»Gibt es einen anderen?« Er hatte sich wieder im Griff. Seine Stimme war kontrolliert und erinnerte mich an die Aufnahme aus Katharinas Wohnung.

»Einen anderen, mit dem ich mehrmals in der Woche in meinem Büro Sex habe?«

»Zum Beispiel.«

»So viel Freizeit habe ich nicht.«

Ein Teil von mir schob Sebastian und mich in Richtung einer Klippe. Und hatte Spaß daran.

»Was mochtest du so an ihr?«

»Ihren Wunsch nach Klarheit.«

Ich konnte sehen, dass er mit sich rang.

»Und ihren Mut.«

Der Kellner brachte mein Getränk. Ich bedankte mich extra freundlich.

»Der toxikologische Bericht sagt etwas anderes. Sie hatte Antidepressiva, Benzodiazepine und Alkohol im Blut. Und die Mittel hat sie schon seit Wochen genommen. So mutig und klar war sie anscheinend nicht.«

Ich weiß nicht, was mich in dem Moment mehr überrascht hat – die Tatsache, dass Katharina sich für Medikamente entschieden hatte, oder dass es Sebastian so eine Freude zu bereiten schien, mehr über sie zu wissen als ich. Mir war immer klar gewesen, dass er keine Toleranz für Verletzlichkeit hat. Egal, wie sehr er sie vielleicht versteht.

»Wieso willst du unbedingt, dass sie sich umgebracht hat?«

»Ich will, dass du diese Sache abhakst«, lenkte er sofort um. Seine Kiefermuskeln arbeiteten.

»Wieso glaubst du, dass dir das zusteht?«

»Weil ich will, dass du glücklich bist.«

Ich war vollkommen bereit, wütend zu werden und uns den letzten Meter in den Abgrund zu stoßen – tat ich aber nicht. Stattdessen nahm ich seine Hand und sagte: »Danke.«

Und zu meiner Überraschung fühlte sich das richtig an.

SIEBEN

Richard Mahlers Bürgersprechstunde war nicht besonders gut besucht. Ich fragte mich, ob das für oder gegen die Beziehung zu seinen Wählern sprach.

Wenn man gut warten kann, ist es meist nicht schwer, seine Gedanken zu ordnen. Es ist ein bisschen so, wie einen großen Pool voller Krempel zu fluten und zu schauen, was schwimmt, was auf den Boden sinkt, wie die Gegenstände auseinandertreiben und was sich auflöst. Ich saß in einem schlichten weißen Raum, der mehr an das Wartezimmer eines Arztes als an ein Büro erinnerte, ließ die Gedanken an mein Treffen mit Sebastian los und bereitete mich auf die Begegnung mit Katharinas erstem Mann vor. An den Wänden hingen Wahlkampfplakate und Fotos von ihm mit bekannten Politikern. Was seine Wähler wohl von diesem Fokus auf sich selbst hielten? Zwanzig Minuten und zwei Bürger später führte mich die eifrige junge Assistentin in den Besprechungsraum.

»Guten Tag. Was kann ich für Sie tun?« Richard Mahler stand neben einem von zwei Sesseln. Auf dem kleinen Tisch dazwischen lagen ein Block und ein Stift. Die sichtbare Seite des Blocks war bis unten beschrieben. Er deutete mit einer bandagierten Hand auf meine und machte einen Spruch über Gemeinsamkeiten, dann bot er mir den freien Sessel an und setzte sich.

»Ich bin eine Freundin von Katharina Schneider.«

Sein Gesichtsausdruck veränderte sich augenblicklich. Plötzlich war er wie aus Wachs. Wo vorher ein selbstbewusstes Lächeln um Beachtung geheischt hatte, war jetzt alle Sicherheit verschwunden.

»Sie fehlt mir sehr.«

Er schüttelte den Kopf, als wundere er sich selbst darüber, dass er die Worte in meinem Beisein ausgesprochen hatte. Ich war mir nicht sicher, ob er log.

»Sie hat mir von Ihnen erzählt.« Ich wartete.

»Nur Gutes, hoffe ich.«

Es war mir peinlich, diesen Satz zu hören. Ich hoffte, dass es für ihn noch schlimmer war, ihn gesagt zu haben. Der große Mann mit dem schütteren Haar versteckte sich hinter seinem Schreibblock. Er versuchte sichtlich, die Situation unter Kontrolle zu bringen. Er schlug ein neues Blatt auf und schrieb, wegen des Verbands etwas unbeholfen, ein paar Wörter, dann einen Doppelpunkt: »Was führt Sie her?«

»Ich will wissen, wieso sie tot ist.«

»Wie bitte?«

»Ich will wissen, wieso Katharina mit zertrümmertem Schädel in einer Blutlache gestorben ist, gerade als sie sich entschieden hatte, Ihre gemeinsame Tochter zu suchen.«

»Wovon reden Sie?«

»Davon, dass sie meine Hilfe dabei wollte.«

»Bitte gehen Sie. Es ist offensichtlich, dass Sie unter großem Stress stehen, und natürlich verstehe ich das. Wir alle sind schockiert und suchen nach einer Erklärung oder einem Schuldigen, vielleicht kann Ihnen ein Psychologe …« Er flüchtete sich in einen Tonfall, auf den sich Politiker fast aller Ausrichtungen anscheinend geeinigt haben.

»Ihre Besorgnis ist nicht nötig«, sagte ich und blieb sitzen.

Ich glaube, viele Männer sind immer noch überrascht, wenn eine Frau nicht tut, was sie ihr sagen. Und erst recht, wenn sie ihre konkreten Anweisungen schlicht ignoriert.

»Katharina hat Sie kurz vor ihrem Tod angerufen, sie wollte die Tochter finden, die sie – auf Ihr Drängen hin – aufgegeben hat. Und ihr Ehemann liegt im Krankenhaus, weil er sich in Ihrem Haus ›verletzt‹ hat.« Ich wies auf Mahlers verbundene Hand und wartete.

»Was wollen Sie andeuten?«

»Ich warte, bis ich genug Fakten zusammen habe. Andeutungen bringen uns nicht weiter, oder?«

Mahler lehnte sich zu mir über den Tisch. In seinen Augen flackerte etwas. Angst? Wut? Hass?

»Wenn das eine Drohung ist, werden Sie es bereuen!« Seine Stimme bebte, und ich konnte seinen Atem spüren.

Ich nehme kaum etwas persönlich. Das habe ich beim Taxifahren gelernt. Für die wenigsten schlecht gelaunten Fahrgäste spielt es eine Rolle, wen sie anmaulen; auch den wütenden ist es egal, wen sie beschimpfen, den verzweifelten, wem sie ihr Leid klagen. Taxifahrer werden als Chauffeur plus Mülleimer, Punchingball oder Blitzableiter benutzt und eben meist nicht als Menschen gesehen, die ihr eigenes Leben in den engen Raum mitbringen, den sie für eine kleine Weile mit ihren Fahrgästen teilen. Damit kann man auf sehr unterschiedliche Weise umgehen. Ich habe mich anfangs in meine inneren Mauern zurückgezogen und dort abgewartet, bis der Sturm vorbei war. Das habe ich immer schon gemacht, solange ich denken kann. Das ist eng, aber sicher. Erst Eugen hat mir beigebracht, das Ganze nicht persönlich zu nehmen, wodurch alles viel leichter wurde. Jeder Angriff, dem ich nicht entkommen konnte, wurde so eine innere Übung im Gelangweilt-eine-Trainingspratze-hinhalten-und-dabei-an-andere-Dinge-Denken.

Als sich an diesem Nachmittag Richard Mahler, Bundestagsabgeordneter, politischer Hoffnungsträger und Vater von drei Kindern, mit geschwollener Halsschlagader und gerötetem Gesicht zu mir herüberbeugte und versuchte, mir Angst zu machen, war das anders. Als ich noch Taxi gefahren bin, hatte ich eine innere Abmachung mit mir: Solange es mir gelang, das Verhalten der Fahrgäste nicht persönlich zu nehmen, so lange durften sie mir egal sein. Denn das wollte ich: dass sie mir egal waren. Richard Mahler war mir nicht egal. Mit einer Verzögerung von achtundvierzig Stunden traf mich eine Welle der Wut auf den erwachsenen Mann und Lehrer, der ein sechzehnjähriges Mädchen geschwängert und dann nicht nur gezwungen hatte, das Kind zur Adoption freizugeben, sondern auch dessen Existenz zu verleugnen und alles, was damit zusammenhing, wie etwa Schwangerschaft, Geburt, Schuldgefühle und Verlustschmerz. Es war mir egal, ob Katharina ihn wirklich geliebt oder es einfach nicht besser gewusst hatte, bis sie Kaufmann traf. Es war mir egal, was sie gesagt hätte, wie ihre Sicht auf die Vorkommnisse von damals gewesen war.

Ich, Isadora Winter, war bereit zum Kampf.

»Keine Drohung. Ein Versprechen. Wenn Sie etwas mit Katharinas Tod zu tun haben, werde ich es herausfinden und Sie dafür zur Rechenschaft ziehen.«

ACHT

Ich erinnere mich gut daran, wie ich mich gefühlt habe, als ich Mahler den Rücken zuwandte und aus dem Besprechungsraum ging. Als würde ich mich zwingen, mich langsam und ohne mich umzuschauen von einem großen Raubtier entfernen. Draußen war es mittlerweile dunkel geworden. Die geräumten Straßen glänzten nass im Scheinwerferlicht des Berufsverkehrs. Mit jedem Schritt, den ich zwischen mich und Mahler brachte, wurden meine Gedanken klarer und meine Wut größer.

Ich weiß nicht, wie oft ich es erlebt habe: Klienten, die nicht mehr wissen, was »wahr« ist. Sie kommen mit Aktenordnern voller Briefe, ausgedruckter E-Mails und SMS, sie schicken Gigabyte an mitgeschnittenen Telefongesprächen, um von mir bestätigt zu bekommen, dass sie nicht verrückt sind. Dass sie ein Recht haben, einen inneren Widerstand zu empfinden, dagegen, wie ihr Mann, ihre Frau, Mutter oder Vater, ihre Chefin oder ihr Angestellter die »Wahrheit« darstellt. Ich weigere mich immer, das ganze Zeug zu lesen oder anzuhören. Sie sitzen mir dann gegenüber und erzählen mir, wie oft und auf wie viele verschiedene Arten sie versucht haben, eine Lösung zu finden oder »den anderen« zu überzeugen oder ein für alle Mal aus dem Karussell, in dem sie sich gefangen fühlen, auszusteigen. Wenn ich dann tue, was ich immer tue, nämlich zuhören, und danach auf die Frage, die immer kommt, nämlich »Glauben Sie mir?«, mit »Ja« antworte, passiert eines von zwei Dingen: Sie sind entweder vollkommen erleichtert und schöpfen Hoffnung, oder sie werden wütend und misstrauisch, weil es ja gar nicht so einfach sein kann. Denn sonst wären der Schmerz und die Mühe und der Kampf ja umsonst gewesen. Was ich ihnen nicht sage, ist, dass ich ihnen »ihre« Wahrheit glaube, es aber so viele Wahrheiten gibt wie Beteiligte. Plus eine, und das ist meine.

Mahler hatte versucht, mich zu einem unzurechnungsfähigen, emotional instabilen Opfer von Trauma zu machen, das er wegschicken oder einschüchtern konnte, wie es ihm passte. Und ich fragte mich, ob er so auch mit Katharina umgegangen war, und wenn ja, wie sie darauf reagiert hatte. Hatte sie ihm geglaubt, hatte sie sich drehen lassen, bis ihr schwindelig gewesen war und sie nicht mehr gewusst hatte, wo sie hinwollte? Hatte sie deshalb auf den alten Fotos so unscheinbar ausgesehen – weil sie gar nicht gewesen war, wo und wer sie hatte sein wollen? Hatte ihr Strahlen erst begonnen, als sie gewagt hatte, sich für Kaufmann zu entscheiden? War er ihr Ausweg in die Freiheit gewesen? Hatte sie sich vielleicht doch selbst umgebracht, als ihre Wahrheit nicht mehr ihre gewesen war und der Brennpunkt für ihr Strahlen sie verraten hatte?

Mir war kalt, und ich war müde. Müde vom Wütend- und Mittendrin-Sein. Ich verfing mich in den verschiedenen Kombinationsmöglichkeiten, die sich aus dem ergaben, was ich bisher über Katharina und ihr Leben herausgefunden hatte. Dabei war mir klar, dass das nur ein Bruchteil dessen war, was sie und ihre Welt ausgemacht und an Kräften auf sie gewirkt hatte.

Ich war in Gedanken versunken auf die Schöneberger Brücke eingebogen, als mir endlich bewusst wurde, dass mir ein dunkler Wagen folgte. Ich hatte ihn schon vorher bemerkt, aber nicht verstanden wieso: Er hatte kein Nummernschild. Ein schwarzer Kombi mit abgedunkelten Scheiben.

Der Augenblick, in dem mir klar wurde, dass das Gefahr bedeutete, schien so etwas wie der Startschuss für den Fahrer des Wagens zu sein. Er gab Vollgas. Die Reifen quietschten. Ich rannte los, rutschte auf dem vereisten Asphalt aus, rappelte mich wieder hoch. Ich schaute mich um und sah die Scheinwerfer aufflammen. Das Ende der Brücke war unerreichbar!

Ich dachte an Karl und an Katharina, zog mich über das Geländer. Der Wagen raste direkt auf mich zu. Das Stahlgitter würde mich nicht schützen! Ich stand auf einem nur einige Zentimeter breiten Sims, unter mir der fast zugefrorene Landwehrkanal. Ich holte tief Luft und sprang.

TEIL 6

»Love is possible.«

EINS

Die Kälte war so absurd, dass ich an nichts anderes denken konnte. Im Reflex hatte ich nach Luft geschnappt, als ich ins eisige Wasser des Kanals eingetaucht war. Mein Oberkörper drohte zu bersten und wurde gleichzeitig zusammengedrückt, mein Kopf schmerzte, als würden mir Messer in die Augenhöhlen gerammt, und mein Parka und meine Umhängetasche zogen mich nach unten. Der Landwehrkanal ist nicht einmal zwei Meter tief, und doch war ich vollkommen gelähmt vor Kälte und Schmerz.

Ich glaube heute, es war Wut, die mich zurück an die Wasseroberfläche trieb. Mehr noch als der Wunsch, zu überleben.

Ich kann mich an das rostige Metall der Nottreppe erinnern und daran, wie das Wasser aus meiner Tasche lief. Dann an Schneehaufen und gefrorenes Gras und an Scheinwerfer, die mich blendeten, als ich auf die Fahrbahn des Halleschen Ufers stolperte. Nur Zentimeter vor mir kam ein Taxi zum Stehen. Die Fahrerin, eine kleine blonde Frau in ihren Fünfzigern, sprang heraus und zerrte mich ins Auto. Im Rückspiegel glaubte ich, einen schwarzen Wagen mit demolierter Motorhaube zu erkennen, der einen U-Turn machte und in der Dunkelheit verschwand.

Die Taxifahrerin, eine vierfache Mutter aus Adlershof, erzählte zum dritten Mal, wie sie mich gefunden und gerettet hatte. Die junge Ärztin bat sie, den Behandlungsraum endlich zu verlassen, und ich konnte mich gerade noch mit einem Nicken bedanken, bevor sich die Tür hinter ihr schloss. Während der kurzen Fahrt hierher hatte ich wieder und wieder die Konzessionsnummer ihres Wagens gemurmelt. Sie schien das Wichtigste auf der Welt zu sein.

Die junge Ärztin in der Rettungsstelle der Elisabeth Klinik in der Lützowstraße war sehr freundlich, auch wenn sie mir ganz offensichtlich nicht glaubte, dass ich aus Versehen ins Wasser gefallen war. Sie fragte nach Selbstmordgedanken, Drogen- und Alkoholkonsum und lachte, als ich wissen wollte, ob ich gehen könne. Sie hatte natürlich den Verband an meiner Hand bemerkt, ihn gewechselt, und auch wenn ihr klar sein musste, dass ich genäht und professionell versorgt worden war, beruhigte sie das offenbar wenig. Sie muss mich für die unentschlossenste oder unfähigste Selbstmörderin der Welt gehalten haben. Ich lag mit Wärmepackungen auf Bauch und Oberkörper auf der Untersuchungsliege, hatte eine Infusionsnadel in der linken Armbeuge und musste aus einer Schnabeltasse süßen Kräutertee trinken. Meine Körpertemperatur betrug fünfunddreißig Grad Celsius, was anscheinend ein entscheidender Wert war, um mich zur Beobachtung stationär aufzunehmen. (Das und das eiskalte, dreckige Wasser des Landwehrkanals, das ich eingeatmet und dann schmerzhaft wieder ausgehustet hatte.) Vielleicht wollte sie auch nur sichergehen, dass ich mich während ihrer Schicht nicht wieder von einer Brücke stürzte. Auf jeden Fall reagierte sie nicht einmal auf meine – zugegebenermaßen mittlerweile schon müde – Wut, was mich nervte, aber auch beeindruckte. Also fand ich mich damit ab, die Nacht in einem Dreibettzimmer in Tiergarten zu verbringen.

Ich rief Tina an und bat sie, mir ein paar Sachen vorbeizubringen. Wir einigten uns am Telefon darauf, dass es besser war, Karl nichts zu erzählen.

»Karl glaubt, du hast einen Freund und bleibst deshalb nächtelang weg«, erklärte sie grinsend, als sie mir kurze Zeit später die kleine Reisetasche und ein Ersatzhandy reichte. Meine SIM-Karte war in Ordnung, und ich hoffte, dass auch mein Handy sich wieder fangen würde, wenn es erst einmal getrocknet war.

»Wahrscheinlich besser so.«

Zu meinem Glück drängte der Pfleger Tina zum Gehen. Dass sie es so spät und außerhalb der Besuchszeiten geschafft hatte, überhaupt bis in mein Zimmer zu kommen, war eine ihrer Meisterleistungen. Sie gab mir einen Kuss auf die Wange und konnte es nicht lassen, mir noch mal zu sagen, wie fertig ich aussah.

Die alte Frau im Bett gegenüber schüttelte den Kopf und schimpfte etwas von »früher hätte es das nicht gegeben« und »sollen sich gefälligst zusammennehmen, bis sie in ihrem eigenen Schlafzimmer sind«. Tina zwinkerte anzüglich und warf ihr eine Kusshand zu.

Die Nacht war unruhig. Ich wurde mehrfach von der Nachtschwester geweckt, die meinen Blutdruck und Puls checkte. Kaum war ich eingenickt, schreckte ich wieder aus dem Schlaf. Immer wieder sah ich das Auto auf mich zurasen, und immer wieder fiel ich ins Dunkle. Als der Krankenhaustag schließlich offiziell begann, war ich erleichtert.

Nach dem Frühstück und einer sehr warmen Dusche entschied ich mich, Sebastian anzurufen. Als er hörte, dass ich im Krankenhaus war, versprach er, eine Besprechung zu verschieben und sofort zu kommen. Eine Stunde später saßen wir nebeneinander im Flur in einer Nische. Sebastian hatte Kaffee aus dem Automaten geholt und musterte mich ernst.

»Ich bin nicht einfach so in den Landwehrkanal gesprungen.« Ich stolperte unbeholfen in das Gespräch, das so deutlich ein hässliches Gemisch aus Privatem und Beruflichem werden würde.

»Was?« Sebastian, der bisher ahnungslos gewesen war, sah mich entsetzt an.

»Jemand wollte mich überfahren.«

»Wann war das? Gibt es Zeugen? Was war das für ein Wagen? Hast du dir das Kennzeichen gemerkt? Kannst du den Fahrer beschreiben? Könnte es ein Glätte-Unfall gewesen sein? Wer hat ein Interesse daran, dich umzubringen?«

Er unterbrach sich selbst, holte tief Luft und stellte die Fragen noch mal. Diesmal ruhig und distanziert und mit einem Notizblock in der Hand.

Ich wusste, dass es ein Risiko war, ihm von Mahler, der verlorenen Tochter und Katharinas Entscheidung, diese zu suchen, zu erzählen. Ich hatte den »Priorität«-Stempel auf der Akte gesehen, und dem Lauf der Dinge folgend, ging ich davon aus, dass irgendjemand, der Einfluss im Dezernat hatte, wollte, dass der Fall abgeschlossen war und blieb. Aber ich musste eingestehen – nur mir selbst, jedoch mit allen Konsequenzen: Ich hatte Angst. Um mein Leben, um das, was mein Leben noch werden sollte, aber auch um die Varianten der Wahrheit, die Katharina in den Tod und die verlorene Tochter wer weiß wohin geführt hatten. Wenn ich nicht weiterkam mit meinen Ermittlungen, aus welchem Grund auch immer, und niemand sie übernahm, würden diese Wahrheiten verloren gehen und damit die Versionen von Mahler, Kaufmann und Christine Schulz übrig bleiben. Das durfte nicht passieren. Also setzte ich alles auf die Karte Sebastian.

»Du musst die Akte Schneider wieder öffnen.«

Sebastian ließ Stift und Block sinken und sah mich enttäuscht an.

»Das ist nicht dein Ernst!«

»Doch.«

Einen Moment lang glaubte ich, er würde aufstehen und gehen. Aber dann sah er sich um, als wolle er sich vergewissern, dass wir uns wirklich in einem Krankenhaus befanden und ich wirklich mit einer Nadel im Arm neben einem Infusionsständer saß. Der Beutel war schon lange leer, aber in diesem Moment war ich der gestressten Stationsschwester, die noch keine Zeit für mich gehabt hatte, dankbar, weil ich dadurch angeschlagener aussah, als ich mich fühlte. Ich hoffte, das würde Sebastian unter Druck setzen.

»Versprich mir, den Fall wieder aufzunehmen!«

»Rede!« Mehr würde ich nicht bekommen. »Und Isa, wenn du wieder Informationen unterschlägst, werde ich dich persönlich wegen Strafvereitelung verhaften.«

»Ich weiß.« Und das war die Wahrheit. Was bedeutete, dass ich mich nicht erwischen lassen durfte. Denn ich hatte nicht vor, ihm von der Wanze in Katharinas Wohnung, von Roddish, meinem Besuch bei Frau Mahler, meinem Gespräch mit Samira oder Tinas Observation von Christine Schulz zu erzählen.

»Ein schwarzer Skoda Superb ohne Kennzeichen hat versucht, mich auf der Schöneberger Brücke zu überfahren. Ich hatte keine Wahl, und er hat jetzt einen demolierten Kühler.«

Sebastian sah mich nachdenklich an, dann nickte er anerkennend.

Also gab ich wörtlich mein Gespräch mit Mahler wieder, schilderte meinen Weg bis zur Schöneberger Brücke, begründete mein Wissen um die Tochter mit der Aussage von Brigitta Borchert, die sicher unser Treffen bestätigen würde. Den Erkenntnissprung zu Mahler erklärte ich mit Bauchgefühl und meinen Besuch bei ihm als Versuch, ihn mit einem Bluff dazu zu bringen, sich zu seiner Vaterschaft zu bekennen. Was er, meiner Meinung nach, getan hatte.

Als ich fertig war, sah ich Sebastian an, der noch eine Weile weiterschrieb und auch danach seinen Blick gesenkt hielt.

Ich hatte mich verschätzt!

»Isa, das reicht nicht.«

Mein Herz schlug so stark, dass er es sehen musste, aber ich versuchte, den Schwall aus Wut und Enttäuschung abzuwarten, bevor ich etwas sagte.

»Natürlich werden wir den Skoda suchen und Zeugen und …«

»Vergiss es! Es gibt keinen Skoda. Wenn du Mahler nicht unter die Lupe nimmst, bin ich aus Spaß in den Landwehrkanal gesprungen.«

»Willst du mich erpressen? Du weißt, ich muss dem nachgehen, wenn jemand versucht, dich – oder jeden anderen – umzubringen.«

»Musst du?«

»Was soll das heißen?«

»Ich glaube, du ermittelst nur dann, wenn es dir passt. Was hat Mahler dir versprochen? Oder läuft das über deine Vorgesetzten?«

Ich stand auf und wollte in Richtung meines Zimmers. Sebastian versuchte, mich aufzuhalten, indem er den Infusionsständer festhielt. Ich riss mir die Nadel aus dem Arm.

»Isa. Wenn du jetzt gehst, war es das!«

»Was war was?«, murmelte ich und ging.

ZWEI

Eine halbe Stunde später war ich angezogen und hatte meine Sachen gepackt. Ich wartete die Visite gar nicht erst ab und ließ mich auf eigene Verantwortung entlassen.

Von Sebastian war nichts zu sehen.

Eugen wartete im Foyer und bestand darauf, mir die Tasche abzunehmen. Er tastete nach meiner Hand und ließ sie nicht los, selbst als ich sie reflexartig zurückziehen wollte. Als wir in die eisige Kälte traten, brannten Tränen in meinen Augen.

Zu Hause wartete Tina auf mich, und ich erzählte ihr alles. Sie starrte mich entgeistert an.

»Fuck, Isa! Was machen wir jetzt?«

»Keine Ahnung, ich bin noch nie fast umgebracht worden.«

»Du musst Anzeige erstatten!«

»Was bringt das? Aus dem Zusammenhang genommen, war das ein Verkehrsunfall mit Sachschaden und vielleicht Körperverletzung.«

»Lass es uns ausprobieren.«

»Nein, ich muss das alleine schaffen, und das heißt, dass du dich ab sofort raushältst.«

»Auf keinen Fall!«

»Tina, bitte. Ich kann nicht auch noch Angst um dich haben.«

»Was ist mit Karl?«

»Ich bin sicher, dass er nicht in Gefahr ist.« Während ich das sagte, wurde mir klar, dass ich das hoffen, aber nicht wissen konnte. Es war, als stürze ich wieder – aber diesmal tiefer und tiefer.

»Na, davon gehe ich aus!« Tinas Stimme wackelte, stabilisierte sich aber schnell wieder. »Und das meine ich gar nicht. Ich meine, wenn dir was passiert, was wird dann aus ihm?«

Ich riss mich aus meiner Angst.

»Du bist ja da. Ihr werdet das schon hinkriegen.«

»Isa! Verdammte Scheiße! Was redest du?«

Ich stand auf und ging ans Fenster. Der Spätibesitzer stand vor seinem Laden und rauchte. Er sah wieder traurig aus.

»Was willst du von mir? Dass ich mit den Fingern schnippe, und alles ist wie früher? Dass ich so tue, als sei nichts passiert? Dass ich zur Polizei renne und es denen überlasse, einen Scheißdreck zu tun?«

Ich merkte erst jetzt, dass ich zitterte. Ein Gemisch aus Angst, Wut und Ungeduld brannte in mir und verbrauchte all meine Energie.

»Ich kann nicht zurück.«

Tinas Handy klingelte, aber sie beachtete es nicht. Stattdessen sah sie mich verzweifelt an. Vor mir blitzte das Bild einer Mangafigur auf, in deren riesigen Augen perfekte Tränen glitzerten. Dann schüttelte sie sich wie ein nasser Hund und verkündete: »Okay! Es ist zwar zum Kotzen, und ich hasse dich dafür, aber du hast recht. Du ermittelst, ich kümmere mich im Hintergrund, und wenn du umgebracht wirst, halte ich die kitschigste Grabrede, die die Welt je gehört hat.«

»Deal.« Ich wünschte, ich hätte lachen können, stattdessen ging ich zu ihr und umarmte sie. Das tue ich selten, und manchmal kann ich irgendwo zwischen Herz und Magen spüren, dass es mehr Einschränkung als Freiheit ist, Gründe zu brauchen, um den Abstand zwischen mir und anderen Menschen zu überwinden. Eugens Stimme wird immer ganz warm, wenn er Nadjas Lieblingszitat von Tolstoi erwähnt: »Ich frage mich, was bedeutet die Hölle? Ich behaupte: die Unfähigkeit zu lieben.« Ich werde immer nervös, wenn ich es höre.

Ich entschied mich, Kaufmann noch einmal im Krankenhaus zu besuchen. Ich hatte die Hoffnung, dass er mir mehr über seinen Streit mit Mahler verraten würde. Mein Problem dabei war, dass ich ihm nicht traute. Schließlich war er der Grund, warum Katharina zu mir gekommen war, und noch immer deutete ich ihre letzten Worte an mich als auf ihn bezogen, obwohl mir inzwischen klar war, dass das eine vorschnelle Schlussfolgerung gewesen sein könnte.

Ich zwang mich, die BVG zu benutzen, um mir zu beweisen, dass ich mich nicht einschüchtern ließ. Es ist mein Job, Menschen zu verfolgen, ohne dass sie es ahnen. Ich weiß, worauf ich achte, wenn ich selbst observiere. Nun suchte ich unauffällig den Waggon der U7 ab, und als ich den Fehrbelliner Platz erreichte, machte ich den Umweg ganz aus der Haltestelle raus, über die Straße und auf der anderen Seite wieder runter, um in die U3 umzusteigen. Ich bemerkte niemanden, der mir folgte.

Als ich im Krankenhaus ankam, saß Martin Kaufmann in seinem Bett und starrte aus dem Fenster. Sein Zimmernachbar schnarchte bei flackerndem Fernseher. Ich zog mir grußlos einen Stuhl heran und setzte mich. Unterwegs hatte ich Kaffee besorgt und stellte einen der beiden Becher auf den Nachttisch.

»Was wollen Sie schon wieder?«, fragte Kaufmann, ohne sich zu mir umzudrehen.

»Mein Name ist Isadora Winter. Ich bin Privatdetektivin.« Ich legte meine Visitenkarte neben den Kaffee.

Er nickte langsam. Weil er die Tatsache gleichgültig hinnahm, oder, weil sie ihm nicht neu war, konnte ich nicht sagen.

»Erzählen Sie mir jetzt, wieso Sie mitten in der Nacht zu Mahler nach Hause gegangen sind, um sich halb totschlagen zu lassen?«

»Woher wissen Sie das?«

»Das ist mein Job.«

Er drehte seinen Kopf und sah mich das erste Mal an. Sein Veilchen war blau geworden, und seine komplette linke Gesichtshälfte war geschwollen. Es sah aus, als bestünde sein Kopf aus zwei Teilen, die jeweils zu sehr unterschiedlichen Geschöpfen gehörten. Die rechte Hälfte war hager und blass. Mit dem tief liegenden Auge und den scharfen Falten um den Mund ähnelte sie einem Totenschädel. Die andere war so geschwollen, dass sie glänzte. Das Auge selbst war nicht zu sehen, aber das Lid trat blau und rot weit aus seiner Höhle hervor, die Oberlippe war doppelt so dick wie die Unterlippe, und alle Falten, die sie einmal umgeben hatten, waren verschwunden. Diese Gesichtshälfte hatte Ähnlichkeit mit einem absurden Frosch, und es schien unvorstellbar, dass sie eines Tages in ihre ursprüngliche Form zurückkehren könnte.

»Sie sind gut.« Das war erst einmal alles, was er sagte.

Ich wünschte, ich hätte seine Einschätzung teilen können. Und es war bitter, dass ausgerechnet er dafür gesorgt hatte, dass ich mich nicht wie früher über die Anerkennung freuen und sie abhaken konnte. Die drei Worte klangen nach wie schrilles Gelächter. Sieben Jahre lang hatte ich meinen Job gut und gerne gemacht. Hatte gewusst, wer ich war, wenn ich meinen Klienten gegenübersaß oder nächtelang durch Berlin folgte. Ich war mit meiner Rolle vertraut gewesen, und sie hatte mir wie ein Maßanzug gepasst, mir Selbstvertrauen und Sicherheit gegeben. Und nun fühlte ich mich, als sollte ich selbst aussehen wie Kaufmann. Als sollte man mir äußerlich anmerken können, dass ich mich auf einen Kampf mit einem Gegner eingelassen hatte, den ich nicht kannte. Dass ich mich angreifbar fühlte.

»Also?«

»Wieso sollte ich Ihnen das sagen?«

»Weil ich Ihnen glaube, dass Sie trauern.«

»Wer bezahlt Sie?«

»Katharina hat bezahlt.«

Wir schwiegen eine Weile.

»Ein oder zwei Tage vor ihrem Tod hat Katharina mir von ihrer Tochter erzählt. Sie hat gesagt, sie will sie suchen lassen – ich vermute von Ihnen. Sie hat sich entschuldigt und so geweint ... Sie hat sich dafür geschämt, dass sie mir ihr Geheimnis nicht vorher anvertraut hatte.« Seine Stimme war zunehmend kalt und spröde geworden, als sei sie erfroren.

»Und Sie wollten Mahler zur Rede stellen, weil er Katharina in diese Situation gebracht hat?« Anfängerfehler. Mutmaßungen und leitende Fragen! Ich sehnte mich so sehr nach Klarheit, nach einer Auflösung, dass ich alles dafür getan hätte, sie zu beschleunigen.

»Ich wollte ihn umbringen! Dreiundzwanzig Jahre lang hat sie mit niemandem darüber gesprochen und sich schuldig gefühlt ...« Er wandte sich ab und starrte wieder aus dem Fenster.

Ich wusste, dass das nicht die ganze Geschichte war. Es passte nicht ins Bild, dass nicht Kaufmann, sondern Mahler die Schlägerei auf der Beerdigung begonnen hatte. Außerdem hatte der aus der zweiten Auseinandersetzung – soweit ich es beurteilen konnte – nur eine verletzte Hand davongetragen, während Kaufmann hier im Krankenhaus saß. Das untrüglichste Zeichen, dass Kaufmann noch etwas zurückhielt, war aber die Art und Weise, wie er gerade alle Energie aus seiner Stimme gepresst hatte. Sie erinnerte mich an das Abstellen eines Wasserhahns. Ich konnte nur darauf warten, dass er ihn wieder aufdrehte, und hoffen, dass mir genug Zeit bleiben würde für die ganze Geschichte.

DREI

Ich habe immer gewusst, wo ich hingehe. Nicht immer, wieso, und manchmal nicht mal, wer da geht, aber wohin war immer klar gewesen.

Als ich das Krankenhaus Waldfriede verließ, war ich planlos. Ich konnte sagen, dass ich nicht nach Hause wollte. Tina hatte ein Vorsprechen, Karl war in der Schule und anschließend beim Training. Vor dem Büro graute mir: die Einbruchspuren im Vorzimmer, das verwaiste Sofa im Atelier. Ich checkte mein Handy, das sich wieder zum Dienst gemeldet hatte. Nichts. Ich weiß nicht mehr, worauf ich gehofft hatte, ich kann mich aber an die Enttäuschung erinnern. Jede Nachricht hätte meinen Gedanken eine Richtung gegeben, und jede Richtung war besser als der Ort, an dem ich war.

Letztlich rief ich Eugen an, doch der nahm nicht ab. Stattdessen bekam ich ein paar Minuten später eine SMS, in der er mich für den Nachmittag in »unser« Stehcafé nach Alt-Tegel einlud.

Um die Zeit zu überbrücken und die Angst, aufgespürt zu werden, abzuschütteln, lief ich los. Nach einigen Minuten wurde mir klar, dass ich auf direktem Weg zu Mahlers Villa war. Ich wurde schneller.

Ja. Entgegen meiner eigenen Regel, nicht zu mutmaßen, ging ich davon aus, dass Mahler sich von meiner Ankündigung, in Katharinas Fall zu ermitteln, bedroht gefühlt hatte. Und ja, er hatte ein ausgesprochenes Interesse daran, mich aufzuhalten. Wenn ich publik machte, was er seiner ehemaligen Schülerin

Katharina angetan hatte, würde das seiner politischen Karriere ganz sicher schaden.

Mir fiel Sebastian ein. Auch der hatte mehrfach sehr deutlich gemacht, dass ich mich raushalten sollte. Er hatte entgegen seiner sonstigen Art überhastet die Nachforschungen eingestellt und wirkte angespannter als sonst. Was, wenn Mahler etwas gegen ihn in der Hand hatte? Oder hatte er ihm etwas versprochen? Er wäre nicht der erste korrupte Polizist, dem ich begegnet bin. Hätte ich in meinem eigenen Fall ermittelt, hätte ich Sebastian ganz oben auf die Liste der Verdächtigen gesetzt. Tat ich aber nicht. Statt ihn wenigstens in die Liste aufzunehmen, schob ich ihn ganz aus meinen Gedanken. So, als hätte es ihn und die zwei Jahre nie gegeben. So, als würde ich nicht jeden Zentimeter seines Körpers kennen, nicht genau wissen, wie er sich anfühlte, roch und schmeckte.

An einer Ampel klebte ein Aufkleber: »Love is possible.« Ich bemerkte ihn erst, als ich schon vorbeigegangen war, und konnte nur hoffen, dass das wahr war. Nicht für mich wahrscheinlich, aber für die Mutigen, die Unwissenden, die Weisen, die Unverbesserlichen. Ich dachte an Karl, Tina, Eugen. Und an Charles. Wollte ich, dass er Liebe gefunden hatte, wo auch immer in der Welt er war? Und ich meinte die Liebe zu einer anderen Frau. Nicht zu Kindern, Familie oder Freunden. Diese Frage hatte ich mir bisher nie gestellt. Denn dabei konnte ich nur verlieren: Entweder ich fand in mir den Wunsch, dass es für ihn keine andere Frau gab, dann war ich selbstsüchtig und gehässig. Oder ich konnte ihm von ganzem Herzen Liebe wünschen, dann machte ich unsere Zeit austauschbar und beliebig.

Ich versuchte, mich aus dem Strudel, in den mich diese Gedanken gezogen hatten, zu befreien. Doch je mehr ich mich wehrte, umso schneller rasten die Bilder und Möglichkeiten durch meinen Kopf. Erst das Geräusch von quietschenden Autoreifen riss mich zurück nach Berlin. Augenblicklich war ich bereit, um mein Leben zu rennen. Doch es war nur ein Transporter, dessen Räder beim Anfahren an einer Ampel auf einer vereisten Stelle durchgedreht waren.

Die Menschen gucken zu viel Fernsehen. Privatdetektive sind keine todesverachtenden Actionhelden, keine übernatürlichen Superhirne, keine waffenschwingenden Rächer. Mein Arbeitsalltag ähnelt dem eines ganz normalen Dienstleisters, der mit zufriedenen und enttäuschten Kunden klarkommen, unrealistische Vorstellungen zurechtstutzen und die Kunst der Spesenabrechnung beherrschen muss. Sich mit einflussreichen Politikern anzulegen, für die es um viel geht, gehört für keinen meiner Kollegen zum Berufsalltag.

In Zehlendorf holte ich mir wieder Kaffee und Kekse und ging auf den Spielplatz, auf dem ich mich mit Samira unterhalten hatte. Es war fast Mittag, und ich hoffte, dass sie und die Kinder heute auftauchen würden und ich sie nicht schon verpasst hatte. Es hatte wieder angefangen, zu schneien, und es waren nur wenige Kinder und Nannys unterwegs. Mir war kalt auf der gefrorenen Bank, aber ich konnte nicht aufgeben, denn dann hätte ich ja wissen müssen, was ich stattdessen tun sollte.

Es dauerte eine ganze Weile, bis mir der kleine Junge auffiel, der mit sandgefüllten Kuchenförmchen in eines der Spielhäuschen krabbelte. Bei genauerem Hinsehen erkannte ich in ihm den Mahler-Sohn und, zusammengekauert, in dem winzigen Raum unter einer Rutsche Samira und die Zwillingsschwester des kleinen Bäckers. Beide spielten hoch konzentriert ihre Rollen als Gäste, und offenbar war das Essen hervorragend. Der Junge kuschelte sich auf Samiras Schoß und schloss zufrieden die Augen. Samira küsste lächelnd seinen mit einer blaugrau geringelten Wollmütze bedeckten Kopf.

Irgendwann kletterte sie aus ihrem Versteck, die Kinder liefen zu den Wipptieren, und sie kam auf mich zu. Als sie mich erkannte, beschleunigte sie ihren Schritt. Ich bot ihr wortlos

Kekse an, sie nahm drei, brachte den Kindern jeweils einen und kam dann kauend zurück.

»Wie geht es dir?«

»Im Moment gut. Aber zu Hause brennt die Luft. Sagt man das so?«

Ich nickte und zwang mich, ruhig zu bleiben.

»Wieso?«

»Die Hexe findet, Richard flirtet mit mir.«

»Tut er das?« Die Art und Weise, wie sie seinen Namen aussprach, bewirkte, dass sich mein Magen zusammenzog.

»Wenn er das flirten nennt.« Samira schüttelte den Kopf und lächelte.

»Was denn?«

»Er macht mir Komplimente und hat mir ein Praktikum angeboten.«

Ich war nicht ihre Mutter und auch nicht ihre Freundin. Sie war volljährig und machte einen selbstbewussten und umsichtigen Eindruck. Ich biss mir auf die Zunge.

»Danke.« Sie blickte mich von der Seite an.

»Wofür?«

»Deine Sorge? Dein Vertrauen? Dieses Praktikum ist eine Riesenchance, und ich werde mich auf nichts einlassen.« Sie sah mich an und nickte, als wolle sie sich ebenso überzeugen wie mich.

Ich konnte nur hoffen, dass sie genauso klar sehen würde, wenn sie sich erst mal mittendrin befand in einem Netz aus Versprechungen, Wünschen und scheinbaren oder echten Notwendigkeiten.

»Und heute Morgen war ein Polizist da.«

Sie muss gemerkt haben, wie überrascht ich war.

»Er kam, als wir beim Frühstück saßen. Richard ging sofort mit ihm ins Arbeitszimmer, aber die Tür zum Flur war einen Spalt offen, als ich die Kinder angezogen habe.«

Ich atmete ruhig weiter. Ein und aus.

»Konntest du hören, worüber sie gesprochen haben?«

»Es ging um Herrn Kaufmann. Der Polizist wusste von der Schlägerei, und Richard hat auch gar nicht geleugnet. Er hat gesagt, dass Kaufmann ihn für den Tod seiner Frau verantwortlich gemacht hat.«

»Wie das?«

»Er hat zugegeben, sich mit ihr am Telefon gestritten zu haben. Deshalb war sie wohl sehr aufgebracht.«

»Hat er gesagt, worum es in dem Streit ging?«

»Das wollte der Polizist auch wissen, aber Richard hat nur geantwortet, dass das sehr persönlich sei. Dann hat er einen Scherz über Ex-Frauen gemacht, aber der Polizist hat nicht gelacht.«

»Konntest du noch mehr verstehen?«

»Richard hat erzählt, dass sie verabredet waren, um über die Angelegenheit zu sprechen, es aber nicht mehr dazu gekommen ist.«

Nichts von dem Gehörten belastete Mahler auch nur im Geringsten, soweit ich es beurteilen konnte.

»Und dann hat der Polizist noch gefragt, wo Richard an dem Morgen war, als Frau Schneider gestorben ist.«

»Und?«

»Er hat sich furchtbar aufgeregt über die Frage und mit seinem Anwalt gedroht. Dabei war er zu Hause. Ich war da. Aber der Polizist ist ganz ruhig geblieben.«

Ich merkte erst, dass ich lächelte, als der Gedanke an Sebastian schon schmerzte. Ich war sicher, dass er gemeint hatte, was er im Krankenhaus gesagt hatte, und ein großer Teil von mir wusste, dass unser beider Leben ohne unsere Treffen einfacher werden würden. Der kleine Rest aber wollte ihn zurück. Vielleicht nur, weil ich überhaupt jemanden in meiner Ecke haben wollte, egal, wie widerwillig dieser jemand sich dort aufhielt.

VIER

Solange wir uns kennen, hat Eugen mich behandelt wie eine Tochter oder vielleicht eine Enkelin. Er hat sich nie zurückgehalten mit Ratschlägen, dem Ausdruck seiner Zuneigung und manchmal grenzüberschreitenden Fragen, aber ich hatte immer das Gefühl, dass er mir insgesamt zutraute, mein Leben zu meistern. Vielleicht auf eine Art, die er nicht verstand oder guthieß, aber auf meine Art.

Als ich in unserem Stammcafé ankam, sah er mich anders an als sonst. Ich glaubte, Angst zu erkennen und Zweifel.

»Moya malen'kaya, ich habe mir schon Sorgen gemacht. Du bist zwanzig Minuten zu spät.«

Das war der Beweis. Noch vor ein paar Tagen hätte er mich gefragt, was passiert sei, wenn ich nicht mindestens eine Viertelstunde zu spät gekommen wäre.

Ich bestellte mir einen Ingwertee. Der viele Kaffee hatte mich zittrig gemacht. Der oder alles andere in meinem Leben.

Eugen kam direkt zur Sache und erklärte, dass er mit Tina telefoniert hatte. Sie hatte ihm alles erzählt. Dass ich Mahler gedroht, Katharinas Wohnung verwanzt, mich mit Brigitta Borchert getroffen und von Katharinas Tochter erfahren hatte. Ich war wütend auf Tina. Wir hatten abgemacht, dass sie sich raushalten sollte. Stattdessen tratschte sie mit Eugen und sorgte dafür, dass er Angst um mich hatte. Aber ich war ihr auch dankbar. Wenn sie etwas zu erzählen hatte und Eugen einen Grund, mich so anzuschauen, bedeutete das, dass da wirklich etwas war.

Mehr als mein Schuldgefühl, weil ich Katharina belogen hatte. Mein Handy klingelte. Eine unbekannte Nummer. Ich ließ es klingeln.

»Du solltest eine Weile wegfahren.«

»Wie bitte?«

»Mach ein paar Wochen Urlaub. Karl und Tina kommen klar, und du brauchst Erholung. Flieg in die Sonne.«

Es muss lustig gewesen sein, wie ich ihn angeschaut habe.

»Du hast dich vielleicht mit mächtigen Leuten angelegt. Bring dich in Sicherheit, solange du kannst.«

»Das ist nicht dein Ernst, oder?«

»Mir war nie etwas ernster.«

»Aber du hast es grade selbst gesagt: Diese mächtigen Leute sind nicht aus Spaß sauer. Ich kann nicht einfach so tun, als sei nichts gewesen.«

»Doch, das kannst du! Manchmal muss man sich umdrehen und gehen.«

Das war in seinem Leben sicher richtig gewesen, und das wollte ich ihm auch sagen, aber er ließ mich gar nicht zu Wort kommen. Was sehr ungewöhnlich für ihn war. Normalerweise sagte oder fragte er etwas und gab mir dann alle Zeit, vielleicht zu antworten oder auch nicht.

»Die Frau wird nicht wieder lebendig, wenn du auch stirbst.«

Ich sah mich um. Die beiden anderen Tische waren leer, und die Besitzerin des Ladens war damit beschäftigt, die Auslage zu sortieren.

»Du bist nicht ausgebildet für so eine Ermittlung und hast auch nicht die Mittel. Was erwartest du überhaupt zu finden?«

»Wie meinst du das?« Meine Wut auf Tina war längst auf den kleinen, alten Mann mit den goldenen Zähnen übergesprungen.

»Wieso geben Menschen ihr Leben auf? Wir können nicht in ihre Köpfe und Herzen sehen. Sie wollte ihren Grund nicht teilen, lass ihr ihr Geheimnis.«

»Es ist doch gar nicht sicher, dass sie sich umgebracht hat! Du kanntest sie nicht!«

Meine Stimme war lauter, als ich erwartet hatte.

»Aber du kanntest sie? Du kennst ja nicht einmal dich selbst.« Seine Stimme war streng, wie ich sie noch nie erlebt hatte.

»Was hab ich denn damit zu tun? Es geht um Katharina!«

»Du willst deine Schuldgefühle loswerden und rennst in dein Unheil! Dabei verpasst du es, für deinen Sohn da zu sein, du wirst beinahe umgebracht, dein Kommissar verlässt dich ...«

»Er ist nicht ›mein‹ Kommissar, und er hat mich nicht verlassen. Und tu nicht so, als ob du das nicht gut fändest!«

Ich hasse es, wenn ich mich in einem Netz von widersprüchlichen Gefühlen und Gedanken verheddere. Das passiert mir selten, weil ich meist genügend Platz lasse zwischen beidem. Aber nicht an diesem Tag.

»Ich finde es wundervoll, dass du dich nicht mehr mit jemandem abgibst, der seine Familie verrät!«

»Worüber regst du dich dann auf?«

»Darüber, dass du dein Leben verschwendest!«

»Wie kommst du darauf?« Ich wollte keine Antwort auf die Frage, aber das hielt Eugen nicht davon ab, mir eine zu geben.

»›Jeder Mensch begegnet einmal dem Menschen seines Lebens, aber nur wenige erkennen ihn rechtzeitig‹, hat Gina Kaus gesagt. Du wusstest, wen du damals hast gehen lassen, und hast es doch getan, und jetzt, wo dein Leben im Chaos versinkt, flüchtest du dich in die Vergangenheit!«

Tina hatte ihm also sogar erzählt, dass ich Charles gesucht hatte! Ich kam mir verraten und gemaßregelt vor. Katharina oder ihr Tod hatten anscheinend eine Tür geöffnet, durch die seither alle Menschen, die ich kannte, hereinspazierten und bewerteten, was sie vorfanden.

»Halt Charles da raus!«, fauchte ich und fühlte mich wie ein in die Enge getriebenes Tier. Eines, das bereit war, sich zu wehren. »Und spar dir deine Predigt! Du redest seit über zwanzig Jahren mit einer Toten, und Tina steigt mit jedem Kerl, der mitmacht, ins Bett und nennt es jedes Mal ›die große Liebe‹! Guck dir Katharina an! Dann siehst du, wo der ganze Liebesscheiß sie hingeführt hat!«

Ich schnappte mir meine Sachen, ließ Eugen stehen und schaute nicht zurück.

Kaum war ich um die nächste Straßenecke gebogen, klingelte wieder mein Handy. Bereit, weiterzutoben, ging ich ran, ohne auf die Nummer zu achten.

»Roddish hier. Schön, dass ich Sie endlich erreiche. Ich habe eine Frage.«

FÜNF

John Roddish wartete vor der Tür des hippen Restaurants in Neukölln auf mich. Gegen den eisigen Wind hatte er den Kragen seines Mantels hochgeklappt. Er trug zu meiner Überraschung eine Mütze. Bisher hatte ich ihn nur mit gestylten Haaren gesehen. Als er mich erkannte, strahlte er. Kein Grinsen, kein Lächeln. Es war, als habe er einen Lichtschalter umgelegt. Ich konzentrierte mich darauf, ruhig zu atmen und nicht zurückzulächeln.

»Sie haben keine Ahnung, wie sehr ich mich freue, Sie zu sehen.«

»Wie sehr?«

»Sehr.« Er lachte und nahm mir meinen Parka ab, sobald wir das Restaurant betreten hatten. Als seine Hand meine dabei streifte, war sie eiskalt. Er hatte schon eine Weile draußen gestanden.

Ich wusste, dass es die absolut falsche Zeit war, sich mit einem attraktiven Mann, der mich noch dazu an den Vater meines Sohnes erinnerte, zu treffen. Roddish hatte noch nicht einmal den Versuch gemacht, die Verabredung als etwas anderes als ein Date zu verkaufen. Und hätte Eugen nicht gerade Charles erwähnt und ihn als den einzigen Mann in meinem Leben dargestellt, hätte ich abgelehnt. Oder zumindest gezögert.

Als John mir gegenüber an dem schlichten Holztisch saß, wirkte er ganz anders als bei unseren drei früheren Begegnungen. Vielleicht waren es der schlichte Kaschmirpullover, die

Jeans und die Sneakers, vielleicht die unordentlichen Haare, vielleicht die Leichtigkeit, mit der wir ins Gespräch kamen und mit der er über sich selbst lachen konnte.

Wir redeten über Berlin, Reisen, Musik und Kunst, aber vor allem lachten wir. Es war großartig. Solange wir uns ansahen, Wein tranken und lachten, gab es für mich keine Angst, keine Wut, keine Zweifel. Es war, als hätten wir uns für eine Pause vom Leben, das wir sonst führten, verabredet. Wir sprachen nicht von der Arbeit, weder meiner noch seiner. Wir erzählten nicht aus unserer Vergangenheit, redeten nicht über die Zukunft. Also mussten wir auch nicht lügen. Wir waren einfach da. Zusammen.

Ich habe einmal im Auftrag ihres Ehemannes eine junge Ärztin observiert. Sie hatte eine Affäre mit einem Pfleger. Die beiden haben sich während ihres Diensts in der geschlossenen Abteilung einer psychiatrischen Klinik in einer Abstellkammer getroffen. Was den Ehemann vollkommen überrascht und, wie ich glaube, am meisten getroffen hat, war, dass die beiden nicht einfach nur Sex hatten. Das hätte er, seiner eigenen Aussage nach, verstehen und verzeihen können. Was ihn völlig aus der Bahn geworfen hat, waren die Fotos und Videos von den beiden, wie sie miteinander scherzten und lachten. Ich kann mich noch gut an die Bilder erinnern. Ich weiß nicht, was aus den dreien geworden ist. Auch das gehört zum Arbeitsalltag von Privatdetektiven: Wir bekommen nur einen kleinen Teil der Geschichten mit. Niemals, wie sie ausgehen.

Ich sehe Menschen oft in für sie besonderen Situationen. Klienten, die in meinem Büro sitzen und um ihr gewohntes Leben bangen oder vor dessen Scherben stehen. Observierte, die sich als jemand ausgeben, der sie nicht sind, oder die endlich sie selbst sind, wenn sie sich ganz neu erfinden. Ich war froh, dass ich John aus nächster Nähe beobachten konnte, so war schnell klar, dass er Charles auf den ersten Blick zwar ähnlich sah, sich in den Details aber vollkommen von ihm unterschied. Wobei ich natürlich einen fast noch Jugendlichen mit einem erwachsenen Mann verglich. Charles hatte mich fasziniert, weil er ganz bei sich zu sein schien, was auch immer er tat. Er hatte langsam gesprochen und immer die Andeutung eines Lächelns im Gesicht gehabt. Er hatte ein Grübchen in der linken Wange – genau wie Karl – und lange dunkle Wimpern. Er hatte lange beobachtet und sich spielend leicht in andere Menschen hineinfühlen können. John gestikulierte viel und sprach schnell und bildhaft. Er machte die überraschendsten Gedankensprünge und hatte einen schrägen Humor. In einem Moment waren seine Gesichtszüge ernst und unbewegt, im nächsten lachte er mit dem ganzen Körper.

Ich hatte so viel Spaß, dass ich gar nicht bemerkte, dass wir die Letzten im Restaurant waren, bis der Kellner begann, die Tische um uns herum abzuwischen und die Stühle hochzustellen. John bezahlte, und ich hatte kein Problem damit – auch etwas, was ungewöhnlich für mich ist. Der Kellner dankte und kam mit zwei Gläsern Cognac zurück. Dann verschwand er aus unserem Blickfeld.

»Vielen Dank. Das war ein fantastischer Abend.« Johns Stimme klang überrascht.

Wir tranken schweigend, die Stimmung hatte sich verändert. Wir waren nicht mehr mittendrin in etwas, das Spaß machte, sondern am Ende von etwas, das in etwas anderes übergehen musste.

Ich musste an Karl denken, der heute Nachmittag so angespannt gewirkt hatte. Erst nach langem Bohren hatte er zugegeben, dass Ava sich angekündigt hatte und ihm die Aussicht, alleine mit ihr in der Wohnung zu sein (denn Tina wollte bei Tobias übernachten), Angst machte. Er war sich nicht sicher, was sich aus dieser Situation entwickeln würde. Ich hatte ihm angeboten, Fragen zu stellen, und er hatte hastig abgelehnt. Schnell verscheuchte ich den Gedanken.

Unsere Gläser waren fast leer. Um die Schwere zu heben und mir etwas zu tun zu geben, schickte ich John den Link zu einer Ausstellung im Hamburger Bahnhof, von der ich ihm erzählt hatte. Als sein Display aufleuchtete, erschien mein Name als »Winter, Isadora (Project 20/4.2 Kaufmann)«. Er bemerkte nicht, dass ich es lesen konnte.

In mir schreckte etwas auf, das die vergangenen drei Stunden friedlich zusammengerollt geschlummert hatte.

John bedankte sich lächelnd und tippte eine Antwort. Sie kam auf meinem Handy an, und der Absender wurde als »Roddish, John (Schneider, Katharina)« angezeigt.

Seine Nachricht bestand aus zwei Wörtern: »Was jetzt?« Als ich aufblickte, hätte ich schwören können, dass er fast ängstlich aussah. Wir lachten beide, aber das Lachen war spröde. Er entschuldigte sich und ging in Richtung Toiletten.

Kaum war er verschwunden und mein Fokus nicht mehr gebunden, meldete sich der erwachte Teil klar und pragmatisch: Kaufmann und er waren keine Freunde! Sie kannten sich offenbar beruflich oder hatten sich so kennengelernt. Vielleicht konnte ich herausfinden, was es damit auf sich hatte.

Ich rief Eugen an. Ich wusste, dass er die Nachtschicht fuhr, und bat ihn, zu kommen. Ich hatte nicht genug Zeit und auch nicht genug Größe, mich zu entschuldigen, aber er versprach, da zu sein. Ich bat ihn, mir später zu schreiben oder mich anzurufen, falls es etwas zu berichten gab. Er sagte zu, und nach einer kleinen Pause schloss er das Gespräch mit einem leisen »gut«.

Nur einen Augenblick später kam John mit unseren Jacken zurück. Er half mir in meinen dicken Parka und blieb dann ganz dicht vor mir stehen. Er sah mir direkt in die Augen.

»Ich würde mich freuen, wenn du noch mit zu mir kommen würdest.«

Es tat fast körperlich weh, Nein zu sagen.

SECHS

Der Abschied von John war kurz. Als wir das Restaurant verließen, kam Eugen gerade um die Ecke, und John winkte das Taxi heran. Eugen ließ sich mit keinem Wort, keiner Geste anmerken, dass er mich kannte. Das haben wir schon einige Male so gemacht. Er gibt dann vor, kein Deutsch zu sprechen, und wird damit für die meisten Fahrgäste quasi unsichtbar.

John beugte sich zögernd zu mir und gab mir einen Kuss auf die Wange. »Ich bin noch nie einer Frau wie dir begegnet.« Seinen Gesichtsausdruck konnte ich nicht deuten. Er wirkte auf jeden Fall nicht glücklich. Dann stieg er zu Eugen ins Taxi, und sie fuhren davon.

Ich ging zu Fuß nach Hause. Das Nachtleben von Neukölln und Kreuzberg lief gerade erst warm. Je länger ich durch die eisige Nacht spazierte, umso nüchterner wurde ich, und der Zauber der vergangenen Stunden bei Lachen und Kerzenlicht verblasste.

Schon als ich die Wohnungstür aufschloss – nachdem ich geklingelt, gewartet und geklopft hatte –, hatte ich ein komisches Gefühl. Ich hatte erwartet, dass Karl schnell öffnen würde, um nicht den Anschein zu erwecken, dass ich etwas unterbrach, und um so eine peinliche Situation vor allem für Ava zu vermeiden. Im Flur brannte Licht, der Rest der Wohnung war dunkel, Karls Zimmertür geschlossen. Ich schlussfolgerte, dass Ava entweder schon weg war – was mich überrascht hätte, da sie bisher immer mindestens genauso lange hatte unterwegs sein dürfen wie Karl –, oder dass sie bei uns übernachtete, was ich mutig und auch irgendwie irritierend fand.

Ich ging ins Bad, um mich bettfertig zu machen, und dann in die Küche. Als ich das Licht anschaltete, erschrak ich. Auf der Fensterbank saß Karl und starrte auf die Straße. Mein erster Impuls war (und wird immer bleiben), zu ihm zu rennen und ihn in den Arm zu nehmen. Auch wenn er mir jeden Tag das Gegenteil beweist, kommt mein Sohn mir immer noch so zerbrechlich vor, dass ich nicht anders kann, als zu seiner Hilfe zu eilen, wenn ich ihn leiden sehe. Doch etwas an seiner Haltung stoppte mich. Die Linien seines Körpers, den ich nur im Profil sah, waren zu aufrecht und ein entscheidendes bisschen von mir weggedreht, hin zur Dunkelheit hinter dem Fenster. Ich blieb in der Tür stehen und wartete auf ein Zeichen. Die Erlaubnis, seinen Schmerz sehen und irgendetwas tun zu dürfen.

Seine Kiefermuskeln waren so angespannt, dass es fast wehtat, sie anzuschauen. Dann plötzlich zuckte etwas in ihnen, und er drehte sich mit einem Ruck zu mir um. Es war, als stoße er sich von der Fensterbank ab und vielleicht auch von dem, dem er nachgeschaut hatte. Mit einem Mal stand er mitten im Raum.

»Sie ist weg!«

So viel Schmerz und Wut.

»Was ist passiert?« Völlig falsch, und ich wusste es. Ich hätte ihm einfach zuhören müssen.

»Tu nicht so, als ob dich das interessiert!« Seine Stimme war fremd.

»Aber …«

»Du bist kaum hier, und wenn, dann bist du scheiße drauf!«

Er hatte recht, und ich konnte es nicht ungeschehen machen.

»Es wird bald besser …«

»Lass mich in Ruhe!«

»Sag mir doch bitte, was los ist …«

»Ich hab nicht kapiert, was Ava wollte, und dann hab ich sie missverstanden, und das ist alles deine Schuld!«

Ich wollte mich entschuldigen und erklären, rechtfertigen und noch mal entschuldigen.

»Es tut mir …«

»Spar dir dein Gelaber! Wenn ich einen Vater hätte, wär das nicht passiert!«

Er rannte aus der Küche, und wenn ich nicht zur Seite gegangen wäre, hätte er mich umgerempelt, so sehr stand ich im Weg.

Seine Zimmertür knallte.

In meinem Kopf drehte sich alles. Ich war sicher, dass er recht hatte. Wenn ich ihm den Vater gegeben oder zumindest die Möglichkeit zu einem nicht vorenthalten hätte, wäre er ein anderer. Und egal, wie perfekt ich ihn fand, so wie er war, ich hatte diese Wahl für ihn (und für Charles) getroffen, ohne zu fragen.

Ich setzte mich auf die Fensterbank. Sie war noch warm, die Scheibe dahinter hingegen eiskalt. Im Zwischenraum der Doppelfenster hatte sich Kondenswasser gebildet, das in traurigen Spuren die Scheibe herunterlief. Es sah aus, als habe es in dem engen Raum geregnet.

Karls Zimmertür ging wieder auf. Einen Moment lang hoffte ich, dass er zurückkommen und mit mir streiten würde, aber er ging an der Küche vorbei. Ich hörte, wie er die Wohnungstür öffnete. Bevor sie sich hinter ihm schloss, rief er: »Ich schlafe bei Cem!«

So wütend er war, so war er doch noch Karl. Er konnte nicht weg, ohne zu sagen, wohin er ging.

Ich sah ihm nach, als er die Straße hinunterfuhr. Sein Umriss wirkte durch Mütze, Rucksack und die über das Fahrrad gebeugte Haltung kaum noch menschlich.

Erschöpft nickte ich auf der Fensterbank ein. Der Tag war übervoll gewesen, und ich sah keine Möglichkeit, etwas zu tun, um ihn zu ordnen.

Aufgeweckt wurde ich vom Klingeln meines Handys. Ein ehemaliger Taxikollege.

»Es geht um Eugen.«

SIEBEN

»Sie haben ihn in die Elisabeth Klinik gebracht.« Micha ist Mitte fünfzig, oder vielleicht sieht er auch nur älter aus, als er ist. Er ist Berliner durch und durch. Geboren und aufgewachsen in Charlottenburg, lebt er auch heute noch dort. In getrennten Wohnungen, aber im selben Haus mit seiner verwitweten Mutter. Er raucht wie ein Schlot, hat einen derben Humor und geht jeden Sonntag in die Kirche. »Man kann ja nie wissen.«

»Was ist passiert?« Das zweite Mal in dieser Nacht musste ich orientierungslos dem Unglück hinterherrennen.

»Ich habe keine Ahnung. Magda hat mich angerufen, sie stand an der Ampel neben ihm und hat den Krankenwagen gerufen.«

»Unfall?« Ich versuchte, die brennende Ungeduld aus meiner Stimme zu halten. In meinem Kopf tat sich das ganze Spektrum zwischen Auffahrunfall mit Schleudertrauma und Raubüberfall mit eingeschlagenem Schädel auf.

»Nee, is wohl zusammenjefallen wie 'n nasser Sack. Is ernst, Isa. Blaulicht und Martinshorn, und sie haben Vollgas jejeben.«

»Danke!«

»Is doch klar!«

Ich hatte das Handy schon nicht mehr am Ohr, da hörte ich noch: »Ick bete für euch.«

Zwanzig Minuten später erklärte mir die Assistenzärztin vor der Schleuse zur Intensivstation, dass »mein Vater« einen schweren Herzinfarkt gehabt hatte und gerade operiert wurde. In seiner Brieftasche hatte er ein Foto von mir, und meine Nummer war als Notfallkontakt in seinem Handy hinterlegt. Ich war vor Ort gewesen, bevor das Krankenhaus angerufen hatte. Der Eingriff würde mehrere Stunden dauern, und angesichts seines Alters und des vermuteten Schadens sei es unmöglich, eine Prognose abzugeben.

»Soll das heißen, er könnte sterben?« Meine Stimme war klarer als meine Gedanken.

Die junge Frau nickte, und erst da erkannte ich sie als meine behandelnde Ärztin aus der Nacht zuvor. Ich war froh, als sie keine Anzeichen dafür zeigte, mich ebenfalls wiederzuerkennen. Die Begegnung machte absurd deutlich, wie viel Zeit ich in den vergangenen Tagen in Krankenhäusern verbracht hatte. Aber nun hoffte oder betete ich, dass es noch mehr werden würden, dass ich noch viele Gelegenheiten haben würde, Eugen dort zu besuchen.

»Stand Ihr Vater in letzter Zeit sehr unter Stress?«

Ich konnte nur nicken. Ich hätte so viel sagen sollen. Dass ich nicht die Tochter war, aber der Grund für den Stress. Dass es mir leidtat und der Gedanke, mich womöglich nicht mehr entschuldigen und nicht bedanken zu können, mir die Luft abschnürte.

»Gehen Sie schlafen! Wir rufen Sie an.«

»Was? Nein … ich bleibe hier!«

Die Ärztin betrachtete mich einen Moment lang aufmerksam, dann schien sie sich zu erinnern.

»Da haben Sie gestern etwas anderes gesagt.«

Ich wollte nicht über mich reden.

»Wo kann ich warten?«

»Gehen Sie nach Hause. Das ist keine Bitte.«

Sie drehte sich um und ging durch die Schleuse zurück auf die Intensivstation. Ich konnte ihr nicht folgen. Die Glastür klickte ins Schloss, irgendwo piepte ein Alarm, die Leuchtstoffröhre über meinem Kopf surrte. Ich war allein.

TEIL 7

»i AM OK.«

EINS

John war nach dem dritten Klingeln ans Telefon gegangen. Er hatte verschlafen geklungen.

»Ist es jetzt zu spät?«

»Ich schick dir meine Adresse.«

Mehr gab es nicht zu sagen.

Kurz nach drei Uhr morgens ließ mich John Roddish in seine Wohnung in der Kastanienallee. Nur ein paar Stunden zuvor hatte er mir beim Essen erzählt, dass er sie möbliert gemietet hatte. Ich hatte also keine großen Erwartungen, was die Ausstattung anging. Was ich vorfand, war ein Showroom italienischer Luxusmöbelhersteller. Nichts außer dem Mantel und einer Sportjacke an der Garderobe und einem Handy und Computer auf dem Couchtisch deutete darauf hin, dass hier ein Mensch wohnte.

John trug eine hellblaue Pyjamahose und ein weißes T-Shirt.

Ich weiß nicht mehr genau, was ich gewollt hatte, oder vielleicht kann ich es auch nur nicht zugeben, aber als ich ihm in seinem albern schicken Wohnbereich gegenüberstand, nach dem vielleicht längsten Tag meines Lebens, war ich plötzlich so müde, dass ich mich kaum noch auf den Beinen halten konnte.

»Willst du drüber reden?« Sein Gesichtsausdruck und auch seine Stimme waren unlesbar – zumindest für mich.

Ich schüttelte den Kopf und ließ mich auf die unbenutzt aussehende Couch sinken. Er ging zur Kochinsel, drehte den Wasserhahn auf, aus dem kochendes Wasser kam, und kehrte mit einem Becher Tee zurück.

»Milch?«

Wieder schüttelte ich nur den Kopf. Er reichte mir das Getränk und setzte sich mir gegenüber in einen unbequem, aber schön aussehenden Sessel.

»Tee ist immer die Lösung.« Er grinste. »Das solltet ihr von uns Briten lernen.«

»Woher kommst du?«

Er zögerte einen Moment, bevor er mit dem kleinsten Schulterzucken antwortete: »Wales.«

In dem einen Wort schwangen Liebe und Schmerz. Oder vielleicht täuschte ich mich.

Ich wusste, dass er mich beobachtete, aber es störte mich nicht. Ich glaube, die Tatsache, dass es noch etwas zu beobachten gab, beruhigte mich sogar.

Die heiße Tasse in meinen Händen, der Geruch von Tee, teurem Aftershave und dem Leder der Couch, das gedämpfte Rauschen der Autos auf der Straße vier Stockwerke unter uns und das Wissen, dass John nur einen Meter von mir entfernt war, machten es mir leichter zu atmen.

Ich vermute, man kann aus drei Gründen warten: Weil man Angst hat vor der Veränderung, die der nächste Schritt bringen wird; weil man nicht weiß, wohin man den nächsten Schritt machen soll; oder weil die Zeit noch nicht gekommen ist, ihn zu tun. Ich wartete, weil ich nicht wusste, was ich tun sollte oder konnte. Was in John vorging, werde ich nie erfahren. Jedenfalls saßen wir schweigend so lange da, bis mir die, mittlerweile leere, Teetasse fast aus der Hand gefallen wäre. Ich schreckte auf, John blinzelte, als komme er von irgendwoher zurück in sein Wohnzimmer oder ins Jetzt.

»Danke.« Ich stand auf und fühlte mich körperlos vor Erschöpfung.

»You're welcome.« Er sah müde aus.

Und dann habe ich ihn geküsst.

Der Kuss war anders als alle anderen, die ich bis dahin geküsst hatte. Er hatte überstürzt, fast panisch begonnen – nicht nur bei mir. John war hinterhergesprungen, ohne zu zögern. Und in dem Moment, in dem wir uns auf ihn einließen, haben wir beide gleichzeitig geseufzt. Es war, als hätte ich ganz lange die Luft angehalten und könnte endlich wieder frei atmen. John fühlte sich an, roch und schmeckte, als müssten wir uns schon sehr lange kennen. Wir küssten uns, als hätten wir das schon oft getan. Es war fast langweilig, wäre es nicht auch so zauberhaft gewesen. Noch nie war ich einem Menschen so nah gewesen, ohne etwas zu brauchen. Nicht Liebe, nicht Sicherheit, nicht Bestätigung, nicht Wut, nicht Kraft. Ich wollte nur weiter küssen.

Ohne die Verbindung zu unterbrechen, landeten wir irgendwie in seinem Schlafzimmer. Wir zogen uns aus, und es war einfach die nächste folgerichtige Handlung, dass wir dann Sex hatten – langsam und leise, ohne behutsam zu sein. Es war, als löse sich eine Last einfach auf, die so alt war, dass ich sie vergessen hatte. Ich war so leicht wie nie zuvor. Danach lagen wir ineinander verschlungen im Dunkeln und schwiegen. So schlief ich ein.

Als ich aufwachte, schaute ich in salbeigrüne Augen. Sie waren so nah, dass es fast unmöglich war, Johns Gesicht vollständig aufzunehmen.

»Was war das?« waren seine ersten Worte, und ich habe nicht über ihre Bedeutung nachgedacht, sondern sie als Leitplanken benutzt, um nicht vom Weg abzukommen, zurück in mein eigenes, normales, verschwendetes Leben.

Als ich nicht reagierte, stand John auf und ging aus dem Zimmer. Wo Sebastian muskulös und kompakt, fast untersetzt war, war John schlank und elegant. Klar trainiert, aber eher sehnig als muskelbepackt. Er bewegte sich fließend und ohne Eile. Er war nackt und schön.

Ich erlaubte mir noch fünf Atemzüge. In dem Bett, unter der Decke, die noch warm war von unseren Körpern (fünf). Ich sah mich in dem Zimmer um: Es war grau in verschiedenen Schattierungen und leer, außer diesem Bett und einer vollständigen Kendo-Ausrüstung an der Wand (vier). Sonnenlicht fiel durch einen Spalt in den schieferfarbenen Leinenvorhängen. Es war blass und kalt (drei). Durch die offene Tür drang der Geruch von Kaffee (zwei). John summte ein Lied, das ich nicht kannte (eins).

Meine Zeit war um. Ich stieß mich ab von etwas, das ich nicht haben konnte und das nicht sein durfte. Als ich angezogen in den Wohnbereich trat, kam John gerade in Jeans und T-Shirt aus dem Flur. Was auch immer zwischen, mit, in uns gewesen war, jetzt war es weg oder unsichtbar, unfühlbar, unerreichbar.

»Kaffee?« Er nahm zwei schneeweiße Kaffeebecher aus hauchdünnem, mattem Porzellan und reichte mir einen, ohne meine Antwort abzuwarten.

»Ich muss los.« Meine Stimme war wie die Tasse.

Es tat weh, ihn anzusehen. So unecht und so entfernt fühlte er sich an, oder ich, oder wir beide. Als sei ich über Nacht kurzsichtig geworden und er weggerückt.

Zwanzig Minuten später war ich wieder in der Klinik und wartete darauf, dass irgendjemand mir sagte, ob Eugen noch lebte.

ZWEI

Er sah so klein und zerbrechlich – womöglich zerbrochen – aus in dem weißen Bett. Verkabelt und verschnürt, einen Schlauch im Mund und umgeben von Monitoren, Infusionsständer und Katheterbeutel, war Eugen nicht wiederzuerkennen. Es war, als sei nichts mehr von ihm übrig.

Ich hatte Kittel, Haube und Handschuhe bekommen und durfte nun für eine halbe Stunde neben ihm sitzen und seine Hand halten. Durch den Latex hindurch fühlte sie sich leblos und zu leicht an. Mein einziger Trost war, dass sie warm war. Wärmer als meine zumindest.

Ich hatte mit keinem Arzt sprechen können, doch ein junger Pfleger hatte mir verraten, dass die OP lange gedauert hatte, aber ohne Komplikationen verlaufen war. Ob Eugen überleben würde oder nicht, würde sich aber erst in den nächsten Tagen entscheiden.

Die Haut unter seinen Augen schimmerte lila, die um Mund und Nase weiß, fast grau. Ich wünschte, ich hätte mit ihm in seinem staubigen alten Mercedes sitzen und ihm zuhören können. Niemand, den ich kannte, konnte besser Geschichten erzählen als er. Sie waren so detailliert und doch konsequent, so voller Leben und doch viel spannender. Als Karl klein gewesen war, hatte er jedes Hörspiel und jeden Film links liegen lassen für ein auf ihn maßgeschneidertes Abenteuer von Eugen. Manchmal hatte er sie später aus seiner kindlichen Sicht und mit Eugens Akzent nacherzählt. Eugen schaffte es, dass man sich in jede

Figur verliebte, selbst in »die Bösen«. Er erzählte Geschichten so, wie er die Menschen sah. Aus nächster Nähe und voller Neugier und Liebe. Ich habe mich häufig darüber gefreut, das Leben durch seine Augen sehen zu können, aber nicht zu müssen. Doch jetzt waren seine Lippen verpflastert. Ich wünschte, ich hätte ihn um Rat fragen können oder ihm einfach sagen, wie verloren ich war.

Ich hatte nicht bemerkt, dass der Pfleger das Zimmer betreten hatte. Erst, als er mir seine Hand auf die Schulter legte, wurde mir klar, dass er mich vermutlich schon mehrfach angesprochen hatte. Es blieb mir nichts anderes übrig, als wieder zu gehen und Eugen allein zurückzulassen.

»Er weiß, dass Sie da waren.« Der Pfleger nickte mir zum Abschied zu. Er war vielleicht Mitte zwanzig. Ich fragte mich, was er schon alles gesehen und was das mit ihm und seiner Sicht auf die Welt gemacht hatte.

Es war Mittag. Karl hatte bis zum frühen Abend Schule und Training, und ich konnte nur hoffen, dass er dann nach Hause kommen würde. Tina empfing mich im Büro mit dem Ergebnis ihrer Recherchearbeit zu Katharinas Background. Sie ahnte weder etwas von Eugens Herzinfarkt noch von Karls Herzschmerz und Wut auf mich, und ich brachte es nicht über mich, ihr davon zu erzählen. Ich war froh, dass sie so vertieft in ihren Bericht war, dass sie mich gar nicht richtig ansah.

Wie sich herausgestellt hatte, war einer der Bauunternehmer, der bei Katharinas großem Start-up-Parks-Projekt im Aufsichtsrat gesessen hatte, ein guter Freund von Richard Mahler gewesen – bevor dieser sich von ihm distanziert hatte, weil er wegen Steuerhinterziehung und Bilanzfälschung zu zwei Jahren Freiheitsstrafe auf Bewährung verurteilt worden war. So waren im Vorfeld von Katharinas Engagement Bedenken geäußert worden. Laut Protokoll einer öffentlichen Sitzung des Bürgervereins, der dem ganzen Projekt aus Sorge vor dem Gentrifizierungssog skeptisch gegenübergestanden hatte, hatte sie diese jedoch mit der Versicherung ihrer Eigenständigkeit entkräften können.

Ich ging in mein Büro und checkte die Wanze aus Katharinas Wohnung. Mahlers Mutter und vermutlich wieder die Frau mit der französischen Bulldogge waren am Morgen da gewesen. Offenbar hatte Frau Mahler wie angekündigt darauf bestanden, eingelassen zu werden, um sauber zu machen. Sie hatte die beflissene Nachbarin und ihren Hund weggeschickt, und was in den folgenden drei Stunden gefolgt war, war ein Gemisch aus Selbstgesprächen darüber, was sie vorfand – neben Leergut und verschimmelten Lebensmitteln benutzte Taschentücher –, aus Weinen und Zetern über den Zustand ihres Sohnes, Werbefernsehen, Telenovelas und dem Rauschen eines Staubsaugers. Ich skippte vor, machte Stichproben und wurde schwerer und düsterer dabei.

Ich weiß heute, dass die verbitterte alte Frau nicht der Grund dafür war, aber ich wollte ihr und ihrem Gejammer gerne die Schuld dafür geben. Ich dachte, meine Welt wäre wieder in Ordnung, wenn ich einen Schuldigen für mein Gefühlschaos ausmachen könnte, wenn ich »innen« und »außen«, »ich« und »die anderen« wieder unterscheiden und erkennen könnte, welche Ursache welche Wirkung hatte. War sie aber nicht.

Ich kann mich nicht mehr daran erinnern, wann ich angefangen habe, meine Suche nach Charles fortzusetzen, während ich über Kopfhörer weiter dabei zuhörte, wie eine Mutter hilflos versuchte, ihrem Sohn in einer schwierigen Zeit beizustehen, auch wenn er das nicht wollte. Ich war mit meiner Aufmerksamkeit irgendwo zwischen der Wohnung am Strausberger Platz, der Intensivstation in Tiergarten, Karls Klassenzimmer in Kreuzberg und den Charles Millers dieser Welt und deshalb auch nicht mehr nervös oder aufgeregt wie ein paar Nächte zuvor. Doch in dem Moment, in dem ich das Foto in der Online-Ausgabe einer schottischen Lokalzeitung sah, wurde ich ins Hier und Jetzt zurückkatapultiert.

Es war ein Foto von Charles, genau wie ich ihn kannte. Das Lächeln gerade stark genug, dass sein Grübchen in der linken Wange sichtbar wurde. Er schaute direkt in die Kamera. Die langen Wimpern schwarz, als seien sie getuscht. Für den Bruchteil einer Sekunde kam es mir vor, als stünde er vor mir und schaute mich an. Dann traf mich die Bildunterschrift mit einer Wucht, die ich nie für möglich gehalten hätte: »Student dies during cave exploration.«

In meinem Kopfhörer säuselte die Fernsehwerbung für einen Weichspüler, als ich in den Abgrund aus meinem Traum, von der Schöneberger Brücke und in das eisige Wasser des Landwehrkanals stürzte. Ich las und verstand die Worte, aber ich spürte nichts außer einem schwindeligen Sausen im Kopf und einem kalten Drücken im Magen – so, als würde ich tatsächlich fallen.

Charles war im zweiten Semester seines Geologiestudiums in Edinburgh bei einer Exkursion in ein verzweigtes Höhlensystem durch einen Erdrutsch von seiner Gruppe abgeschnitten worden und in einem unterirdischen Wasserlauf an Unterkühlung gestorben, bevor die Rettungsmannschaften zu ihm hatten durchdringen können. Er hatte sich auf ein Auslandssemester an der Humboldt-Universität in Berlin gefreut und war bei Kommilitonen und Dozenten gleichermaßen beliebt gewesen. Seine Eltern waren untröstlich.

Das war jetzt fünfzehn Jahre her.

Karl war ein halbes Jahr alt gewesen, als sein Vater in einem dunklen, kalten Erdloch erfroren war, ohne je von ihm erfahren zu haben.

Tina sang schief einen Schlager, während sie die Unterlagen für die Steuererklärung zusammensuchte. Ich konnte nicht an ihr vorbei. Ich hätte irgendetwas sagen müssen. Sie hätte gesehen, dass … Ich weiß nicht, was sie gesehen hätte. Ich schnappte meine Jacke und schlich ins Atelier. Dort kletterte ich aus dem Fenster, diesmal von nichts verfolgt außer der Angst vor dem Schmerz, der mich irgendwann einholen würde.

DREI

Es war so weit! Ich hatte noch die Form seiner Augen, den Schwung seiner Lippen, den Winkel zwischen seiner Schulter und seinem Hals. Aber ihn hatte ich verloren. Irgendwo in den Jahren. Zwischen dem Morgen, an dem ich so getan hatte, als schlafe ich, damit er wegschleichen konnte aus einem wackligen Stockbett in Kanada, und dem Mittag, an dem ich durch den Berliner Schneematsch watete.

Wie war das ein paar Stunden zuvor gewesen, als ich neben einem Mann aufgewacht war, der ihm ähnlich sah, vielleicht neben ihm aufgewacht war, weil er ihm ähnlich sah? Hatte ich ihn da noch gehabt? Irgendetwas von ihm? Eine Faser, einen Hauch, einen Schatten oder ein Echo wenigstens?

Wie konnte ich nicht einmal gemerkt haben, dass er weg war? War er je irgendwo gewesen? Irgendwo anders als auf einer Brücke über einem Abhang und in einem schäbigen Hotel? Hatte ich jetzt das Recht, seinen Verlust zu spüren, wenn er mir bis dahin nicht einmal aufgefallen war?

Ich ging weiter und weiter durch den Schneeregen, und irgendwann begann ich, mit jedem Ausatmen, das sich vor meinen Augen in weißen Nebel auflöste, besser zu verstehen, was ich verloren hatte: Hoffnung. Schutz. Ausrede.

Es war so weit: Es gab nichts mehr, worauf ich noch warten konnte.

In jedem Gespräch, in dem ich Klienten schlechte Nachrichten überbringen muss, gibt es diesen einen Augenblick, in dem ihr Leben noch auf Spur ist. Vielleicht stockt es, oder es rumpelt und klappert, aber noch ist es vertraut und irgendwie zu begreifen. Es ist dieser eine Moment, den sie in Erinnerung behalten und den sie wieder und wieder erleben werden, wenn sie morgens aufwachen und einen Herzschlag oder einen Atemzug lang alles in Ordnung ist, bevor die Welt wieder und wieder auseinanderbricht. Für mich wird dieser Moment immer nach Weichspülerwerbung und Staubsauger klingen.

Ich hatte gar nicht bemerkt, dass ich noch immer über die Kopfhörer im Ohr mit der Wanze verbunden war, dass Frau Kaufmann längst aufgehört hatte zu putzen und es in der Wohnung wieder still geworden war. Erst als die Wanze erneut ansprang, schreckte ich auf. Ich konnte Kaufmanns Stimme erkennen.

»Ich habe getan, was Sie verlangt haben. Lassen Sie mich jetzt in Ruhe?«

»Das entscheiden Sie.« Die Stimme war unverwechselbar: John.

»Dann verschwinden Sie!«

»Das werde ich. Sobald ich meinen Klienten garantieren kann, dass Sie Ihr Wort halten.«

»Habe ich das nicht bewiesen?« Kaufmann klang geschlagen. Kraftlos.

Die Stimmen kamen näher. Kaufmann stöhnte, vermutlich vor Schmerzen, als er sich – so klang es – auf der Couch niederließ. Johns Stimme war nicht weit entfernt. Sie war ruhig und warm.

»Haben Sie schon einmal von Ike Jime gehört?«

Kaufmann antwortete nicht.

»Eine japanische Technik, um Fische zu töten. Ruhig, präzise und schnell. Mit faszinierendem Ergebnis. Weil der Fisch nicht gelitten hat, ist die Qualität seines Fleisches unvergleichlich gut.«

»Was wollen Sie noch?«

»Sichergehen, dass Sie dem Druck von Frau Winter standhalten.«

Ich war mitten auf dem Bürgersteig der Pfalzburger Straße stehen geblieben. Passanten mussten mir ausweichen, und eine Frau rempelte mich genervt an.

»Indem Sie mir drohen, mich umzubringen?«

John antwortete nicht.

Die Übertragung stoppte, oder die Männer schwiegen. Ich war wie erstarrt. In meinem Kopf brach ein Gedanke durch eine Eisfläche: Die Reportage! Martin Kaufmanns letzter großer Bericht war eine Reportage über die Lebensmittelbranche gewesen. Und John arbeitete als Berater für große Konzerne in diesem Bereich. Das stand auf der Website »seiner« Firma. Katharina hatte gesagt, dass Martin seinen Stress und seine Heimlichtuerei mit der Arbeit an der Reportage erklärt hatte. Dass er ängstlich und nervös gewirkt hatte. Was, wenn das die Wahrheit gewesen war? Wenn er keine Affäre gehabt, sondern etwas entdeckt hatte, was er nicht hätte entdecken dürfen? Wenn er Katharina durch sein Verhalten hatte schützen wollen? Was, wenn sie dennoch dahintergekommen war, und John Roddish dafür gesorgt hatte, dass sie schwieg?

Ich schaffte es gerade noch in eine Hofeinfahrt, bevor ich mich übergeben musste. Oder besser, bevor mein Körper krampfte und ich hilflos würgte, aber mein leerer Magen nichts loswerden konnte außer der salzsauren Erkenntnis, dass ich mich in meiner behaupteten Unabhängigkeit von anderen, vor allem von Männern, heillos verrannt hatte. Ich war stolz darauf gewesen, mich nicht nach irgendjemandem gerichtet zu haben, mich nicht verstrickt zu haben in Ansprüche und Erwartungen. Ich hatte mir vorgemacht, in meinem Denken und Handeln frei zu sein, und hatte doch nur weggeschoben und abgelehnt, war ausgewichen und abgehauen – immer mit meiner Aufmerksamkeit bei den Fallen und Hindernissen, die andere Menschen für mich bedeuteten. Wie frei ist das? Gar nicht. Kein bisschen! Ich war so fixiert darauf gewesen, Kaufmann als den Mann zu entlarven, der seine Frau betrügt, Eugen trotzig zu widersprechen, Sebastian zu beweisen, dass er unwichtig war, Karl, dass er mich nicht brauchte, und Charles, dass ich ihn vergessen konnte, dass ich John Roddish direkt ins Messer gelaufen war, und ich hatte es nicht einmal gemerkt.

Ich sprang fast auf die Fahrbahn, als ich ein Taxi die Straße heraufkommen sah. Den Fahrer kannte ich vom Sehen. Wir hatten früher manchmal am Taxistand am Kotti zusammen auf Kundschaft gewartet. Ich nannte ihm mein Ziel und wählte Sebastians Nummer. Er ging nicht ran. Egal, ob er nicht konnte oder nicht wollte, ich war wütend. Die Wut fühlte sich immerhin besser an als die erstickende Lähmung, die mich zuvor im Griff gehabt hatte. Ich sprach ihm auf die Mailbox und flehte ihn an, mir zu glauben.

Ich wählte Johns Nummer und dann die von Kaufmann. Die Wanze sprang an.

»Sie gibt nicht auf. Schade.« Johns Stimme klang tatsächlich bedauernd.

»Was machen Sie da?« Kaufmann wirkte irritiert. Ungläubig.

»Meinen Job.«

Mir wurde klar, dass ich Kaufmann womöglich gerade in akute Gefahr gebracht hatte, und legte wieder auf. Ich drängte den Fahrer, Gas zu geben. Er ignorierte mich, wie ich es selbst so oft getan hatte, wenn gestresste Fahrgäste gemeint hatten, sie und ihr Anliegen seien es wert, dass ich meinen Führerschein verlor.

Die Wanze blieb den Rest der Fahrt über stumm.

Ich konnte mich nicht entscheiden, ob ich den Notruf wählen sollte. Wenn ich die Kurzfassung der Wahrheit erzählen würde, würden sie mir nicht glauben. Ich hatte schließlich nichts in der Hand. Wenn ich lügen und einen Notfall behaupten würde, würden sie John mit einem Einsatz zwar ablenken, aber ganz sicher auch misstrauisch machen. Ich sah seine suchenden Salbeiaugen vor mir, wie noch ein paar Stunden zuvor. Wer war der Mann, mit dem ich am Vorabend so gelacht hatte? Wie hatte ich mich so täuschen können?

Ich hatte keinen Plan und doch keine Alternative.

Wie an dem Morgen, an dem Katharina gestorben war, blieb das Taxi kurz hinter dem Alexanderplatz im Stau stecken. Ich zahlte und sprang aus dem Wagen. Ich rannte los. Immer geradeaus. Diesmal wartete ich auf Blaulicht, ich befürchtete schon einen Krankenwagen, einen Sichtschutz, Blut. Vielleicht hatte John die Wanze entdeckt, vielleicht … Doch nichts.

Autos hupten, als ich über die Fahrbahn rannte, ohne zu schauen. Vor der Haustür versuchte ich, mich einen Moment zu sammeln. Ich musste cool wirken, das war meine einzige Chance.

Ich klingelte bei Kaufmann. Keine Reaktion. Ich klingelte noch mal.

Endlich war Johns Stimme zu hören – in meinem Ohr. Er konnte mich offenbar durch die Videoanlage sehen, entschied aber, nicht zu öffnen. Stattdessen fragte er Kaufmann streng: »Woher weiß sie, dass Sie hier sind?«

»Vielleicht war sie im Krankenhaus und hat erfahren, dass ich entlassen wurde.« Kaufmann klang nicht ängstlich, er klang lustlos. Leblos.

»Ich werde mir etwas einfallen lassen müssen.« John wirkte genervt.

Ich tat so, als ginge ich weg, und wartete außerhalb des Sichtfelds der Kamera. Als Johns Stimme in meinem Kopfhörer wieder näher an dem Mikrofon schien, ging ich zurück und klingelte bei den Nachbarn auf Kaufmanns Etage. Es dauerte nur ein paar Sekunden, bis eine weibliche Stimme aus der Gegensprechanlage schepperte.

VIER Während ich die Treppe hinaufrannte, versuchte ich noch einmal, Sebastian zu erreichen. Wieder nahm er den Anruf nicht an. Als ich kurz darauf in den Flur des vierten Stocks trat, hatte die alte Dame bereits neugierig ihre Wohnungstür geöffnet. Ihre Bulldogge kam mir hechelnd und stummelschwanzwedelnd entgegen. Zwischen den Türen von Kaufmann und seiner Nachbarin lagen nur ein paar Meter. Ich bedankte mich leise und drängte die kleine Frau in ihre Wohnung. Sie wirkte überrascht, aber nicht ängstlich.

»Es ist wichtig, sonst würde ich Sie nicht stören.«

»Ich kenne Sie doch … helfen Sie mir auf die Sprünge, bitte …«

»Ich war eine Freundin von Katharina Schneider.« Mir fiel, trotz allem, auf, dass ich »war« und nicht mehr »bin« gesagt hatte.

»Natürlich.«

»Ich mache mir Sorgen um Martin. Er ist heute aus dem Krankenhaus entlassen worden und geht jetzt nicht ans Telefon. Er hat mir erzählt, dass Sie einen Schlüssel haben.«

»Um Gottes willen. Selbstverständlich.« Sie griff nach einem Schlüsselbund, der auf einer Eichenkommode neben der Tür lag.

»Lassen Sie mich gehen!«

Die runde Frau schüttelte vehement den Kopf.

»Das geht nicht! Martin hat mir persönlich den Schlüssel …«

»Ich weiß nicht, was wir finden werden!« Ich musste nicht lügen, ich hatte Angst.

Es dauerte einen Moment, bis sie die Lücke, die ich mit meinen Worten gerissen hatte, mit ihren Bildern füllte. Ich glaube, es waren viele. Mit einem Schlag war sie ganz still, und alles Blut sackte aus ihrem Gesicht. Sie ließ den Schlüssel in meine ausgestreckte Hand fallen und sank auf einen Stuhl, der neben der Garderobe stand. Der Hund sprang aufgeregt auf ihren Schoß und begann eifrig, sie abzulecken. Sie ließ es geschehen und hielt sich an dem kleinen Körper fest, als würde sie sonst ertrinken.

»Danke.«

Ich verließ die Wohnung voller dunkler Möbel und Gedanken und trat auf den Flur.

Ich musste an Tina denken, die sich einmal in eine Geschichte von Lüge und Betrug verrannt und – in mürbe gegrübeltem und übermüdetem Zustand – ihrem damaligen Freund an seinem Arbeitsplatz eine Szene gemacht hatte. Sie hatte ihre Beziehung zum Einsturz gebracht, weil sie die Zeichen falsch interpretiert hatte, innerlich ein einziges Mal falsch abgebogen war.

Drei Schritte bis zur Tür, zwei, eins, ich klingelte.

»Herr Kaufmann? Isa Winter hier.«

Die Wanze sprang an.

»Sie machen weiter wie bisher. Verstanden?« John klang nicht mehr ganz so souverän, wie ich ihn kannte, oder hoffte ich das nur?

»Und wenn nicht?« Kaufmann schien das auch zu bemerken.

»Ich habe nichts dagegen, wenn Sie enden wie Ihre Frau. Wäre die einfachste Lösung.«

Da war sie. Die Wahrheit.

Ich steckte den Schlüssel ins Schloss. Meine Hand war ganz ruhig. Ich drehte ihn um, ein leises Klicken, und die Tür sprang auf.

»What the fuck?« Ich hörte John durch den Kopfhörer und sah ihn gleichzeitig aufspringen.

Eine Sekunde lang standen wir uns über die Leere hinweg gegenüber und sahen uns an. Er war noch schöner, als ich ihn in Erinnerung hatte. So wach und lebendig und voller Tatendrang.

»Isa, was machst du denn hier?« Er hatte sich wieder unter Kontrolle. So sehr, dass es mir kalt den Rücken herunterlief.

»Ich wollte nach Herrn Kaufmann sehen. Im Krankenhaus wurde mir gesagt, dass er schon entlassen sei, da habe ich mir Sorgen gemacht.« Ich log, so gut ich konnte, in der Hoffnung, dass er gehen würde und ich Kaufmann zu einer Aussage bewegen könnte, die zusammen mit den Aufnahmen reichen würde.

»Das ist wirklich nett von dir. Willst du einen Kaffee?« Ich fragte mich, ob ich mir die Schärfe, vielleicht Bitterkeit in seiner Stimme einbildete, als er die Worte von vor wenigen Stunden wiederholte.

»Ja, gerne.« Ich konnte ihn nicht ansehen, stattdessen drehte ich mich zu Kaufmann, der, wie erwartet, auf dem Sofa kauerte und sichtbar Schmerzen hatte. Hatte John ihn gezwungen, sich entlassen zu lassen, um ihn besser abschirmen zu können?

Die Wohnung war voll beleuchtet. Selbst die Bilderlampen über den Wolkenbildern waren eingeschaltet.

»Gehen Sie! Ich habe Ihnen nichts zu sagen.« Kaufmann richtete sich auf, so gut es ging, und sah mir in die Augen. Sein Blick war viel kraftvoller als seine Stimme. Ich glaubte ihm sofort, dass er mich wegschicken wollte. Ob zu seinem oder meinem Schutz, kann ich immer noch nicht sagen.

Ich setzte mich unbeirrt auf den Sessel, auf dem ganz offensichtlich gerade noch John gesessen hatte. Sein Laptop lag offen auf dem Tisch. Er hatte damit begonnen, eine E-Mail zu schreiben. Ich konnte nicht erkennen, an wen.

Ich frage mich heute, wer von uns dreien zuerst gezuckt und sich damit verraten hat. John, als er mir, um seinen Computer zuzuklappen, einen Tick zu schnell, den Kaffeebecher reichte, der dabei überschwappte? Kaufmann, als er mich anfauchte wie eine verängstigte Katze und seine Aufforderung zu gehen wiederholte, oder ich, als ich meine Kopfhörer stumm schaltete, damit nicht alles, was wir sagten, in ihnen nachhallte?

John setzte sich neben Kaufmann auf die Couch. So dicht, als seien sie die besten Freunde. Kaufmann erstarrte. Die Schmerzen, die diese Anspannung verursachte, waren ihm ins Gesicht geschrieben. Er war nicht mehr der Mann, den ich in der U-Bahn beobachtet, auch nicht der Mann, den ich in der Hotellobby angesprochen hatte. Er schien nur noch aus Schmerz und Knochen zu bestehen.

»Martin hat mir gesagt, dass du Privatdetektivin bist. Das hast du gar nicht erzählt.« John nahm einen Schluck Kaffee und sah mich über den Becherrand hinweg an. Ich fragte mich, seit wann er wusste, wer ich war. Hatte er es auf der Beerdigung gewusst? Im Aufzug, im Auto, im Restaurant, in seiner Wohnung? Er wartete.

»Wir haben alle unsere Geheimnisse, nicht wahr?« Mir fiel nichts Besseres ein. Ich bin sonst die Beobachterin. »Woher kennt ihr euch noch gleich?«, fragte ich und deutete auf die beiden Männer.

Doch John antwortete nicht. Er schien tief in Gedanken versunken zu sein, den Kopf ein winziges bisschen schief gelegt, fast so etwas wie ein Lächeln um die Lippen. Ich weiß nicht, ob es die Tatsache war, dass ich ihn geküsst hatte, ihn wieder küssen wollte, obwohl er so gut wie zugegeben hatte, Katharina umgebracht zu haben, aber irgendetwas in mir riss.

»Ich bin gekommen, weil ich nicht mehr glaube, dass Sie eine Affäre mit Christine Schulz hatten.« Ich tat so, als spräche ich mit Kaufmann. Der zuckte zusammen, John schreckte aus seinen Gedanken auf. Gut.

Eugen hat mir mal erzählt, dass er als junger Mann mit seinen Kommilitonen regelmäßig Poker gespielt hat. Einer seiner Freunde gewann so oft, dass er des Falschspiels verdächtigt wurde. Schließlich verriet er sein Erfolgsgeheimnis: Es war ihm gleichgültig, ob er gewann. Er wollte nur die Abende mit seinen Freunden verbringen. Deshalb bluffte er mal, mal nicht, stieg mal schnell aus, mal setzte er alles. Er zeigte keine Anspannung und keine Vorfreude.

John aber wollte gewinnen.

»Wieso?«

»Weil ich glaube, dass es um etwas ganz anderes geht.«

»Interessant.«

»Wieso bist du hier, John?«

»Wieso spielt das eine Rolle?«

Ich hielt es aus zu schweigen.

»Was willst du damit sagen?«

»Dass du Katharina Schneider ermordet hast.«

Ich hatte es ausgesprochen. Ganz ruhig. Ganz richtig. Ich wusste, dass ich recht hatte. Die Puzzleteile hatten sich zusammengefügt. Und auch wenn ich diesmal eine Variable in der Gleichung war, war sie erschütternd einfach.

Ich stand auf und machte zwei Schritte auf die Männer zu. Direkt vor John ging ich in die Knie. Ich sah ihm in die Augen. Aber ich suchte dort nichts mehr. Ohne meinen Blick zu senken, streckte ich meine Hand aus. Er hielt ganz still. Ich tastete zwischen seinen Beinen unter der Couch nach der Wanze. Ein kurzer Ruck an dem doppelseitigen Klebeband, mit dem sie befestigt war, und sie fiel lautlos in meine Handfläche.

Kaufmann schnappte nach Luft. John lächelte ungläubig.

»Wie lange ist die schon hier?«

»Lange genug«, bluffte ich. Ich wollte nicht mehr gewinnen. Ich hatte gewonnen. Deshalb konnte ich zurücklächeln.

Und dann ging alles schief.

FÜNF

»Sie war genauso stur wie du.« John schüttelte ungläubig den Kopf. Ich stand auf und ging die zwei Schritte zurück zum Sessel.

»Wieso hast du sie umgebracht?«

»Wir konnten uns nicht einigen.« Seine Stimme war voller Bedauern.

»Wieso war sie so gefährlich? Was hat sie herausgefunden?« Ich glaubte nicht, dass John mir antworten würde, deshalb sah ich Kaufmann direkt in die Augen. Er bewegte sich immer noch nicht. Hätte er nicht aufrecht gesessen, man hätte ihn für tot halten können.

Seine Stimme klang leblos, als er erklärte: »Drei der Konzerne, über die ich geschrieben habe, sprechen europaweit ihre Preise ab. Seit Jahren. Der Schaden für die Konsumenten geht weit in die Milliarden und die erwarteten Strafen wegen Verstoßes gegen das Kartellrecht ebenfalls.«

Geld. Es ging um Geld. Nur? Ich erinnere mich, wie noch sinnloser und billiger mir Katharinas Tod plötzlich vorkam. Einen Moment lang herrschte absolute Stille. Es war, als warteten wir alle drei auf irgendetwas. Ich tat es auf jeden Fall. Darauf, dass sich der Schwindel legte und ich wieder Boden unter den Füßen hatte.

»Wieso hatte sie keine Abwehrwunden?«

»Weil ich nicht kämpfe.«

»Aber wie …«

»Sie hat das Fenster selbst geöffnet. Wollte um Hilfe rufen.«

»Katharina war eine große Frau, die kann man nicht einfach aus dem Fenster werfen.«

»Doch. Ruhig, präzise und schnell. Alles eine Frage des Hebels … Schade, Isa.« Er stand auf, steckte den Computer in eine Umhängetasche, die neben dem Tisch auf dem Boden gelegen hatte.

»Du glaubst doch nicht, dass ich dich gehen lasse, oder?« Meine Stimme hielt. Ich nahm mein Handy und wählte den Notruf.

»Nein.« Er beugte sich zu mir herunter und gab mir einen Kuss. Ganz zart. Er schmeckte nach Zigaretten.

»Hilfe! Hilfe!«, schrie ich in mein Handy, nannte die Adresse und beendete den Anruf wieder. Dazu war Katharina nicht mehr gekommen.

Es war so weit. Für diesen Augenblick hatte ich seit ihrem Tod gearbeitet. John musste für das bezahlen, was er getan hatte. »Ruhig, präzise und schnell«, hatte er gesagt, das konnte ich auch: Ich stand auf, nahm den Schlüssel, den ich von der Nachbarin bekommen hatte, dann griff ich nach dem Schlüsselbund, der auf der Kücheninsel lag und vermutlich Kaufmann gehörte. In ein paar Schritten war ich an der Wohnungstür. Ich schloss von innen ab und warf das erste Paar durch den Briefschlitz aus Messing. John sah mich geschockt an. »Alles eine Frage des Hebels.« Auf eine verdrehte Art tanzten wir miteinander. Der zweite Bund war dicker, weil noch ein Autoschlüssel dazugehörte. Ich hatte es fast geschafft, als John »Stopp!« rief, draußen ein Martinshorn zu hören war und das Handy in meiner Tasche klingelte. Es war der Ton, den ich für Sebastian reserviert hatte.

Ich hörte Kaufmann stöhnen und fuhr herum.

John, mit Tasche und im Mantel, hatte ihn vom Sofa hochgezogen und schob ihn jetzt vor sich her auf mich zu. An Kaufmanns Kehle blitze ein Steakmesser.

»Ich bevorzuge einfache Lösungen, aber ein bisschen Blut stört mich nicht.«

Mehr Martinshörner, mein Telefon schrillte, in meinen Ohren rauschte es.

»Isa! Mach die Tür auf und geh zur Seite!«

Kaufmann starrte mich mit weit aufgerissenen Augen an. John drückte die Klinge in die blasse, schlaffe Haut über seiner Halsschlagader, bis die ersten Blutstropfen seine Kehle herunterliefen. Er lächelte siegessicher. Er wusste, dass ich nicht zulassen konnte, dass er Kaufmann tötete.

Ich gab den Weg frei. Ich schloss sogar auf, öffnete die Tür und tat nichts, um ihn aufzuhalten. Er nahm mir den Schlüssel ab und sperrte mich in der Wohnung ein.

Geschichten enden nicht, wenn jemand verhaftet wird oder verurteilt oder entlassen. Ich weiß das, und es war immer in Ordnung für mich. So war es nun mal. Nichts würde etwas daran ändern, dass Katharina tot war, da hatte Eugen recht. Aber dass John einfach davonkommen sollte, war so falsch, dass es mir die Luft nahm. Ich war geschlagen.

Die Rekonstruktion des Falls durch die Polizei hat später ergeben, dass er Kaufmann kurz vor dem Treppenaufgang niedergeschlagen hat. Dann muss er die Treppe bis in den zweiten Stock runtergegangen sein. Dort stieg er in den Aufzug zu zwei Polizisten, die ihn sogar nach draußen geleiteten. Er habe »gepflegt, sehr ruhig und unbeteiligt« gewirkt. Was wäre wohl geschehen, wenn sie gewusst hätten, dass er ein blutiges Messer in seiner Designermanteltasche hatte?

Von den folgenden Stunden weiß ich nicht mehr viel: Sanitäter versorgten Kaufmann, aber er weigerte sich, wieder ins Krankenhaus zu gehen. Die Bulldogge drehte hinter ihrer Wohnungstür durch, und es stellte sich heraus, dass ihre Besitzerin einen Schwächeanfall erlitten hatte. Sie wurde liegend abtransportiert, den Hund sperrten die Polizisten wieder in die Wohnung, wo er anfing, ganz jämmerlich zu winseln. Sebastian und Kommissar Möller standen plötzlich vor mir. Sebastian war wütend und fuhr die Streifenpolizisten an, als sie ihn aufforderten, sich auszuweisen. Ich glaube, ich habe einen einigermaßen klaren Bericht und eine gute Beschreibung von John abgegeben, ebenso von seinem Wagen, einschließlich Kennzeichen und seiner Adresse. Sebastian hat mich angewiesen, später ins Dezernat zu kommen, sich dann umgedreht und den Sucheinsatz organisiert.

Ich fragte die junge Polizistin, die meine Personalien aufgenommen hatte, ob ich gehen könne. Sie zuckte hilflos mit den Schultern. Ich verabschiedete mich nur mit einem Nicken von Kaufmann, dem die Sanitäter zurück auf die Couch geholfen hatten und der nun von Polizisten umringt war, die seine Aussage aufnahmen. Wir wussten beide, dass wir uns bald wiedersehen würden.

Unten auf der Straße war es schneidend kalt. Ich sah auf meinem Handy, dass Tina und eine Berliner Festnetznummer mehrfach angerufen hatten, aber auch, dass Karl in einer halben Stunde zu Hause sein würde. Falls er zu Hause sein würde.

Ich stieg am Alexanderplatz von der U5 in die U8 und kann mich ganz genau an jedes Detail erinnern. An die Leute, die neben mir standen, mir gegenüber. An den Geruch von nasser Wolle und schwitzenden Menschen, von U-Bahn-Tunnel und Schneematsch. An den schief geklebten Sticker einer Klamottenfirma an einem der Pfeiler am Kotti, auf dem »i AM OK« stand, als wolle er sich über mich lustig machen.

Ich war nervös, als ich die Wohnungstür aufschloss, obwohl ich es nicht für möglich gehalten hätte, zusätzlich noch irgendetwas fühlen zu können. Kaum hatte ich mir die Hände gewaschen, so lange und so heiß, dass es wehtat, und Teewasser aufgesetzt, hörte ich Karl nach Hause kommen. Ich trat in den Flur. Vielleicht wollte ich verhindern, dass er sich an mir vorbeischlich. Vielleicht wollte ich ihm auch nur zeigen, dass ich da war und auf ihn gewartet hatte. Wir standen uns gegenüber.

Mein Sohn, der schon einen halben Kopf größer war als ich, sah so müde und traurig aus, wie ich ihn noch nie erlebt hatte. Ich glaube, er hätte das Gleiche über mich denken können. Er stand da und wartete. Und ich? Nie hatte ich mehr handeln und weniger warten wollen. Ich wollte ihm so sehr geben, was er sich wünschte. Aber sein Vater war tot.

»Es tut mir so leid.« Mehr schaffte ich nicht, und es kam mir selbst billig vor.

Karl nickte nur und biss sich auf die Unterlippe.

»Soll ich mit Ada reden?«

»Ava!«

Die eine Chance, die ich gehabt hatte, habe ich vertan.

Karl drängte an mir vorbei in sein Zimmer und knallte die Tür zu. Dann riss er sie noch einmal auf und zischte: »Ich hasse dich!«

SECHS

Wenn ich heute an diese Tage zurückdenke, frage ich mich, wie sie nur vierundzwanzig Stunden gehabt haben können.

Tina fand mich in der Küche sitzend. Ich weiß nicht, wie lange ich dagesessen hatte. Nur eine Wand getrennt von Karl.

»Fuck, Isa! Wieso wusste ich das nicht? Eugen ist im Krankenhaus? Du sollst kommen. Du gehst nicht an dein Handy. Was ist passiert? Mir wollten sie nichts sagen. Wie siehst du aus? Wieso bist du einfach aus dem Büro verschwunden? Bist du aus dem Fenster geklettert? Und was ist mit Karl? Er hat nur gemeint, ich soll dich fragen!«

Ich bin sicher, sie hat noch mehr gesagt und gefragt und vorgeworfen, und sie hatte sicher recht. Aber ich war zu voll oder zu leer, um zu antworten.

Ich stand auf, nahm meine Jacke und meine Tasche und machte mich auf den Weg, um mich von Eugen zu verabschieden. Ich habe Tina erst bemerkt, als sie auf dem Bürgersteig neben mir stand, während ich auf mein Taxi wartete. Ich hatte keine Kraft, sie wegzuschicken. Wir kletterten in den Wagen und saßen die Fahrt über schweigend auf der Rückbank.

In der Lützowstraße angekommen, konnte ich das Krankenhaus nicht betreten. Es war, als stoße ein starker Magnet mich ab. Ich konnte einfach nicht weiter. Tina hakte mich unter. Ich stieß sie von mir oder mich von ihr. Ich war plötzlich so wütend. Ich wollte jemanden schlagen, ich wollte schreien; ich wollte, dass mich jemand schlug, damit ich zurückschlagen konnte. Am Ende habe ich gegen die Wand getreten, so stark ich konnte, und kam mir dabei schwach und lächerlich vor.

»Er ist tot!«, platzte es aus mir heraus. Ich drehte mich zu Tina um, die mich schockiert beobachtet hatte. Meine Stimme war zu laut und doch längst nicht laut genug.

»Aber das weißt du doch noch gar nicht. Isa, bitte, lass uns erst mal reingehen.«

»Charles! Charles ist tot. Seit fünfzehn Jahren«, schrie ich in meinem Kopf. Aber nur dort! Solange der Satz dort blieb, konnte ich ihn kontrollieren. Ihn wieder einfangen, und er musste nicht Wirklichkeit sein. Erst nachdem er sich in mir geformt hatte, konnte ich gehen oder besser wegrennen vor Tinas Bestürzung, ihrer Sorge, ihrer Liebe, die ich nicht verdient hatte.

Diesmal erkannte mich die junge Ärztin sofort. Sie öffnete mir die Tür. Als sie lächelte, habe ich das erst gar nicht verstanden. Bis Tina mich anstieß und flüsterte: »Es gibt Hoffnung.« Dann versprach sie, draußen zu warten, aber ich bat sie, zu Karl nach Hause zu fahren. Als sie widersprach, erklärte ich ihr, dass ich ohnehin noch zu Sebastian ins Dezernat musste. Sie glaubte mir, wenn auch zögerlich. Sie wusste ja nicht, dass wir uns nicht mehr privat trafen, und ging davon aus, dass der Fall Schneider abgeschlossen war. Ich würde ihr irgendwann alles erzählen müssen, wenn ich ihr Vertrauen verdienen wollte. Das war mir klar, als sie mich zum Abschied umarmte.

»Ihr Vater hat sich überraschend gut von dem Eingriff erholt. Wir konnten ihn aus dem künstlichen Koma aufwecken. Er atmet selbstständig.«

Ich hörte sie, und ich konnte sehen, dass sie recht hatte, als wir vor Eugens Zimmer ankamen. Die Tür stand offen, weil gerade eine Pflegerin einen neuen Infusionsständer brachte.

»Er ist sediert und steht unter starken Schmerzmitteln, aber Sie können zu ihm. Er will Sie unbedingt sprechen.«

Ich dankte ihr, sosehr ich konnte. Dann ging ich zu Eugen und setzte mich neben sein Bett. Er schlief und sah in der Tat besser aus. Ein wenig. Ich hielt seine Hand und begann zu weinen. Erst ganz leise, aber dann konnte ich nicht mehr aufhören. Ich rang nach Luft und wurde dabei so durchgeschüttelt, dass ich hörbar schluchzte.

Eugens Stimme war heiser und schwach. Er summte ein russisches Kinderlied. Und ich schluchzte noch mehr. Bis ich nicht mehr konnte. Erst dann sah ich auf. Eugen selbst wischte sich mit dem Handrücken die Tränen aus dem Gesicht. Er schien die Kanüle darin gar nicht zu bemerken.

»Vse khorosho. Alles ist gut«, murmelte er, dann schlief er wieder ein.

Ich muss selbst eingenickt sein, denn als ein Pfleger hereinkam, schreckte ich hoch. Vielleicht durch meine Bewegung geweckt, öffnete Eugen wieder die Augen. Er sah sich verwundert um, so, als wisse er nicht, wo er war. Aber als er mich erkannte, wurde er ganz ruhig und lächelte.

»Sie können noch ein paar Minuten bleiben, aber dann braucht Herr Orlow seine Ruhe.« Der Mann mittleren Alters war freundlich, aber es war klar, dass er keinen Widerspruch duldete.

Ich habe mich bei Eugen entschuldigt. Ich weiß nicht mehr, wie, vermutlich zusammenhanglos und stotternd, und auch für Dinge, mit denen er gar nichts zu tun hatte (auch wenn ich die nicht ausgesprochen habe, damit er sich keine Sorgen machte). Und er hat mir verziehen. Ohne zu zögern und mit einem Lächeln, und ich wünschte, ich könnte das auch.

Ich versprach, am nächsten Tag wiederzukommen. Er zog meine Hand an seine Lippen und küsste sie. Ich fand das falsch herum, aber ich selbst hätte es nie gemacht. Also war ich froh, dass Eugen die Geste übernommen hat, und stand auf.

Als ich schon an der Tür war, hörte ich ihn entsetzt nach Luft schnappen und fuhr herum.

»Der Brite! ›Ich sorge dafür, dass Kaufmann schweigt, dafür haben Sie ihn ja schließlich bezahlt.‹ Das hat er am Telefon gesagt, jetzt erinnere ich mich. Moya malen'kaya, der Mann ist gefährlich!«

Ich habe all meine Konzentration gebraucht, um mir meinen Schock nicht anmerken zu lassen. Ich hatte mich wieder getäuscht! Kaufmann war nicht das unschuldige Opfer, für das ich ihn gehalten hatte. Er hatte Katharinas Mörder nicht aus Angst gedeckt, sondern weil dieser ihn für sein Schweigen bezahlt hatte.

Ich musste zu Sebastian.

SIEBEN

Sebastians Büro war zu voll. Ich saß vier Männern gegenüber: Sebastian, Kommissar Möller und zwei Kollegen, die ich noch nicht kannte. Sebastian hatte von Anfang an dafür gesorgt, dass wir nie alleine waren. Ich war ihm dankbar dafür.

Ich hatte ihm alle Audiodateien meiner Wanze geschickt und die Vorkommnisse des Tages trotzdem noch zweimal erzählen müssen. Ich glaube, ich habe genervt oder vielleicht trotzig gewirkt. Dabei wusste ich natürlich, dass sie nur ihren Job machten.

Der Fall Schneider war offiziell wieder geöffnet worden. John hatten sie noch nicht gefasst, aber eine groß angelegte Fahndung lief, einschließlich der Überwachung der Flughäfen.

Ich wusste, was kommen musste.

»Frau Winter, Ihr Vorgehen wird für Sie rechtliche Konsequenzen haben, das ist Ihnen klar?« Sebastian hatte Möller die Befragung überlassen. Um Abstand zu halten oder um besser beobachten zu können, weiß ich nicht.

»Ja.«

»Wollen Sie nicht doch einen Anwalt hinzuziehen?« Er sah mich ernst an.

»Nein.«

»Laut unserer Ermittlungen gibt es in Berlin keinen John Roddish. Christine Schulz und ihre Kollegen geben an, ihn erst seit drei Monaten zu kennen, und konnten keine weiteren

Angaben über ihn machen. Er ist Freelancer und hat in einigen Projekten auf Kundenwunsch hin beraten.«

Ich musste lachen.

»Was ist daran so lustig?« Sein Ton wurde schärfer.

Ich zuckte nur mit den Schultern. Anspannung, Scham, Schuld. Ich war längst nicht mehr in der Lage, meine Gefühle zu verstehen.

»Wie ist Ihre Beziehung zu diesem Herrn Roddish?«

Ich begann, alles zu erzählen. Angefangen bei der Beerdigung, was dazu führte, dass die Fotos, die die verdeckten Ermittler damals gemacht hatten, angefordert wurden und ich John auf mehreren Bildern identifizieren konnte. Allerdings war er immer nur von hinten oder höchstens im Profil zu sehen. So, als habe er gewusst, dass er fotografiert wurde.

Auch ich war natürlich auf den Bildern. Ich erkannte mich kaum.

Ich erzählte von unserer Begegnung im Aufzug am Potsdamer Platz, im Krankenhaus bei Martin Kaufmann, von der Autofahrt, dem Essen …

Sebastian war aufgestanden und hatte sich einen Kaffee geholt, als ich von Johns Einladung und dem Essen angefangen hatte. Als er zurückkehrte, fragte Möller mich gerade zum zweiten Mal, ob wir wirklich nicht über etwas Fallrelevantes gesprochen hatten.

»Ich wusste nicht, dass er etwas mit dem Fall zu tun hat. Für mich war er der Freund von Martin Kaufmann, dem Mann, den Sie vollkommen entlastet hatten.« Ich sprach ruhiger, als ich war.

Ich sah Sebastian an, der sich hinter seinem Superpapa-Becher versteckt hielt, und das war so absurd, dass ich wieder lachen musste. Ich war es leid, mich zu erklären und mich für meine Fehler zu rechtfertigen. Ich würde mit ihnen klarkommen müssen, und vielleicht würde ich sie mir eines Tages verzeihen, aber damit hatten die vier Männer in diesem stickigen, überheizten Büro nichts zu tun.

Also sprach ich weiter. Von unserem Abschied und davon, dass ich Eugen angerufen und auf John angesetzt hatte.

Sebastian atmete auf. Das muss auch seinen Leuten aufgefallen sein.

»Dann haben Sie Roddish ja doch misstraut«, fuhr Möller dazwischen.

»Nicht genug.«

Ich schloss meinen Bericht und ließ nichts aus. Nicht den Sex, nicht die Farbe der Vorhänge und die Kendo-Ausrüstung. Nur wie ich mich dabei gefühlt hatte, behielt ich für mich.

»Danke, Isa. Das reicht.« Sebastian nickte mir knapp zu und drehte sich dann ruckhaft zu seinem Computer. Er war wütend. Oder gekränkt. Auf jeden Fall wollte er mich loswerden. Ohne seine Leute anzusehen, verteilte er Aufgaben. Darunter die, mich aus dem Gebäude zu führen. Also habe ich ihm nichts von dem erzählt, was Eugen im Wagen gehört hatte.

Als Möller und ich in den Großraumbereich traten, hörte ich, wie ein weiterer Beamter berichtete, dass Roddishs Wagen in der Tiefgarage am Potsdamer Platz entdeckt worden war und sich in seiner Wohnung außer der Kendo-Ausrüstung, einigen Kleidungsstücken und Toilettenartikeln keine persönlichen Gegenstände befunden hatten. John Roddish war verschwunden.

TEIL 8

»Nähe ist keine Frage
der Entfernung.«

Hermann Lahm

EINS

Ich war zu müde, um zu schlafen. Ich wollte nicht nach Hause, wo mein Sohn mich hasste und meine beste, meine einzige Freundin mich ausfragen oder mitleidig ansehen oder trösten würde. Also ging ich ins Büro. Auf meinem Schreibtisch lagen Unterlagen für die Steuererklärung. Ich unterschrieb und steckte sie zurück in den großen Umschlag, auf den Tina einen Zettel mit einem Smiley geklebt hatte. Ich kochte Wasser und vergaß dann doch, mir einen Tee zu machen. Ich schaltete meinen Computer an. Einen Moment lang war ich versucht, mehr über Charles' Tod herauszufinden, aber als ich die ersten Buchstaben getippt hatte, fingen meine Hände an zu zittern. Also ließ ich sie sinken.

Zwei oder drei Stunden später, es war weit nach Mitternacht, saß ich vor einer Wand meines Ateliers, die vollgehängt war mit ausgedruckten Fotos und Pfeilen und Fragezeichen. Im Film und auch in Sebastians Dezernat wurden solche Diagramme schon viel früher angelegt. Ich habe das noch nie gemacht. Das liegt sicher daran, dass meine Fälle normalerweise sehr eindimensional und begrenzt sind, aber auch daran, dass ich sie bisher nicht nötig hatte. Ich hatte immer so viel Abstand, Übersicht und Geduld, dass alles, was ich brauchte, in meinem Kopf sein konnte.

In diesem Fall hatte ich mir eingestehen müssen, dass ich die Übersicht längst verloren hatte. Meine Gedanken waren immer wieder an den Strausberger Platz zurückgekehrt, zu Katharina, wie sie in ihrem Blut hinter dem Sichtschutz lag, zu Martin Kaufmann, der regungslos in der Dunkelheit saß und vor sich hinstarrte. Ich sah John vor mir, wie er Kaufmann auf der Beerdigung von Richard Mahler wegzog, wie er neben mir in den Aufzug sprang, wie er aufsah und lächelte. Eigentlich hätte der Fall für mich abgeschlossen sein müssen. Kaufmann war bei den Recherchen für seine letzte Reportage auf etwas gestoßen, auf das er nicht hätte stoßen dürfen. Er hatte Katharina davon erzählt, die daraufhin von Roddish beseitigt worden war – das, Drohungen und Geld sollten Kaufmann zum Schweigen bringen. Doch irgendetwas ließ mir keine Ruhe. Wieso reichte der Mord an seiner Frau nicht aus, um ihn mundtot zu machen? Wieso hatte Katharina nicht schweigen wollen? Können? Wer hatte versucht, mich auf der Schöneberger Brücke umzubringen? Hatte Richard Mahler wirklich so eine kurze Lunte oder so viel zu verlieren? Oder war John am Steuer gewesen und hatte mich nur eine Nacht später so geküsst und mit mir geschlafen, wie er es getan hatte? Was sagte das über ihn? Was über mich?

Diese und noch viel mehr Fragen zusammen mit der Handvoll Antworten, die ich hatte, hatten zu dem wirren Muster an der Wand geführt. Also saß ich im Schneidersitz auf der Couch, die jetzt wieder nur eine Couch war, und versuchte, darin klare Form, womöglich Schönheit zu finden.

Ich landete immer wieder bei den Fotos von Katharina. Eines Tages würde ich vergessen haben, wie sie ausgesehen, was sie gesagt und wie sie mich angegrinst hatte. Aber ich war noch nicht so weit. Ich hatte begriffen, dass ich sie erst verstehen musste, bevor ich sie loslassen konnte. So hingen nebeneinander an der kalten weißen Wand, das offizielle Profilbild von der Website ihrer Firma, ein Bild mit Mahler, aufgenommen auf einem Benefizkonzert, ein Schnappschuss mit Kaufmann, der bei den Fotos gewesen war, die sie mir bei Auftragserteilung gegeben hatte.

Sie war geblieben, wo ich geflohen war; hatte sich gegen ein Kind entschieden, wo ich mir nie sicherer gewesen war, meines zu behalten. Sie hatte sich befreit, wo ich nicht einmal gemerkt hatte, dass ich eingesperrt war. Sie hatte sich getraut, zu lieben und ihre Gefühle zu zeigen – nicht nur Kaufmann, sondern auch ihren Freunden wie Brigitta und den jungen Frauen bei »Zuhause e. V.« gegenüber –, wo ich selbst mich sogar vor Karl, Tina und Eugen versteckte. Sie hatte Ziele gehabt und sie verfolgt, wo ich nur reagierte und wartete. Sie war tot, und ich?

Irgendwann bin ich eingeschlafen, und als ich durchgefroren und erschöpft wieder hochschreckte, wusste ich, was passiert war.

ZWEI

Ich wusste, dass er zu Hause war. Genauso wenig wie ich konnte er Gesellschaft vertragen und erst recht nicht die seiner Mutter, die Katharina gehasst hatte.

Kaufmann öffnete nach dem dritten Klingeln, und als ich im vierten Stock ankam, stand die Wohnungstür bereits einen Spalt offen. Er selbst saß wieder auf seinem Sessel, wie bei unserem ersten Treffen. Wie am Tag zuvor erst John, dann ich.

In der Wohnung war es wieder dunkel. Sie war mir lieber so.

Vor Kaufmann auf dem Tisch stand eine leere Weinflasche. Ich machte uns beiden Kaffee. Es war das erste Mal, dass ich Schränke und Schubladen öffnete und mich in dem Raum, den Katharina eingerichtet und bewohnt hatte, bewegte. Er fühlte sich vertraut an.

»Wie viel haben Sie dafür bekommen, die Sache mit der Preisabsprache nicht in Ihrer Reportage aufzudecken?«

Er drehte sich zu mir um, blickte mir aber nicht in die Augen. Ich konnte sehen, dass ihn die Bewegung schmerzte.

»Woher wissen Sie das?«

»Roddish, oder wie auch immer er wirklich heißt, ist weg. Er kann Ihnen nichts mehr tun.«

Kaufmanns Lachen überraschte mich genauso wie ihn selbst.

»Ich habe sie einfach nicht bemerkt.« Er sprach mit sich selbst, als sei ich gar nicht da.

Ich blieb stehen, wo ich war, an die Kochinsel gelehnt. Die Kaffeemaschine zischte.

»Es war dunkel, und sie hat da auf der Couch gesessen und geweint. Ich habe mit Roddish telefoniert, und ich weiß noch, wie froh ich war, dass alles vorbei war.«

Er sah aus dem Fenster und wartete. Auf den nächsten Satz, darauf, dass der Schmerz verging, ich weiß es nicht.

»Zwei Millionen. Katharina war mir zwei Millionen Euro wert. Wenn ich sie nicht angenommen hätte, wäre sie noch am Leben. Und dabei wusste ich sogar, dass sie mich verlassen würde, würde sie es herausbekommen.«

Die Pause war lang. Ich nahm die Kaffeebecher und setzte mich ihm gegenüber auf das Sofa.

»Ich war glücklich. Ich habe mir vorgemacht, ich würde irgendwann einen Weg finden, ihr das Geld zu erklären, und dann würden wir für den Rest unseres Lebens reisen und zusammen sein. Ist das nicht verrückt?«

Ich musste an Katharinas »Kitschig, ich weiß« denken.

»Roddish hat sie gehört. Ich konnte nicht leugnen.«

Ich wollte ihm wütend verbieten, sich rauszureden, aber er kam mir zuvor.

»Sie hat mich verachtet. Sie hat mich angestarrt, als ob …« Er schüttelte sich. »Ich habe sie dafür gehasst. Vielleicht von Anfang an. Dass sie in mir immer nur das Beste gesehen hat. So, als sei ich jemals dieser Mensch gewesen. Ich habe ihr gesagt, dass sie sich in mir täuscht, da hat sie nur gelacht. Immer und immer wieder. Sie hat mich oft angesehen, als sei ich ein Weltwunder.« Seine Stimme brach. Er atmete tief ein und aus, bis er weitersprechen konnte.

Mein Herz raste. Ich wusste, wovon er sprach. Ich war in Vancouver vor diesem Blick davongelaufen.

»Sie hat mich gefragt, wieso. Immer wieder. Aber ich konnte ihr die Antwort nicht geben. Ich habe lange darüber nachgedacht, und ich glaube, ich wollte die Macht. Und ich wollte das Geld. Beides ist Freiheit, oder?«

Ich zuckte mit den Schultern. Ich hatte erst am Vortag gelernt, dass ich keine Ahnung von Freiheit hatte.

»Wer interessiert sich schon für einen blassen Journalisten? Für die Story, klar. Aber für den Menschen dahinter? Aber wenn man Millionen hat …«

»Wo sind die Millionen jetzt?«

»Wollen Sie sie? Bedienen Sie sich!« Er deutete auf einen Küchenschrank. Als ich rüberging, um ihn zu öffnen, fiel mir die Tüte, die Christine Schulz ihm in dem Café am Alexanderplatz gegeben hatte, fast entgegen. Und der Staubsauger.

»Katharina hasste Hausarbeit.«

Ich nahm die Tüte und schloss den Schrank wieder. Sie enthielt Geldbündel, einen Schnellhefter und eine Schachtel. Als ich diese vorsichtig öffnete, kullerten darin eine Handvoll Diamanten herum. Ich zog die Mappe heraus. In ihr waren mehrere Klarsichthüllen mit Krugerrand-Münzen abgeheftet. Die ganze Tüte wog keine fünf Kilo. Ich packte alles zurück und stellte sie auf den Couchtisch zwischen uns.

»Sie hat gesagt, ich solle das Geld zurückgeben. Sie hat mich angefleht.«

Er verschwand für eine Weile in seiner Erinnerung.

»Und Roddish wollte sie umstimmen?« Meine Stimme war kalt.

»Ich habe ihn gebeten, mit ihr zu sprechen.« Er verzog sein Gesicht, soweit es mit der mittlerweile blau, grün und gelben Schwellung ging, zu einem hässlichen Lächeln. »Ich habe ihn reingelassen und bin zum Sport gegangen. Sie war so wütend auf mich, sie hat mir gar nicht zugehört. Ich dachte, er versucht es mit Charme, und notfalls könnte er sie etwas einschüchtern.«

»Und dann haben Sie sie tot auf dem Asphalt gefunden und geschwiegen? Ich war da, ich habe das Blut gesehen!« Meine Stimme klang schrill.

Ich hasse niemanden. Habe ich noch nie. Es muss um viel

gehen, wenn man jemanden hasst, oder? Ich musste noch nie hassen, aber an diesem Morgen habe ich Kaufmann gehasst. Das Gefühl kam so heftig und überraschend, dass ich nach Luft schnappte.

Kaufmann schaute mich das erste Mal direkt an. Er war einverstanden mit dem, was er sah.

Ich versuchte, mich aus dem Strudel zu befreien. Ich verhandelte mit mir selbst und erinnerte mich daran, dass ich hier noch nicht fertig war. Hatte Katharina mit mir telefoniert, als Roddish schon in der Wohnung war? Hatte er lächelnd mit ihr Kaffee getrunken? Hatte er gewusst, wer ich bin, während sie mich zu sich bestellte? Hatte er die Überwachungsaufnahmen aus dem Hotel gelöscht? War er der Einbrecher in meinem Büro gewesen? Hätte er mich umgebracht? »Ein bisschen Blut stört mich nicht«, hatte er gesagt. Hatte er hinter dem Steuer des Wagens auf der Schöneberger Brücke gesessen? Hatte mein Kommen Katharinas Tod beschleunigt oder vielleicht verursacht? Hätte sie sich mit John einigen können? Wollen?

Auf die meisten Fragen werde ich wohl nie eine Antwort bekommen.

»Was hat Mahler mit all dem zu tun?« Ich zwang mich auf eine Spur, der ich folgen konnte.

»Ich weiß nicht, was genau passiert ist, aber wenn sie seinetwegen nicht so aufgelöst gewesen wäre, hätte sie nicht im Dunkeln gesessen und mein Telefonat mitgehört. Dann hätte sie nichts von dem Geld erfahren!«

»Das ist nicht Ihr Ernst! Jetzt ist er schuld?«

»Nein, er ist einfach ein manipulatives Arschloch, dem nichts wichtiger ist als sein Ansehen. Wieso braucht er wohl Bodyguards? Er ist rücksichtslos und machtgeil! Katharina wollte unbedingt ihre Tochter kennenlernen, und er hat sie angeschrien und bedroht und angefleht und seine neuen Kinder benutzt, um ihr ein schlechtes Gewissen zu machen.«

»Und deshalb lassen Sie sich von ihm verprügeln?«

»Ich habe keinen anderen gefunden, der dazu bereit war.« Auch wenn Kaufmann dabei mit den Schultern zuckte, wusste ich, dass er das ernst meinte.

»Was hat er auf der Beerdigung zu Ihnen gesagt?«

»Dass ich als Ehemann versagt habe.«

»Das ist unbestritten, oder?« Ich wunderte mich nicht mehr über meine Kälte. Kaufmann auch nicht.

»Was haben Sie geantwortet?«

»Dass sie mich ihm trotzdem vorgezogen hat.«

Mir war schlecht.

Ich stand auf, nahm die Geldtüte und ging.

DREI

Ich zog die Wohnungstür hinter mir zu. Ich war angewidert vom Schachern um Schuld und Macht und Einfluss, von der Bedingtheit der Wahrheit, wie Kaufmann sie darstellte. Einen Millimeter bevor sie ins Schloss klickte, stieß ich die Tür wieder auf.

»Sie hätten sie sehen müssen, als sie von Ihnen gesprochen hat. Das hätte sie nicht …« Weiter kam ich nicht. Kaufmann stand am offenen Fenster. Ein Bein bereits über der Brüstung.

Vor meinem inneren Auge sah ich ihn in dem Ausschnitt Himmel dahinter verschwinden, ihn an derselben Stelle wie seine Frau auf dem Asphalt liegen. Ich fing an zu lachen. Ich lachte so laut, dass Kaufmann sich erschreckt zu mir umdrehte.

»Das war's also? Katharina tot, Sie tot, Roddish verschwunden, die Businesstypen kommen davon. Und alles für das hier?« Ich ließ die Tüte fallen. Sie kippte hinter die Tür, und die Schachtel mit den Diamanten sprang auf. Wie glitzernde Murmeln kullerten ein paar über das Parkett.

Er antwortete nicht, sondern wandte sich wieder ab. Mühsam und unter offenbar großen Schmerzen zog er sich am Fensterrahmen hoch. Unten auf der Straße begannen Autos zu hupen.

Ich hatte keine Ahnung, ob ich es schaffen würde, aber ich sprang los. Ich rutschte fast auf den Diamanten aus und bekam Kaufmann an den Schultern zu fassen. Ich riss ihn zurück und ließ mich gleichzeitig fallen. All meine Kraft und mein ganzes

Körpergewicht reichten gerade so aus. Mit einem verzweifelten Schrei, den ich nie vergessen werde, kippte er nach hinten und schlug hart neben mir auf dem Boden auf. Er rollte sich zusammen und wimmerte leise.

So haben uns die Polizisten und Sanitäter gefunden. Ich saß gegen die Heizung gelehnt unter dem offenen Fenster, seinen Kopf auf meinem Schoß, und summte eine Melodie, die ich nicht kannte.

Kaufmann wurde ins Krankenhaus gebracht, und alle bis auf zwei Streifenpolizisten rückten wieder ab. Sie hatten Anweisung, bei mir zu bleiben, bis Sebastian und seine Leute eintrafen. Ich sammelte so unauffällig wie möglich die herumliegenden Diamanten ein und steckte sie in meine Parkatasche. Als sich plötzlich einer der jungen Beamten neben mich kniete und fragte, ob ich etwas suchte, hielt ich die Luft an. Ich verneinte, und er bot an, mir etwas zu trinken zu bringen. Ich muss ziemlich blass gewesen sein.

Sebastian wirkte unglücklich, als wir uns wiedersahen.

»Willst du es dir schwer machen, Isa? Wieso kannst du dich nicht einfach raushalten?«

»Weil Kaufmann sonst auch tot wäre.«

»Vielleicht hätte er gar nicht versucht, sich umzubringen.«

Ich wusste, dass er recht haben könnte, und wartete, bis die Polizisten ihren Bericht beendet hatten. Dann gab ich grob wieder, was Kaufmann mir erzählt hatte. Die Diamanten in meiner Tasche und die Tüte hinter der Wohnungstür ließ ich aus.

Kaufmann hat später behauptet, er habe das ganze Geld ausgegeben und verschenkt. Ich weiß, dass »Zuhause e. V.« eine große anonyme Spende erhalten hat, das hat Brigitta Borchert mir erzählt. Er muss aus dem Krankenhaus zurück gewesen sein, bevor die Polizei einen Durchsuchungsbefehl erwirkt hatte. Ich bin sicher, dass er nichts davon behalten hat.

Kaufmann hat seinen Job verloren und wartet in Untersuchungshaft auf seinen Prozess. Er ist wegen Anstiftung zu einem Tötungsdelikt und Bestechlichkeit angeklagt. Es gibt keine Strafe, die ihn noch treffen könnte.

Sein komplettes Recherchematerial hat er nicht nur der Polizei, sondern vorher auch seiner früheren Redaktion übergeben. Die Artikelreihe, die folgte, hat eine Lawine von Strafverfahren ausgelöst. In allen betroffenen Firmen sind ein paar Köpfe gerollt, Vorstandsvorsitzende und Aufsichtsratsmitglieder sind zurückgetreten, die Aktienkurse eingebrochen.

Christine Schulz ist, wie ich, wegen Falschaussage und Strafvereitelung angeklagt. Sie hat ihren Job verloren und macht laut Tina eine Ausbildung zur Yogalehrerin.

John Roddish, dessen echter Name nach wie vor unbekannt ist, wird europaweit gesucht. Er hat mir eine nicht verfolgbare E-Mail geschrieben. Darin stand: Ich will immer noch wissen, was das war.

Ich versuche, nicht an ihn zu denken. Dass er ungeschoren davonkommt, während Katharina tot und Kaufmanns Leben zerstört ist, lässt mich nachts aufschrecken. Er verfolgt mich wie ein Geist.

VIER

Die Fahrt mit dem ICE vom Berliner Hauptbahnhof zum Hamburger Hauptbahnhof dauert eine Stunde und siebenundvierzig Minuten. Nach Kaufmanns Selbstmordversuch hat es mithilfe von Tinas Social-Media-Expertise nur einen Tag gedauert, bis ich Sophie Holler aufgespürt hatte.

Während wir gemeinsam vor dem Computer gesessen und das Internet nach Sophie durchforstet hatten, war Tina untypisch still, für ihre Verhältnisse geradezu schweigsam gewesen. Sie hatte mir lediglich von Zeit zu Zeit aufmunternd zugenickt. Ich war ihr sehr dankbar dafür, dass sie mich in Ruhe gelassen hatte.

Ich war am frühen Morgen losgefahren und betrat keine drei Stunden später den Co-Working-Space im Schanzenviertel, in dem Sophie laut ihrer Instagram-Seite gerade zusammen mit ihrem Mann eine Plattform für Reiseblogs aufbaute. Außer dem Paar arbeiteten noch sechs andere junge Leute in dem chaotisch hellen Raum.

Ich stand eine Weile im Eingangsbereich und beobachtete die beiden. Sie saßen nebeneinander und waren in einen großen Bildschirm vertieft. Sie unterhielten sich leise und waren offenbar nicht einer Meinung. Beide argumentierten lebhaft, bis der Mann zu lachen anfing und Sophie triumphierend aufstand. Sie kam ein paar Schritte in meine Richtung, drehte sich dann aber noch einmal um und gab dem Mann einen Kuss. Erst jetzt, da ich sie im Profil sah, erkannte ich, dass sie schwanger war.

Sie sah ihrer Mutter sehr ähnlich. Sie hatte die gleichen Wangenknochen und Lippen wie Katharina, aber dunkle Haare, und sie war nicht ganz so feingliedrig. Als sie auf mich zukam, lächelte sie schief. Sie hatte gemerkt, dass ich sie beobachtet hatte.

»Suchen Sie jemanden?« Ihre Stimme war viel heller als die ihrer Mutter.

Ich erinnere mich an das Ziehen in mir, Ja zu sagen und damit Katharinas letzten Wunsch zu erfüllen. Aber was hätte die junge Frau davon gehabt, zu erfahren, dass ihre Mutter ermordet worden war? Ich wusste ja nicht einmal, ob sie eine Ahnung davon hatte, dass sie adoptiert war. Also sagte ich Nein.

Und behauptete, dass ich mich in dem Gemeinschaftsbüro nur umschauen wollte. Sie bot mir an, mich herumzuführen. Ich nahm dankend an. In den wenigen Minuten, die wir miteinander verbrachten, versuchte ich, mir vorzustellen, dass Katharina bei uns war.

Ich bedankte mich und wünschte ihr alles Gute für die Zukunft. Sie hatte mit so viel Begeisterung von ihrem Projekt gesprochen und dabei immer wieder zu ihrem Mann hinübergeschaut. Sie schienen sich auch ohne Worte zu verstehen. Mich machte das glücklich und schwermütig zu unbarmherzig gleichen Teilen.

Unten im Treppenhaus warf ich den wattierten Umschlag, dessentwegen ich hergekommen war, in den Briefkasten. Ich konnte die Diamanten darin fühlen.

Zurück in Berlin schloss ich müde die Wohnungstür auf. In der Nacht hatte ich geschlafen wie ein Stein. Als ich aufgewacht war, hatten mir trotzdem alle Knochen und Muskeln wehgetan und alles andere auch. Ich hatte gehofft, nach vorne schauen zu können, wenn ich die Diamanten erst abgeliefert hätte. Doch was vor mir lag, machte mir Angst.

Ich hörte Karl lachen und eine junge weibliche Stimme, die

ich nicht kannte. Ich hatte Karl nur zweimal kurz gesehen, seit er mir gesagt hatte, dass er mich hasste. Beide Male war er wortlos an mir vorbei in sein Zimmer oder ins Bad gegangen. Ich schloss die Tür gut hörbar und ließ mir Zeit damit, mir Schuhe und Jacke auszuziehen. Als ich aufsah, standen Karl und ein hübsches, schwarzhaariges Mädchen in der Küchentür. Karl hatte die Arme vor der Brust verschränkt und beobachtete mich misstrauisch.

»Hallo.« Ich lächelte und wartete ab.

»Mama, das ist Ava.«

Ich war erstaunt, wie sehr sich mein Brustkorb innerhalb eines Atemzugs weiten konnte.

»Sie können auch Ada zu mir sagen.« Die erste Liebe meines Sohnes grinste, und ich mochte sie sofort.

»Hoffentlich nicht. Schön, dich kennenzulernen. Ich bin Isa.«

Es war ein leichter Abend mit den beiden. Sie hatten ihr Missverständnis klären können, und ich habe den Teufel getan, nach Details zu fragen. Karl brachte Ava zur Bushaltestelle, und als er zurückkam, lächelte er.

»Sie ist großartig.«

»Ich weiß.«

»Es tut mir sehr leid. Alles. Ich werde versuchen, es wiedergutzumachen.«

Er schaute zu Boden, wie er es schon als kleiner Junge getan hatte, wenn ihm etwas peinlich oder zu kitschig gewesen war. Als er endlich hochguckte, erinnerte er mich so sehr an Charles und insbesondere an das Foto aus dem Internet, dass ich mich abwenden musste. Denn galt für Karl und Charles nicht noch mehr, was für Sophie und Katharina gegolten hatte? Was sollte mein Sohn mit einem erfrorenen Vater, der nicht einmal von ihm gewusst hatte? Eines Tages würde ich ihm alles erzählen. Eines Tages.

»Willst du einen Kakao?«, fragte ich, während ich in die Küche flüchtete.

»Auf jeden Fall.«

Es war ein schöner Abend.

FÜNF

Das alles ist jetzt einige Wochen her.

Karl und Ava sind inzwischen »fest zusammen«, wie die beiden das nennen. Sie lachen viel, und ich hoffe, dass das so bleibt.

Morgen hole ich Eugen aus der Reha ab. Er wohnt erst mal bei uns. Er bekommt mein Zimmer, und ich schlafe im Wohnzimmer. Es geht ihm gut, aber er befürchtet, dass er seinen Personenbeförderungsschein abgeben muss.

Tina hat Liebeskummer, weil Tobias einen Job in München angenommen hat. Er ist Maskenbildner und hat eine Festanstellung bei einer Serienproduktion nicht ausschlagen können oder wollen. Seither liest sie Bücher über Fernbeziehungen und hat ein großes Werbeplakat für eine Online-Apotheke in den Flur gehängt. Darauf steht: »Nähe ist keine Frage der Entfernung.«

Ich habe Tobias immer noch nicht kennengelernt. Ich glaube, ich bin Tina peinlich oder sie will mir ihr Geturtel ersparen. Vielleicht beides.

Mit Brigitta Borchert habe ich mich zwei- oder dreimal getroffen. Sie hat mir viel von Katharina erzählt. Ich hätte sie sehr gerne besser kennengelernt.

Im Gegensatz zu ihrer Behauptung bei unserer ersten Begegnung, war sie wohl zumindest in den letzten Jahren, bevor sie Kaufmann traf, mit Richard Mahler nicht glücklich verheiratet gewesen. Das hatte sie Brigitta gestanden.

»Sie war eigentlich sehr verschlossen. Aber wenn sie einen mochte, dann kam sie aus dem Strahlen gar nicht mehr raus.«

Dabei war es wohl nicht Mahlers Verhalten gewesen, das das Paar auseinandergebracht hatte. Das hatte Katharina ihm nicht vorgeworfen, denn sie hatte immer gewusst, wer er war. Anscheinend war Katharina nur klarer geworden, dass sie nicht ihr eigenes Leben führte.

Brigitta hatte Tränen in den Augen, als sie schloss, dass Katharinas »eigenes« Leben nur ein paar Jahre gedauert hatte.

Mahler habe ich noch einmal gesehen, und zwar als ich Samira geholfen habe, ihre Sachen zu holen. Sie hatte Angst vor einer Szene von Frau Mahler. Doch die war gar nicht zu Hause, sondern mit den Kindern bei ihren Eltern im Münsterland. Dafür hat Richard Mahler uns die Tür geöffnet. Sein Gesichtsausdruck war großartig. Nicht geeignet für ein Wahlplakat. Falls er gedacht hatte, Samira umstimmen zu können, so wurde ihm sein Irrtum spätestens klar, als sie ihm erklärte, dass sie Mitglied eines Gruppenchats von jungen Frauen sei, die für ihn gearbeitet hatten. Sie hat jetzt ein Zimmer in einem Studentenwohnheim und ein Praktikum im Europaausschuss. Sie hat mir erzählt, dass Mahler sich bei ihr auf anzügliche Bemerkungen und Angebote »beschränkt« hat, bei seiner ehemaligen Assistentin aber offenbar nicht. Diese habe sich mit einer politischen Bloggerin getroffen, die sehr an ihren Aussagen interessiert sei.

Mein erster Klient, nachdem ich Katharinas Fall »zu den Akten gelegt« hatte, war ein Restaurantbesitzer, der seinen Koch der Unterschlagung verdächtigte. Zu Recht, wie sich schnell herausstellen sollte. Mittlerweile arbeite ich wieder viel. Das Geschäft läuft gut.

Sebastian hat meine Vernehmungen immer Kommissar Möller überlassen. Wir haben uns nichts zu sagen. Ich werde nicht erfahren, ob Mahler oder einer seiner politischen Freunde Druck auf ihn und seine Leute ausgeübt hat. Er hat einmal von Möller fragen lassen, ob ich den Vorfall auf der Brücke nicht doch anzeigen wolle. Ich habe abgelehnt. Ich bin mittlerweile sicher, dass John am Steuer saß. Ich weiß nicht, ob Sebastian und ich beendet haben, was zwischen uns war. Vielleicht, weil ich nicht weiß, was das überhaupt gewesen ist. Letzte Woche sind wir uns im Gericht begegnet. Wir mussten im gleichen Gang warten. Er war mit der Familie im Urlaub. An der Ostsee. Er hat jetzt einen Hund.

Gerade bin ich auf dem Luisenfriedhof I. Ich komme oft her. Ganz in der Nähe von Katharinas Grab, neben dem Wasserhahn, an dem die Trauernden die Gießkannen auffüllen, steht eine Bank. Auf der sitze ich.

Es ist Frühling geworden. Die Sonne wärmt schon ein bisschen. Ich bin müde. Ich habe wieder von Charles geträumt. Ich konnte noch niemandem erzählen, dass er tot ist. Wenn ich es erst ausgesprochen habe, ist es wahr.

Immer mal wieder sehe ich die Frau, die ich an dem Tag, als Katharina in mein Büro kam, beschattet habe. Sie legt dann eine weiße Chrysantheme auf das Grab des geheimnisvollen Mannes, wie schon damals. Manchmal setzt sie sich danach zu mir auf die Bank.

Vorhin hat sie plötzlich angefangen zu erzählen. Der Mann, dem sie die Blumen bringt, war ihre »große Liebe«. Sie haben sich im Krankenhaus kennengelernt. Auf der onkologischen Station. Da hat sie eine Freundin besucht, und er war Patient. Sie hatten nur ein paar Wochen. Sie hat mich angesehen und mir angeboten zuzuhören. Vielleicht nehme ich ihr Angebot an. Sie sagt, sie ist glücklich.

Ich schließe die Augen und lasse mir die Sonne ins Gesicht scheinen. Ich nehme mir vor, auch glücklich zu sein. Ich werde die Schuldgefühle, die Reue und die Angst vor dem, was kommt, und dem, was nicht mehr kommen kann, loslassen.

Eines Tages.

So lange sitze ich hier und warte. Denn warten kann ich gut.

ENDE

MEIN HERZLICHER DANK GILT:

Antje Hartmann und der Literarischen Agentur Kossack, Hamburg, die immer an Isadora geglaubt und mich mit ihrer Ruhe und Zuversicht durch Lockdowns und alle Zweifel begleitet haben.

Greta Frank, Dr. Andrea Müller und dem gesamten Team des Piper Verlags, dafür, dass sie Isa und ihrer »Familie« ein liebevolles und sicheres Zuhause gegeben haben.

Martina Schwarz, die sich so aufmerksam und behutsam auf Isas ersten Fall eingelassen und mir die Überarbeitung ganz leicht gemacht hat.

Und Wolfgang Bindl, weil er Isadora großzügig sein Herz geöffnet und mir immer wieder wertvolles Feedback gegeben hat.

QUELLEN

Lew Nikolajewitsch Tolstoi: *Krieg und Frieden,* 3. Buch, 3. Teil, 12
Seneca: *Moralische Briefe an Lucilius,* XVII/XVIII, CIV, 269
Luc de Clapiers: *Reflexionen und Maximen,* 1767, in der Übersetzung von Fritz Schalk: *Die französischen Moralisten*, 1938
https://www.azmuto.de/
Leonard Cohen: »Anthem«, *The Future*, 1992
William Faulkner: *Wilde Palmen und der Strom*
Seneca: *Von der Unerschütterlichkeit der Weisen oder von der Stärke der Weisen*, übersetzt von Otto Apelt, 1923
Marie von Ebner-Eschenbach: *Aphorismen*, 1911
https://www.iamok.berlin/